UM ESTRANHO
NO ESPELHO

Obras do autor publicadas pela Editora Record

As areias do tempo
Um capricho dos deuses
O céu está caindo
Escrito nas estrelas
Um estranho no espelho
A herdeira
A ira dos anjos
Juízo final
Lembranças da meia-noite
Manhã, tarde & noite
Nada dura para sempre
A outra face
O outro lado da meia-noite
O plano perfeito
Quem tem medo de escuro?
O reverso da medalha
Se houver amanhã

INFANTOJUVENIS
Conte-me seus sonhos
Corrida pela herança
O ditador
Os doze mandamentos
O estrangulador
O fantasma da meia-noite
A perseguição

MEMÓRIAS
O outro lado de mim

COM TILLY BAGSHAWE
Um amanhã de vingança (sequência de Em busca de um novo amanhã)
Anjo da escuridão
Depois da escuridão
Em busca de um novo amanhã (sequência de Se houver amanhã)
A fênix
Sombras de um verão
A senhora do jogo (sequência de O reverso da medalha)
A viúva silenciosa
A fênix

Sidney Sheldon
UM ESTRANHO NO ESPELHO

43ª EDIÇÃO

tradução de ANA LÚCIA DEIRÓ CARDOSO

EDITORA RECORD
RIO DE JANEIRO • SÃO PAULO
2023

CIP-BRASIL. CATALOGAÇÃO-NA-FONTE
SINDICATO NACIONAL DOS EDITORES DE LIVROS, RJ.

S548e
43ª ed.
Sheldon, Sidney, 1917-2007
Um estranho no espelho / Sidney Sheldon;
tradução de Ana Lucia Deiró Cardoso. – 43ª ed. –
Rio de Janeiro: Record, 2023.

Tradução de: A stranger in the mirror
ISBN 978-85-01-09431-5

1. Romance norte-americano. I. Cardoso, Ana
Lucia Deiró. II. Título.

94-0999
CDD – 813
CDU – 820(73)-3

Título original norte-americano:
A STRANGER IN THE MIRROR

Copyright © 1985 by Sheldon Literary Trust
O contrato celebrado com o autor proíbe a exportação deste livro
para Portugal e outros países de língua portuguesa.

Esta é uma obra de ficção.
Exceto pelos nomes de personalidades do mundo teatral,
todos os personagens são imaginários.

Texto revisado segundo o Acordo Ortográfico da Língua Portuguesa de 1990.

Direitos exclusivos de publicação em língua portuguesa no Brasil
adquiridos pela
EDITORA RECORD LTDA.
que se reserva a propriedade literária desta tradução

Impresso no Brasil pelo
Sistema Cameron da Divisão Gráfica da
DISTRIBUIDORA RECORD DE SERVIÇOS DE IMPRENSA S.A.
Rua Argentina 171 – Rio de Janeiro, RJ – 20921-380 – Tel.: (21) 2585-2000

ISBN 978-85-01-09431-5

Seja um leitor preferencial Record.
Cadastre-se no site www.record.com.br e
receba informações sobre nossos lançamentos
e nossas promoções.

Atendimento e venda direta ao leitor:
sac@record.com.br

Se você procura se encontrar
Não olhe para um espelho
Pois lá não há nada além de uma sombra,
Um estranho...

– Silenius, *Odes à Verdade*

Prólogo

Numa manhã de sábado, no princípio de agosto de 1969, uma série de acontecimentos bizarros e inexplicáveis ocorreu a bordo do luxuoso transatlântico *S.S. Bretagne*, de 55 mil toneladas, enquanto se preparava para deixar o porto de Nova York com destino a Le Havre.

Claude Dessard, comissário-chefe do *Bretagne*, um homem eficiente e meticuloso, dirigia, como gostava de dizer, um "navio rijo". Durante os 15 anos que Dessard servira a bordo do *Bretagne* nunca havia encontrado uma situação que não fosse capaz de resolver com eficiência e discrição. Considerando-se que o *S.S. Bretagne* era um navio francês, isto era de fato uma façanha altamente elogiável. Entretanto, naquele dia de verão, foi como se mil demônios estivessem conspirando contra ele. Serviu de pequeno consolo para o seu orgulho gaulês o fato de que as investigações intensivas, realizadas posteriormente pelas divisões francesa e americana da Interpol e pela própria segurança da companhia de navegação, não tivessem conseguido descobrir uma única explicação plausível para os extraordinários acontecimentos daquele dia.

Por causa da fama das pessoas envolvidas, a história foi contada em manchetes, por todo o mundo, mas o mistério continuou sem solução.

Quanto a Claude Dessard, se aposentou da Cie. Transatlantique e abriu um *bistro* em Nice, onde nunca se cansava de reviver com os clientes aquele estranho e inesquecível dia de agosto.

Tudo começara, Dessard recordava, com a entrega das flores do presidente dos Estados Unidos.

Uma hora antes da partida, uma limusine oficial, preta, com placa do governo federal, havia estacionado no Píer 92, na foz do rio Hudson. Um homem vestindo um terno cinza-escuro saltara do carro, segurando um buquê de 36 rosas *Sterling Silver*. Dirigira-se até a prancha de embarque e trocara algumas palavras com Alain Safford, o oficial de serviço. As flores foram cerimoniosamente transferidas para Janin, um camareiro, que as entregou e então procurou Claude Dessard.

— Achei que gostaria de saber — comunicou Janin. — Rosas do presidente para *Mme.* Temple.

Jill Temple. Naquele último ano sua fotografia havia aparecido na primeira página dos jornais e na capa de revistas de Nova York a Bangkok, de Paris a Leningrado. Claude Dessard se lembrava de ter lido que ela havia sido a primeira colocada em uma pesquisa recente da mulher mais admirada do mundo, e que um grande número de meninas estava sendo batizado de Jill. Os Estados Unidos da América sempre haviam tido suas heroínas. Agora Jill Temple havia se tornado uma. Sua coragem e a fantástica batalha que havia vencido e, em seguida, perdido tão ironicamente capturaram a imaginação do mundo. Era uma grande história de amor, mas era muito mais do que isso: continha todos os elementos do drama e da tragédia clássica gregos.

Claude Dessard não gostava muito de americanos, mas nesse caso estava encantado por fazer uma exceção. Tinha uma tremenda admiração por *Mme.* Temple. Ela era — e isso era o maior elogio que Dessard podia conceder a alguém — *galante*. Decidiu que sua viagem naquele navio deveria ser inesquecível.

O comissário-chefe desviou os pensamentos de Jill Temple e se concentrou numa última verificação da lista de passageiros. Havia a coleção habitual do que os americanos chamavam de VIPs, uma sigla que Dessard detestava, particularmente porque os americanos tinham ideias tão absurdas a respeito do que fazia as pessoas importantes. Notou que a mulher de um industrial milionário estava viajando sozinha. Dessard sorriu e consultou a lista à procura do nome de Matt Ellis, um astro de futebol negro. Quando o encontrou, sacudiu a cabeça, satisfeito. Dessard também ficou interessado ao notar que, em camarotes vizinhos, estavam um destacado senador e Carlina Rocca, uma dançarina sul-americana de *striptease,* cujos nomes vinham aparecendo juntos em recentes artigos de jornal. Seus olhos se moveram percorrendo a lista.

David Kenyon. Dinheiro. Uma quantidade enorme de dinheiro. Já tinha viajado no *Bretagne* antes. Dessard se lembrava de David Kenyon como um homem bem-apesoado, muito queimado de sol, com um corpo esguio e atlético. Um homem tranquilo, discreto, mas de personalidade. Dessard pôs um M.C., significando mesa do comandante, depois do nome de David Kenyon.

Clifton Lawrence. Uma reserva de último minuto. Um leve franzido surgiu na testa do comissário-chefe. Ah, ali estava um problema delicado. Que fazer com *Monsieur* Lawrence? Houve época em que a pergunta nem teria sido levantada, pois ele teria sido automaticamente acomodado na mesa do comandante, onde divertiria todo mundo com anedotas. Clifton Lawrence era um empresário teatral que nos seus grandes dias havia representado muitos dos grandes astros no mundo dos espetáculos. Mas, infelizmente, os grandes dias de M. Lawrence haviam acabado. Em outras épocas o empresário havia sempre insistido em ter a luxuosa Suíte Princesa, e naquela viagem havia reservado um quarto de solteiro num convés inferior. Primeira classe, é claro, mas mesmo assim... Claude Dessard decidiu que deixaria para tomar sua decisão depois de examinar os outros nomes da lista.

Havia membros da pequena nobreza a bordo, uma famosa cantora de ópera e um romancista russo que havia recusado o Prêmio Nobel.

Uma batida na porta interrompeu a concentração de Dessard. Antoine, um dos carregadores, entrou.

— Sim... que é? — perguntou Dessard.

Antoine olhou para ele com os olhos brilhantes.

— O senhor mandou trancar o teatro.

Dessard franziu o cenho.

— De que é que está falando?

— Achei que tivesse sido o senhor. Quem mais o faria? Há alguns minutos atrás fui verificar se estava tudo em ordem. As portas estavam trancadas. Pelo barulho parecia que havia alguém na sala de espetáculos passando um filme.

— Nunca passamos filmes quando ainda estamos no porto — disse Dessard com firmeza. — E em nenhuma ocasião aquelas portas ficam trancadas. Vou dar uma olhada nisso.

Normalmente, Claude Dessard teria investigado o fato imediatamente, mas, naquele momento, estava atormentado por dúzias de detalhes urgentes, de último minuto, que tinham de ser resolvidos antes da partida, às 12 horas. Sua reserva de dólares americanos não conferia, uma das melhores suítes havia sido reservada duas vezes por engano, e o presente de casamento encomendado pelo Comandante Montaigne havia sido entregue no navio errado. O comandante ia ficar furioso. Dessard parou para ouvir o som familiar das quatro poderosas turbinas do navio dando partida. Sentiu o movimento do *S.S. Bretagne,* à medida que se afastava deslizando do píer e começava a recuar em direção ao canal. Então, mais uma vez, Dessard se concentrou nos seus problemas.

Meia hora depois, Léon, o camareiro-chefe da galeria externa do convés, entrou. Dessard ergueu os olhos com impaciência.

— Sim, Léon?

— Sinto muito incomodá-lo, mas achei que deveria saber...

— Sim?

Dessard não prestava muita atenção, pois sua mente estava ocupada com a delicada tarefa de completar a distribuição de lugares na mesa do comandante para cada noite da viagem. O comandante não era um homem dotado de espírito social, e ter que jantar com os seus passageiros todas as noites era uma provação para ele. Era tarefa de Dessard cuidar para que o grupo fosse *agréable*.

— É sobre *Mme*. Temple... — começou Léon.

Imediatamente Dessard largou o lápis e levantou a cabeça, os olhinhos negros atentos.

— Sim?

— Passei pelo camarote dela há alguns minutos, e ouvi pessoas discutindo em voz alta e um grito. Era difícil ouvir com clareza através da porta, mas soava como se ela estivesse dizendo: "Você me matou, você me matou." Achei que era melhor não interferir, então vim procurá-lo.

Dessard assentiu.

— Você fez bem. Vou verificar para saber se ela está bem.

Dessard observou o camareiro se retirar. Era inconcebível que alguém pudesse fazer mal a uma mulher como *Mme*. Temple. Era um ultraje ao espírito gaulês de cavalheirismo de Dessard. Pôs o quepe do uniforme, lançou um rápido olhar ao espelho na parede e se dirigiu para a porta. O telefone tocou. O comissário-chefe hesitou e então atendeu.

— Dessard.

— Claude... — era a voz do imediato. — Pelo amor de Deus, mande alguém até o teatro com um esfregão. Há sangue por todo lado.

Dessard sentiu de repente um vazio no fundo do estômago.

— Imediatamente.

Desligou o telefone, falou com um dos faxineiros, depois telefonou para o médico do navio, tentando fazer sua voz soar normal

— André? É Claude. Eu só estava querendo saber se apareceu alguém aí precisando de tratamento médico... Não, não. Não estava pensando em comprimidos para enjoo. Esta pessoa estaria sangrando, muito talvez... Sei. Obrigado.

Dessard desligou, sentindo um crescente mal-estar. Saiu do escritório e se dirigiu à suíte de Jill Temple. Estava a meio caminho do seu destino quando ocorreu o estranho evento seguinte. Quando Dessard ia chegando ao convés, sentiu o ritmo do movimento do navio mudar. Olhou de relance para o oceano e viu que tinham chegado ao Farol Ambrose, onde deixariam o rebocador e o navio se dirigiria para o mar aberto. Mas em vez disso, o *Bretagne* estava reduzindo e parando. Alguma coisa extraordinária estava acontecendo.

Dessard correu até a amurada e olhou para baixo. No mar, lá embaixo, o rebocador piloto tinha sido encostado à escotilha de carga do *Bretagne,* e dois marinheiros estavam transferindo bagagem do transatlântico para o rebocador. Enquanto Dessard observava, um passageiro saiu pela escotilha do navio passando para o rebocador. Dessard só conseguiu ver de relance as costas da pessoa, mas achou que provavelmente se enganara quanto à sua identidade. Simplesmente não era possível. De fato, o incidente de um passageiro deixar o navio daquela maneira era tão extraordinário que o comissário-chefe sentiu um leve arrepio. Virou-se seguindo rapidamente para a suíte de Jill Temple. Não houve resposta à sua batida na porta. Bateu de novo, dessa vez um pouco mais alto.

— *Madame* Temple... É Claude Dessard, o comissário-chefe. Gostaria de saber se lhe posso ser útil em alguma coisa.

Não houve resposta. Naquela altura, o sistema de alarme interno de Dessard estava berrando. Seus instintos lhe diziam que havia alguma coisa terrivelmente errada, e teve um pressentimento de que estava centralizada, de alguma maneira, naquela mulher. Uma série de pensamentos loucos e ultrajantes passou pela sua cabeça. Fora assassinada, raptada ou... Experimentou o trinco da porta. Estava destrancada. Lentamente, Dessard empurrou e abriu a porta. Jill Temple estava de pé na extremidade mais distante do camarote, olhando para fora pela escotilha, de costas para ele. Dessard abriu a boca para falar, mas alguma coisa na rigidez gelada daquele vulto o deteve. Ficou parado por um momento, pensando em sair silenciosamente, quando de repente o camarote se encheu com um som sinistro e penetrante, como o de um animal ferido, alucinado de dor. Impotente diante de um sofrimento pessoal tão profundo, Dessard se retirou, fechando a porta cuidadosamente atrás de si.

Dessard ficou parado do lado de fora do camarote por um momento, ouvindo os gemidos vindos lá de dentro. Então, profundamente abalado, virou-se, dirigindo-se para o teatro do navio no convés. Um faxineiro estava limpando um rastro de sangue em frente à sala de espetáculos.

"*Mon Dieu*", pensou Dessard. "O que mais?"

Experimentou a porta. Estava destrancada. Dessard entrou no grande e moderno auditório, que tinha capacidade para acomodar seiscentas pessoas sentadas. O auditório estava vazio. Obedecendo a um impulso, foi até a cabine de projeção. A porta estava trancada. Só duas pessoas tinham as chaves daquela porta, ele e o operador cinematográfico. Dessard abriu-a com sua chave e entrou. Tudo parecia normal. Foi até onde estavam os dois projetores Century de 35mm e pôs as mãos sobre eles.

Um deles estava quente.

Nos alojamentos da tripulação, no convés D, Dessard encontrou o operador cinematográfico, que lhe garantiu que não sabia de nada a respeito de a sala estar sendo usada.

No caminho de volta para o seu escritório, Dessard tomou um atalho pela cozinha. O *chef* o deteve furioso.

— Olhe só o que um idiota fez!

Numa mesa de cozinha com tampo de mármore, estava um lindo bolo de casamento de seis camadas, com delicados bonequinhos feitos de açúcar, representando um noivo e uma noiva no topo.

Alguém tinha esmagado a cabeça da noiva.

— Foi naquele momento — Dessard costumava dizer aos clientes, em seu *bistro* — que eu soube com certeza que alguma coisa terrível estava para acontecer.

LIVRO PRIMEIRO

Capítulo 1

Em 1919, Detroit, no estado de Michigan, era a única cidade industrial do mundo extremamente bem-sucedida. A Primeira Guerra Mundial tinha acabado, e Detroit desempenhara um papel significativo na vitória dos Aliados, fornecendo-lhes tanques, caminhões e aviões. Agora, dissolvido o império austro-húngaro, mais uma vez as fábricas de automóveis voltaram suas energias para a fabricação desses veículos. Logo, quatrocentos automóveis por dia estavam sendo fabricados, montados e embarcados. Mão de obra especializada e não especializada vinha de todas as partes do mundo para procurar emprego nessa indústria. Italianos, irlandeses, alemães — vinham todos numa enxurrada.

Entre os recém-chegados estavam Paul Templarhaus e sua esposa, Frieda. Paul tinha sido aprendiz de açougueiro em Munique. Com o dote que recebera quando havia se casado com Frieda tinha emigrado para Nova York e aberto um açougue, que rapidamente apresentara déficit. Então se mudara para St. Louis, Boston, e finalmente Detroit, fracassando espetacularmente em cada cidade. Numa época em que todos os negócios estavam se expandindo rapidamente e na qual o fluxo imigratório crescente significava uma demanda de carne cada vez maior, Paul Templarhaus conseguia perder dinheiro em toda parte onde abria um açougue. Era bom açougueiro, mas de uma incompetência desesperadora para negócios. Na verdade, estava mais interessado em escrever poesia do que em ganhar dinheiro. Passava horas imaginando rimas e imagens poéticas. Ele as punha no papel e as enviava para jornais e revistas, mas nunca nenhuma de suas obras-primas eram compradas. Para Paul o dinheiro não tinha nenhuma importância. Dava crédito a todo mundo, e a notícia se espalhava rapidamente: se você não tinha dinheiro e queria carne da melhor qualidade, devia procurar Paul Templarhaus.

Frieda, a esposa de Paul, era uma moça feia, que não tinha tido nenhuma experiência com homens antes que Paul aparecesse e a pedisse em casamento — ou melhor, como mandava o costume na época — ao seu pai. Frieda tinha suplicado ao pai que aceitasse o pedido de Paul, mas o velho não precisara ser convencido, pois havia muito tempo que temia desesperadamente que fosse ter de aguentar Frieda para o resto da vida. Tinha até aumentado o dote para que Frieda e o marido pudessem deixar a Alemanha e ir para o Novo Mundo.

Frieda tinha se apaixonado timidamente pelo marido à primeira vista. Nunca vira um poeta antes. Paul era o protótipo do intelectual: magro, olhos claros e míopes, cabelo ralo. Só depois de alguns meses Frieda acreditou que aquele belo rapaz realmente lhe pertencia. Ela não tinha ilusões a respeito da própria aparência. Seu corpo era cheio de protuberâncias, com a forma de uma gigantesca batata *kugel* crua. O que ela tinha de realmente bonito eram os olhos de um azul vivo, da cor das gencianas, mas o resto do seu rosto parecia pertencer a outras pessoas. O nariz era o de seu avô, grande e bulboso; a testa era a de um tio, larga e oblíqua; e o queixo era o do pai, quadrado e severo. Em algum lugar no íntimo de Frieda havia uma moça bonita, aprisionada numa armadilha com um rosto e um corpo que Deus lhe dera numa espécie qualquer de piada cósmica de mau gosto. Mas as pessoas só podiam ver a aparência exterior. Exceto Paul. O seu Paul. Foi realmente melhor que Frieda nunca tivesse sabido que sua atração estava no seu dote, que Paul via como uma fuga dos flancos sangrentos de boi e de miolos de porco. O sonho de Paul fora abrir o próprio negócio e ganhar bastante dinheiro, para que pudesse se devotar a sua amada poesia.

Frieda e Paul foram para uma estalagem nos arredores de Salzburgo para passar a lua de mel. Era um lindo castelo antigo, às margens de um lago adorável, rodeado por campinas e florestas. Frieda tinha imaginado a primeira noite da lua de mel uma centena de vezes. Paul trancaria a porta e a tomaria nos braços, murmurando doces palavras apaixonadas à medida que começasse a despi-la. Seus lábios encontrariam os dela e então iriam descendo suavemente pelo seu corpo nu, como em todos aqueles livrinhos verdes que ela lera em segredo. O membro dele estaria duro, ereto e orgulhoso, como um estandarte alemão, e Paul a levaria no colo até a cama (talvez fosse mais seguro se ela andasse até a cama) e a deitaria ternamente. *Mein Gott, Frieda,* ele diria. *Adoro o seu corpo. Você não é como essas garotinhas magricelas. Você tem corpo de mulher.*

A realidade foi um choque. Foi verdade que quando chegaram ao quarto, Paul trancou a porta. Depois disso, a realidade foi estranha ao sonho. Enquanto Frieda observava, Paul tirou a camisa rapidamente, revelando um tórax protuberante, magro e desprovido de pelos. Então ele tirou as calças. Entre as pernas jazia um pênis murcho e de proporções reduzidas, escondido pelo prepúcio. Não se parecia de nenhuma maneira com os desenhos excitantes que Frieda tinha visto. Paul se deitou na cama, esperando por ela, e Frieda percebeu que ele estava esperando que ela mesma se despisse. Lentamente, começou a tirar as roupas. *Bem, o tamanho não é tudo,* pensou Frieda. *Paul será um amante maravilhoso.* Alguns momentos depois, a noiva trêmula foi se juntar ao marido no leito conjugal. Enquanto esperava que ele dissesse alguma coisa romântica, Paul rolou para cima dela, fez algumas arremetidas dentro dela, e se afastou. Para a noiva atordoada, tinha acabado antes mesmo de começar. Quanto a Paul, suas poucas experiências sexuais anteriores haviam sido com prostitutas de Munique, e ele já ia apanhando a carteira quando se lembrou de que não precisava mais pagar. De agora em diante era de graça. Muito tempo depois de Paul ter adormecido, Frieda ainda continuava deitada na cama, tentando não pensar no seu desapontamento. *O sexo não é tudo,* disse a si mesma. *Meu Paul será um marido maravilhoso.*

Conforme se viu depois, estava errada mais uma vez.

Foi POUCO TEMPO depois da lua de mel que Frieda começou a ver Paul numa ótica mais realista. Frieda tinha sido educada de acordo com a tradição alemã da *Hausfrau,* e assim obedecia ao marido sem discutir, mas nem de longe era idiota. Paul não tinha nenhum interesse na vida além de seus poemas, e Frieda começou a perceber que eles eram muito ruins. Não podia deixar de observar que Paul deixava muito a desejar em todas as áreas em que ela podia pensar. Onde Paul era indeciso, Frieda era firme; onde Paul era estúpido em termos de negócios, Frieda era esperta. A princípio ficara sentada quieta, sofrendo em silêncio, enquanto o cabeça da família jogava fora seu belo dote nas suas idiotices. Quando se mudaram para Detroit, Frieda já não podia aguentar mais. Um dia entrou pelo açougue do marido e ocupou a caixa registradora. A primeira coisa que fez foi pregar um cartaz dizendo: NÃO VENDEMOS FIADO. O marido ficou horrorizado, mas aquilo era apenas o princípio. Frieda aumentou os preços da carne e começou a fazer propaganda, bombardeando as vizinhanças com panfletos, e o negócio se expandiu da noite para o dia. Daquele momento em diante, foi Frieda quem passou a tomar todas as decisões importantes, e Paul quem passou a segui-las. O desapontamento de Frieda a transformara numa tirana. Descobriu que tinha jeito para os negócios e para controlar as pessoas, e era inflexível. Foi Frieda quem decidiu como o dinheiro deles deveria ser investido, onde deveriam morar, onde passariam as férias, e quando havia chegado a hora de ter um bebê.

Comunicou sua decisão a Paul uma noite, e fez com que ele trabalhasse no projeto até que o pobre homem quase sofreu um colapso nervoso. Ele temia que muita atividade sexual lhe prejudicasse a saúde, mas Frieda era uma mulher de grande determinação.

— Meta dentro de mim — ela ordenava.

— Como é que eu *posso?* — reclamava Paul. — Ele não está interessado.

Frieda então pegava o pequeno pênis murcho e afastava o prepúcio. Quando nada acontecia, ela o levava à boca — *Mein Gott,* Frieda! Que é que você está *fazendo?* — até que ficasse rijo, a despeito dele, e então ela o colocava entre as pernas até que o esperma de Paul estivesse dentro dela.

Três meses depois de terem começado, Frieda comunicou ao marido que ele poderia ter um descanso. Estava grávida. Paul queria uma menina e Frieda queria um menino, assim não foi nenhuma surpresa para seus amigos que o bebê fosse um menino.

O bebê, por insistência de Frieda, nasceu em casa, sob os cuidados de uma parteira. Tudo correu bem e tranquilamente, antes e durante o parto. Foi então que as pessoas reunidas em volta da casa tiveram um choque. A criança recém-nascida era normal em tudo — a não ser o pênis. O membro do bebê era enorme, balançando como um apêndice inchado, desproporcionalmente grande entre as coxas inocentes do bebê.

O pai dele não tem essa constituição, pensou Frieda com um ímpeto de orgulho.

Ela o chamou Tobias, em honra a um vereador que morava no mesmo distrito que eles. Paul disse a Frieda que se ocuparia da educação do menino. Afinal, era função do pai criar seu filho.

Frieda ouviu e sorriu, e raramente deixava Paul chegar perto da criança. Foi Frieda quem criou o menino. Ela o dominava com um punho teutônico, e não se dava ao trabalho de usar luva de veludo.

Aos cinco anos, Toby era uma criança magra, de pernas longas, com um rosto sonhador e alegre, os olhos azuis, cor de gencianas, de sua mãe. Toby adorava a mãe e ansiava pela sua aprovação. Queria que ela o tomasse nos braços e que o apertasse contra o grande colo macio, de forma que ele pudesse enfiar a cabeça no busto aconchegante. Mas Frieda não tinha tempo para essas coisas. Estava ocupada em ganhar o sustento da família. Amava o pequeno Toby e estava decidida a não permitir que ele crescesse para se tornar um fracote como o pai. Frieda exigia perfeição em tudo que Toby fazia. Quando ele começou a frequentar a escola, supervisionava os trabalhos de casa, e se ele estava confuso, não sabendo fazer algum dever de casa, ela o repreendia:

— Vamos, menino, arregace as mangas!

E ficava em cima dele até que tivesse solucionado o problema. Quanto mais severa Frieda era com Toby, mais ele a amava. Tremia diante da ideia de aborrecê-la. Castigava com prontidão, era lenta em elogiar, mas sentia que era para o bem de Toby. Desde o primeiro momento em que o filho fora posto em seus braços, Frieda soubera que um dia ele se tornaria um homem famoso e importante. Não sabia como ou quando, mas sabia que aconteceria. Era como se Deus o tivesse dito baixinho no seu ouvido. Antes mesmo que o menino tivesse idade suficiente para compreender o que estava dizendo, Frieda lhe falava de sua grandeza que estava por vir, e nunca parou de lhe falar. E assim o jovem Toby cresceu sabendo que iria ser famoso, mas sem ter nenhuma ideia de como ou quando. Sabia apenas que sua mãe nunca se enganava.

Alguns dos momentos mais felizes da vida de Toby ocorreram quando estava sentado na enorme cozinha, fazendo os deveres de casa, enquanto a mãe cozinhava no grande fogão antigo. Fazia uma sopa de feijão-preto bem grossa, com um cheiro divino e com linguiças inteiras flutuando, travessas suculentas de *bratwurst* e panquecas de batatas com as beiradas fofas parecendo uma renda marrom. Ou então ficava de pé diante da larga bancada no meio da cozinha, preparando massa com suas mãos grossas e fortes, e depois polvilhando com uma neve suave de farinha, transformando por um passe de mágica a massa em *Pflaumenkuchen* ou *Apfelkuchen*. Toby ia até junto dela e lançava os braços em torno do corpo pesadão, o rosto só lhe chegando até a cintura. O excitante cheiro feminino almiscarado do seu corpo se transformava numa parte de todos os cheiros excitantes da cozinha, e uma sexualidade espontânea despertava no seu íntimo. Nesses momentos teria sido capaz de morrer por ela com satisfação. Pelo resto de sua vida, o cheiro de maçãs frescas, cozinhando na manteiga, lhe trazia imediatamente à memória uma imagem vívida de sua mãe.

UMA TARDE, quando Toby tinha 12 anos, a Sra. Durkin, a fofoqueira da vizinhança, veio visitá-los. A Sra. Durkin era uma mulher de rosto ossudo, olhos negros dardejantes e uma língua que não parava nunca. Quando foi embora, Toby imitou seus trejeitos, fazendo com que sua mãe tivesse um acesso de riso. Pareceu a Toby que era a primeira vez que a ouvia rir. Daquele momento em diante, Toby estava sempre à procura de maneiras de diverti-la. Fazia imitações devastadoras de fregueses que apareciam no açougue, de professores e de colegas de turma, e a sua mãe ria até não mais poder.

Toby descobrira finalmente uma maneira de ganhar a aprovação da mãe.

Fez um teste para uma peça escolar, *No Account David,* e conseguiu o papel principal. Na noite da estreia, Frieda se sentou na primeira fila e aplaudiu o sucesso do filho. Foi naquele momento que Frieda soube como a promessa de Deus ia se tornar realidade.

Estavam no princípio dos anos 1930, o começo da Depressão, e as casas de espetáculos por todo o país estavam experimentando qualquer estratagema para ocupar as cadeiras vazias. Distribuíam pratos e rádios, promoviam noitadas de víspora e bingo, contratavam organistas para acompanhar os saltos da bola enquanto a audiência acompanhava cantando.

E realizavam concursos de amadores. Frieda examinava cuidadosamente a sessão teatral do jornal para ver onde os concursos se realizariam. Então levava Toby até lá, sentava-se na plateia enquanto ele fazia imitação de Al Jolson, James Cagney e Eddie Cantor, e gritava:

— *Mein Himmel!* Que menino talentoso!

Toby quase sempre ganhava o primeiro prêmio.

Tinha ficado alto, mas ainda era magro, uma criança séria, de olhos azuis brilhantes e sinceros, num rosto de querubim. Olhava-se para ele e pensava-se instantaneamente *inocência*. Quando as pessoas viam Toby, tinham vontade de envolvê-lo nos braços, de abraçá-lo e de protegê-lo da Vida. Elas o amavam no palco e o aplaudiam. Pela primeira vez, Toby compreendeu o que estava destinado a ser; ia ser um astro, primeiro por sua mãe, e depois por Deus.

A LIBIDO DE TOBY começou a dar os primeiros sinais quando ele estava com 15 anos. Ele se masturbava no banheiro, o único lugar onde tinha privacidade garantida, mas não era o bastante. Decidiu que precisava de uma garota.

Uma noite, Clara Connors, a irmã casada de um colega de turma, deu carona a Toby até em casa, depois de ele ter feito uma entrega para sua mãe. Clara era uma loura bonita, de seios grandes, e quando Toby sentou-se a seu lado, começou a ter uma ereção. Cheio de nervosismo, esticou a mão para o colo dela, e começou a apalpar debaixo da saia, pronto para recuar imediatamente se ela gritasse. Clara ficou mais divertida do que zangada, mas quando Toby puxou o pênis para fora e ela viu o tamanho, convidou-o para ir à sua casa na tarde seguinte e iniciou Toby nos prazeres das relações sexuais. Foi uma experiência fantástica. Em vez da mão ensaboada, Toby havia encontrado um receptáculo macio e morno que se contraía e apertava seu pênis. Os gemidos e gritos de Clara o fizeram se enrijecer uma vez depois da outra, de maneira que ele teve um orgasmo e depois outro e outro, sem nunca deixar o ninho quente e úmido. O tamanho do seu pênis sempre tinha sido uma fonte de vergonha secreta para Toby. Agora, de repente, havia se tornado sua glória. Clara não podia guardar aquele fenômeno só para si, e logo Toby se viu atendendo a meia dúzia de mulheres casadas da vizinhança.

Durante os dois anos seguintes, Toby conseguiu deflorar quase a metade das garotas da sua turma. Alguns dos colegas de Toby eram heróis de futebol, ou mais bonitos do que ele, ou ricos — mas onde eles falhavam, Toby tinha sucesso. Era o mais engraçado, a coisa mais bonitinha que as garotas já tinham visto, e era impossível dizer não àquele rosto inocente e àqueles olhos azuis sonhadores.

No último ano de Toby na escola, ele foi chamado ao gabinete do diretor. Na sala estavam a mãe de Toby, furiosa, uma menina católica, de 16 anos, que soluçava, chamada Eileen Henegan e o pai, um sargento da polícia uniformizado. No momento em que Toby entrou na sala, soube que estava em sérios apuros.

— Irei direto ao ponto, Toby — disse o diretor. — Eileen está grávida. Ela diz que você é o pai da criança. Você teve relações sexuais com ela?

A boca de Toby ficou seca de repente. Tudo em que conseguia pensar era em quanto Eileen tinha gostado, como tinha gemido e pedido mais. E agora aquilo.

— Responda, seu fedelho filho de uma cadela! — berrou o pai de Eileen. — Você tocou a minha filha?

Toby olhou de esguelha para a mãe. O fato de ela estar ali, testemunhando sua vergonha, o aborrecia mais do que qualquer outra coisa. Ele havia falhado e a desgraçara. Ela sentiria repulsa pelo seu comportamento. Toby resolveu que se conseguisse sair daquela encrenca, se ao menos Deus o ajudasse daquela única vez e fizesse um milagre qualquer, nunca mais tocaria outra garota enquanto vivesse. Iria direto a um médico e mandaria que o castrasse, de forma que nunca mais pensaria em sexo, e...

— Toby... — sua mãe estava falando, a voz severa e fria. — Você foi para a cama com esta garota?

Toby engoliu em seco, respirou fundo e murmurou:

— Sim, mamãe.

— Então você vai se casar com ela.

Ela olhou para a garota de olhos inchados que soluçava.

— É isto o que você quer?

— S-sim — soluçou Eileen. — Eu amo Toby.

Virou-se para Toby:

— Eles me *fizeram* dizer. Eu não queria dizer seu nome a eles.

O pai dela, o sargento da polícia, comunicou à sala em geral:

— Minha filha só tem 16 anos. É estupro estatutário. Ele poderia ser mandado para a cadeia pelo resto da vida. Mas se vai se casar com ela...

Todos se viraram para olhar para Toby. Ele engoliu em seco, de novo, e disse:

— Sim, senhor. Eu-eu sinto muito que tenha acontecido.

Durante o percurso silencioso até em casa, ao lado da mãe, Toby ficou sentado em silêncio, se sentindo infeliz, sabendo o quanto a havia ferido. Agora ia ter que arranjar um emprego para sustentar Eileen e a criança. Provavelmente ia ter que trabalhar no açougue e esquecer seus sonhos, todos os seus planos para o futuro. Quando chegaram em casa sua mãe lhe disse:

— Venha até aqui em cima.

Toby a seguiu até o quarto, preparando-se para um sermão. Enquanto observava, ela pegou a mala e começou a arrumar as suas roupas. Toby olhou para ela, intrigado.

— Que é que está fazendo, mamãe?

— Eu? Eu não estou fazendo nada. *Você* está. Você vai embora daqui.

Parou e virou-se para encará-lo.

— Você acha que eu ia deixar você jogar sua vida fora com aquela garota insignificante? Então você a levou para a cama e ela vai ter um bebê. Isto prova duas coisas: que *você* é humano e que *ela* é burra! Oh, não... ninguém vai apanhar o meu filho numa armadilha e casá-lo à força. Deus criou você para que se tornasse um grande homem, Toby. Você irá para Nova York, e quando for um astro famoso, mandará buscar-me.

Piscou para conter as lágrimas e se atirou nos braços dela, que o embalou no seu busto enorme. Toby de repente sentiu-se perdido e assustado com a ideia de deixá-la. E no entanto havia uma animação no seu íntimo, a euforia de começar uma nova vida. Ela ia fazer parte do Mundo dos Espetáculos. Ia ser um astro, ia ser famoso.

Sua mãe o dissera.

Capítulo 2

EM 1939, A CIDADE DE NOVA YORK era a meca do teatro. A Depressão havia acabado. O Presidente Franklin Roosevelt havia garantido que não existia nada a temer exceto o próprio medo, que a América seria a nação mais próspera da terra, e assim foi. Todo mundo tinha dinheiro para gastar. Havia trinta shows em cartaz na Broadway, e todos pareciam ser grandes sucessos.

Toby chegou a Nova York com 100 dólares que sua mãe lhe havia dado. Toby sabia que ia ser rico e famoso. Mandaria buscá-la, viveriam num lindo apartamento de cobertura e ela iria ao teatro toda noite para ver a plateia aplaudi-lo. Nesse ínterim, tinha que arranjar um emprego. Foi para as portas dos camarins dos diretores de todos os teatros da Broadway, e lhes falou sobre os concursos de amadores que tinha vencido e sobre como era talentoso. Eles o puseram para fora. Durante as semanas em que Toby procurou emprego, ele se esgueirou por teatros e clubes noturnos e viu os maiores atores em cena, especialmente os comediantes. Viu Ben Blue, Joe E. Lewis e Frank Fay. Toby sabia que um dia seria melhor do que todos eles.

Como seu dinheiro estava acabando, aceitou um emprego como lavador de pratos. Telefonava para a mãe todo domingo de manhã, quando a tarifa era reduzida. Ela contou a Toby do furor que sua fuga havia provocado.

— Você precisava vê-los — disse a mãe. — O policial vem até aqui no carro oficial toda noite. Pela maneira como ele age, parece até que nós somos todos *gangsters*. Sempre perguntando onde é que você está.

— E o que é que diz a ele? — perguntou Toby com ansiedade.

— A verdade. Que você escapuliu como um ladrão durante a noite, e que se algum dia eu puser as mãos em você, faço questão de lhe torcer o pescoço pessoalmente.

Toby riu alto.

DURANTE O VERÃO, Toby conseguiu arranjar emprego como assistente de um mágico, um charlatão de olhos remelentos, sem nenhum talento, que se apresentava sob o nome de Grande Merlin. Eles se apresentaram numa série de hotéis de segunda categoria em Catskills, e a principal tarefa de Toby era carregar a pesada parafernália para dentro e para fora da camioneta de Merlin, e tomar conta dos "acessórios", que consistiam em seis coelhos brancos, três canários e dois *hamsters*. Por causa dos temores de Merlin de que os animais "fossem comidos", Toby era forçado a viver com eles em quartinhos do tamanho de armários de vassouras, e Toby teve a impressão de que o verão inteiro consistira num fedor insuportável. Estava em completa exaustão física de carregar os pesados caixotes com lados e fundos falsos e de correr atrás dos animais que constantemente fugiam. Sentia-se sozinho e desapontado. Ficava sentado olhando para os quartinhos, perguntando-se o que estaria fazendo ali e como aquilo o levaria a começar sua carreira no mundo dos espetáculos. Praticava suas imitações diante do espelho, e a sua audiência eram os animais fedorentos de Merlin.

Um domingo, quando o verão estava chegando ao fim, Toby deu seu telefonema semanal para casa. Daquela vez foi seu pai quem atendeu.

— É Toby, papai. Como é que você vai?

Houve um silêncio.

— Alô! Você está aí?

— Estou aqui, Toby.

Alguma coisa na voz de seu pai gelou Toby.

— Onde está mamãe?

— Eles a levaram para o hospital ontem à noite.

Toby agarrou o fone com tanta força que ele quase quebrou.

— Que aconteceu com ela?

— O médico disse que foi um ataque do coração.

Não! Sua mãe não!

— Ela vai ficar boa? Não vai? — estava berrando no bocal. — Diga-me que ela vai ficar boa, seu maldito!

De milhares de milhas de distância podia ouvir o pai chorando.

— Ela... ela morreu há algumas horas, meu filho.

As palavras envolveram Toby como uma onda de lava incandescente, queimando, escaldando, até que seu corpo parecesse estar em fogo. Seu pai estava mentindo. Ela *não podia* estar morta. Eles tinham feito um pacto. Toby ia ser famoso e sua mãe ia estar ao seu lado. Haveria um lindo apartamento de cobertura esperando por ela, e uma limusine com chofer, e peles e diamantes... Estava soluçando tão violentamente que não conseguia respirar. Ouviu uma voz distante dizendo:

— Toby!

— Estou a caminho de casa. Quando é o enterro?

— Amanhã — disse o pai. — Mas você não deve vir aqui. Eles estarão esperando por você, Toby. Eileen está para ter o bebê por esses dias. O pai dela quer matar você. Vão procurar por você no enterro.

Assim não poderia nem ao menos dizer adeus à única pessoa no mundo que ele amava. Toby ficou deitado na cama durante aquele dia inteiro, lembrando. As imagens de sua mãe eram vívidas e vivas. Ela estava na cozinha, cozinhando, lhe dizendo que homem importante ela ia ser, e na plateia, sentada na primeira fila, e gritando: *Mein Himmel!* Que menino talentoso!

E rindo das suas imitações e piadas. E fazendo a mala dele. *Quando você for famoso, mandará buscar-me.* Ficou deitado ali, entorpecido pela dor, pensando. *Nunca me esquecerei deste dia. Nunca enquanto eu viver. Catorze de agosto de 1939. Este é o dia mais importante da minha vida.*

Ele estava certo. Não por causa da morte de sua mãe, mas pelo que estava ocorrendo em Odessa, Texas, a 15 mil milhas de distância.

O HOSPITAL ERA um prédio anônimo de quatro andares, da cor da caridade. O interior era um viveiro de coelhos, de cubículos planejados para diagnosticar doenças, aliviá-las, curá-las ou às vezes enterrá-las. Era um supermercado médico, e ali havia sempre alguma coisa para todo mundo.

Eram 4 horas da manhã, a hora da morte silenciosa ou do bom sono. O momento para o pessoal do hospital ter um intervalo de repouso antes de se preparar para as batalhas de um outro dia.

A Equipe de Obstetrícia na Sala de Operações 4 estava em apuros. O que havia começado como um parto normal, de repente se transformara numa emergência. Até o momento do parto propriamente dito do bebê da Sra. Karl Czinski, tudo estivera correndo normalmente. A Sra. Czinski era uma mulher saudável, no auge da forma, com quadris largos de camponesa que eram o sonho de um obstetra. As contrações aceleradas haviam começado e as coisas estavam progredindo de acordo com o quadro habitual.

— Parto invertido — anunciou Dr. Wilson, o obstetra. As palavras não causaram alarme. Embora apenas três por cento dos nascimentos sejam por parto invertido, quando a parte inferior da criança emerge primeiro, eles normalmente são manejados com facilidade. Há três tipos de parto invertido: o espontâneo, no qual não é necessária nenhuma ajuda; o assistido, no qual o obstetra ajuda à natureza; e um *breakup* completo, quando o bebê está preso no útero da mãe.

Dr. Wilson notou com satisfação que aquele ia ser um parto espontâneo, o tipo mais simples. Observou os pés do bebê emergirem, seguidos por duas perninhas. Houve uma outra contração da mãe, e as coxas do bebê apareceram.

— Está quase acabado — disse o Dr. Wilson num tom encorajador. — Contraia e faça força para baixo mais uma vez.

A Sra. Czinski o fez. Nada aconteceu.

Ele franziu o cenho.

— Tente de novo. Com mais força.

Nada.

O Dr. Wilson pôs as mãos nas pernas do bebê e puxou, com muita suavidade. Não houve nenhum movimento. Enfiou as mãos além do bebê, através da passagem estreita para o interior do útero, e começou a explorar. Gotas de suor surgiram de repente em sua testa. A enfermeira da maternidade se moveu mais para perto dele e enxugou-as.

— Temos um problema — disse o Dr. Wilson, numa voz sumida.

A Sra. Czinski ouviu e perguntou:

— Que é que está errado?

— Está tudo bem.

O Dr. Wilson enfiou a mão mais fundo, tentando puxar o bebê mais para baixo delicadamente. Não se movia. Podia sentir o cordão umbilical comprimido entre o corpo do bebê e pélvis da mãe, cortando o fornecimento de ar ao bebê.

— Fetoscópio!

A enfermeira da maternidade apanhou o instrumento e o aplicou à barriga da mãe, tentando ouvir o bater do coração do bebê.

— Está reduzido a trinta — comunicou. — E há uma arritmia acentuada.

Os dedos do Dr. Wilson estavam no interior do corpo da mãe, como antenas distantes do seu cérebro, explorando, procurando.

— Estou perdendo a batida do coração do bebê... — havia preocupação na voz da enfermeira da maternidade. — Está negativo!

Tinham um bebê morrendo dentro do útero. Ainda havia uma frágil possibilidade de que ele pudesse ser salvo se conseguissem tirá-lo a tempo. Tinham um máximo de quatro minutos para libertá-lo, desobstruir os pulmões e fazer com que o pequeno coração começasse a bater de novo. Depois de quatro minutos, a lesão cerebral seria maciça e irreversível.

— Cronometre — ordenou o Dr. Wilson.

Todo mundo na sala instintivamente olhou para cima quando o relógio elétrico na parede bateu 12 horas, e o grande ponteiro vermelho dos segundos começou a marcar seu primeiro giro.

A equipe de parto começou a trabalhar. Um balão de respiração de emergência foi levado até a mesa de operações, enquanto o Dr. Wilson tentava libertar a criança da região pélvica. Começou a fazer a manobra Bracht, tentando virar a criança ao contrário, torcendo os ombros de maneira que pudessem desobstruir o orifício vaginal. Foi inútil.

Uma estudante de enfermagem, assistindo ao primeiro parto, se sentiu enjoada e saiu da sala apressadamente.

Na porta da sala de operações estava Carl Czinski, retorcendo o chapéu nervosamente, nas grandes mãos calejadas. Aquele era o dia mais feliz de sua vida. Era carpinteiro, um homem simples que acreditava em casar cedo e ter família numerosa. Aquela criança seria a primeira, e era tudo que ele podia fazer para conter sua excitação. Amava a esposa, apaixonadamente, e sabia que sem ela estaria perdido. Estava pensando na mulher quando a estudante de enfermagem saiu apressadamente da sala de parto, e ele lhe perguntou:

— Como é que ela está?

A jovem enfermeira aflita, com a mente preocupada com o bebê, exclamou:

— Ela está morta, ela está morta! — E saiu correndo para vomitar.

O rosto do Sr. Czinski ficou branco. Apertou o peito e começou a arquejar lutando para respirar. Quando finalmente o levaram para a sala de emergência, já não havia mais nada a fazer.

Na sala de parto, o Dr. Wilson trabalhava freneticamente, lutando contra o relógio. Podia enfiar a mão e tocar o cordão umbilical, sentindo a pressão que havia contra ele, mas não havia jeito de libertá-lo. Todos os seus impulsos íntimos gritavam para que puxasse a criança para fora à força, mas ele já tinha visto o que acontecia com bebês que nasciam daquela maneira. Agora a Sra. Czinski estava gemendo, semidelirante.

— Contraia e faça força para baixo, Sra. Czinski. Mais força! Vamos!

Não adiantava. O Dr. Wilson olhou para o relógio. Dois minutos preciosos se haviam passado, sem nenhum sangue circulando através do cérebro do bebê. O Dr. Wilson enfrentava outro problema: o que iria fazer se o bebê fosse salvo *depois* que os quatro minutos se tivessem passado? Deixá-lo viver e se tornar um vegetal? Ou deixá-lo ter uma morte rápida e misericordiosa? Afastou o pensamento da mente e começou a agir mais depressa. Fechando os olhos, trabalhou através do tato, com toda sua concentração focalizada no que estava acontecendo no interior do corpo da mulher. Resolveu tentar a manobra Maurice-Smillie-Veit, uma série complicada de movimentos com o objetivo de ir soltando e libertar o corpo do bebê. E de repente houve um deslocamento. Ele o sentiu começar a se mover.

— Fórceps de fole!

A instrumentadora passou-lhe rapidamente o fórceps especial e o Dr. Wilson introduziu-o, colocando-o em volta da cabeça do bebê. Um momento depois a cabeça emergiu.

O bebê tinha nascido.

Aquele era sempre um momento de glória, o milagre de uma vida recém-nascida, o rosto vermelho, chorando alto, reclamando da indignidade de ter sido forçado a sair daquele útero tranquilo e escuro para a luz e o frio.

Mas não aquele bebê. Aquele bebê tinha uma cor branco-azulada e estava imóvel. Era do sexo feminino.

O relógio. Ainda restava um minuto e meio. Agora cada movimento era rápido e mecânico, o resultado de longos anos de prática. Dedos envoltos em gaze desobstruíram a parte posterior da faringe da criança, para que o ar pudesse passar pelo orifício da laringe. O Dr. Wilson deitou o bebê de costas. A instrumentadora entregou-lhe um laringoscópio bem pequeno, ligado a um aparelho elétrico de sucção. Ele ajustou-o no lugar certo, balançou a cabeça e a enfermeira ligou um interruptor. O som da sucção rítmica da máquina começou.

O Dr. Wilson olhou para o relógio.

Ainda restavam vinte segundos. Ritmo cardíaco negativo.

Quinze... quatorze... Ritmo cardíaco negativo.

O momento da decisão havia chegado. Poderia já ser tarde demais para impedir que houvesse lesão cerebral. Ninguém jamais poderia ter certeza absoluta com relação a essas coisas. Ele vira alas inteiras de hospitais cheias daquelas criaturas patéticas, com corpo de adulto e mente de criança, ou pior.

Dez segundos. E não havia pulso, nem mesmo um sinal para lhe dar esperança.

Cinco segundos. Então ele tomou sua decisão, e esperou que Deus o compreendesse e perdoasse. Ia puxar o pino, dizer que o bebê não podia ser salvo. Ninguém questionaria sua atitude. Tocou a pele do bebê mais uma vez. Estava fria e pegajosa.

Três segundos.

Olhou para a criança e teve vontade de chorar. Era uma pena. A menina era um bebê bonito. Teria crescido e se tornado uma mulher bonita. Perguntou-se como sua vida poderia ter sido. Será que se casaria e teria filhos? Ou talvez seria artista, professora, uma mulher de negócios, uma executiva? Será que ela teria sido rica ou pobre? Feliz ou infeliz?

Um segundo. Ritmo cardíaco negativo. Zero.

Estendeu a mão em direção ao interruptor, e naquele instante o coração do bebê começou a bater. Foi um espasmo hesitante e irregular, e depois um outro, e depois se regularizou numa batida forte e regular. Houve uma exclamação espontânea de alegria na sala e gritos de congratulações. O Dr. Wilson não estava ouvindo.

Estava olhando fixo para o relógio na parede.

SUA MÃE A CHAMOU Josephine, como a avó, na Cracóvia.

Um segundo nome teria sido pretensioso para a filha de uma costureira polonesa de Odessa, Texas.

Por razões que a Sra. Czinski não compreendia, o Dr. Wilson insistiu em que Josephine fosse trazida de volta ao hospital para ser examinada de seis em seis semanas. E todas as vezes a conclusão era a mesma: ela *parecia* normal.

Só o tempo diria.

Capítulo 3

No Dia do Trabalho, a temporada de Catskills terminou, o Grande Merlin ficou desempregado e, com ele, Toby. Toby estava livre para ir embora. Mas para onde? Não tinha casa, não tinha emprego e não tinha dinheiro. A decisão de Toby foi tomada quando uma hóspede lhe ofereceu 25 dólares para dirigir o automóvel, levando-a com seus três filhos pequenos de Catskills até Chicago.

Toby partiu sem se despedir do Grande Merlin, ou de seus animais fedorentos.

Em 1939, Chicago era uma cidade próspera e aberta. Era uma cidade com um preço, e aqueles que conheciam os caminhos podiam comprar qualquer coisa, desde mulheres a drogas ou políticos. Havia centenas de clubes noturnos que atendiam a todos os gostos. Toby rondou todos eles, do grande e barulhento Chez Paree aos pequenos bares na Rush Street. A resposta era sempre a mesma: ninguém queria contratar um jovem vagabundo como cômico. O tempo estava passando para Toby. Já estava na hora de começar a realizar o sonho de sua mãe.

Estava com quase 19 anos.

Um dos clubes noturnos em que Toby costumava ir com frequência era o Knee High, onde o espetáculo consistia num grupo cansado de três integrantes, um cômico acabado, de meia-idade e bêbado, e duas dançarinas de *striptease,* Meri e Jeri, que eram anunciadas como as Irmãs Perry, e eram, por menos provável que fosse, irmãs de verdade. Tinham cerca de 20 anos, e eram atraentes de uma maneira vulgar e relaxada. Uma noite Jeri foi até o bar e se sentou ao lado de Toby. Ele sorriu e disse, educadamente.

— Gosto do seu número.

Jeri se virou para olhar para ele e viu um garoto ingênuo, com cara de bebê, demasiado jovem e malvestido para ser uma presa. Balançou a cabeça com indiferença e começou a se afastar, quando Toby se levantou. Jeri olhou fixamente para o volume revelador em suas calças, então se virou de novo para aquele rosto jovem e inocente.

— Jesus Cristo — disse ela. — Isso tudo é você?

Ele sorriu.

— Só há uma maneira de descobrir.

Às 3 horas daquela madrugada, Toby estava na cama com as duas Irmãs Perry.

Tudo havia sido meticulosamente planejado. Uma hora antes do espetáculo, Jeri tinha levado o cômico do clube, um jogador compulsivo, a um apartamento na Diversey Avenue, onde se realizava um jogo de dados. Quando ele viu a animação, passou a língua nos lábios, e disse:

— Só podemos ficar um minuto.

Trinta minutos depois, quando Jeri escapuliu, o cômico estava sacudindo os dados, gritando como um louco.

— Um oito, sim um oito, seu filho da puta! — Perdido num mundo qualquer de fantasia onde o sucesso, o estrelato e a fortuna dependiam todos de cada vez que o dado rolava.

No Knee High, Toby estava sentado no bar, todo arrumado e limpo, esperando.

Quando chegou a hora do espetáculo e o cômico ainda não havia aparecido, o proprietário do clube começou a berrar e a praguejar.

— Aquele miserável está acabado desta vez, estão ouvindo? Nunca mais quero vê-lo no meu clube.

— Eu não o culpo — disse Meri. — Mas está com sorte. Tem um novo cômico sentado no bar. Acabou de chegar de Nova York.

— O quê? Onde?

O proprietário lançou um olhar na direção de Toby.

— Pelo amor de Deus, onde está a babá? É uma criança!

— Ele é grande! — disse Jeri, e ela estava falando sério.

— Faça uma experiência com ele — acrescentou Meri. — Que é que pode perder?

— Os fodidos dos meus fregueses!

Mas deu de ombros e se dirigiu para onde Toby estava sentado.

— Então você é um cômico, hein?

— Pois é — disse Toby de maneira casual —, acabei de fazer uma temporada no Catskills.

O proprietário o examinou um momento.

— Que idade você tem?

— Vinte e dois anos — mentiu Toby.

— Porra nenhuma. Está bem. Vá para lá. E se você entrar pelo cano, não vai *viver* até os 22 anos.

E o sonho de Toby Temple finalmente se realizara. Estava de pé sob os refletores, enquanto a orquestra tocava, e a audiência, a *sua* audiência, estava sentada ali, esperando para descobri-lo, para adorá-lo. Sentiu uma onda de afeto tão violenta que o sentimento o fez ficar com um nó na garganta. Era como se ele e o público fossem uma coisa só, ligados por alguma corda mágica maravilhosa. Por um instante pensou na mãe e desejou que, onde quer que estivesse, pudesse vê-lo naquele momento. A fanfarra parou. Toby deu início à sua rotina.

— Boa-noite, gente sortuda. Meu nome é Toby Temple. Acho que vocês todos devem saber os *seus* nomes.

Silêncio.

Ele continuou.

— Já ouviram falar do novo chefe da Máfia em Chicago? Ele é bicha. De agora em diante, o Beijo da Morte inclui jantar e dança.

Não houve nenhum riso. Estavam olhando fixo para ele, frios e hostis, e Toby começou a sentir as garras afiadas do medo arranhando seu estômago. Seu corpo de repente ficou banhado em suor. Aquela ligação maravilhosa com o público havia desaparecido.

Ele continuou.

— Acabei de cumprir um contrato num teatro lá em Maine. O teatro ficava tão longe, no interior da floresta, que o gerente era um urso.

Silêncio. Eles o odiavam.

— Ninguém me disse que isso aqui era uma convenção de surdos-mudos. Eu me sinto como o programador social do *Titanic*. Estar aqui é como subir por uma prancha de embarque sabendo que no fim não há nenhum navio.

Começaram a vaiar. Dois minutos depois de Toby ter começado, o proprietário acenou freneticamente para os músicos, que começaram a tocar bem alto, abafando por completo a voz de Toby. Ficou parado ali, com um grande sorriso no rosto, os olhos ardendo, cheios de lágrimas.

Tinha vontade de gritar com eles.

FORAM OS GRITOS *que acordaram a Sra. Czinski. Eram penetrantes e selvagens, sinistros na quietude da noite, e só depois que ela se sentou na cama foi que se deu conta de que era o bebê gritando. Correu para o outro quarto onde tinha arrumado as coisas da criança. Josephine estava rolando de um lado para o outro, o rostinho azulado por causa das convulsões. No hospital, um interno aplicou um sedativo por via intravenosa no bebê, que caiu num sono tranquilo. O Dr. Wilson, que tinha feito o parto de Josephine, a submeteu a um exame completo. Não conseguiu achar nada de errado. Mas estava inquieto. Não conseguia se esquecer do relógio na parede.*

Capítulo 4

O VAUDEVILLE HAVIA florescido na América de 1881 até a sua morte definitiva, em 1932, quando o Palace Theatre fechou as portas. Fora o campo de treinamento para todos os jovens cômicos ambiciosos, o campo de batalhas onde afiavam suas inteligências contra as audiências hostis e zombeteiras. Entretanto, os cômicos que venciam a parada obtinham fama e dinheiro. Eddie Cantor e W.C. Fields, Jolson e Benny, Abbott e Costello, Jessel e Burns e os Irmãos Marx, e dúzias de outros. O vaudeville era um céu, um cheque de pagamento constante, mas com sua morte, os cômicos tiveram que se voltar para outros campos. Os grandes nomes eram contratados para espetáculos de rádio e para shows individuais, e também se apresentavam nos clubes noturnos importantes por todo o país. Entretanto, para os jovens cômicos que lutavam para se lançar como Toby, era outra história. Também se apresentavam em clubes noturnos, mas era um outro mundo diferente. Era chamado o Circuito dos Banheiros, e o nome era um eufemismo. Consistia em salas imundas por todo o país, onde o grande público pobre e sujo se reunia para se embebedar de cerveja e arrotar para as dançarinas de *striptease*, e destruir os cômicos por esporte. Os camarins eram banheiros fedorentos, com cheiro de comida apodrecida, bebida derramada, urina e perfume barato e, sobrepujando tudo, o cheiro rançoso do medo: suor de fracassados. Os banheiros eram tão imundos que as artistas se agachavam nas pias dos toucadores para urinar. O pagamento variava de uma refeição indigerível a 5, 10, ou às vezes até 15 dólares por noite, dependendo da reação da plateia.

Toby Temple se apresentou em todos eles, que se tornaram a sua escola. Os nomes das cidades eram diferentes, mas todos os lugares eram iguais, e os cheiros eram os mesmos, e o público hostil era o mesmo. Se não gostavam de um determinado artista, jogavam garrafas de cerveja em cima dele, interrompiam-no com perguntas durante todo o espetáculo e assobiavam até que saísse do palco. Era uma escola bruta, mas era boa, porque ensinou a Toby todas as artimanhas da sobrevivência. Aprendeu a lidar com turistas bêbados e com vagabundos sóbrios, e a nunca confundi-los. Aprendeu a detectar um perguntador enfadonho em potencial e a fazer com que se calasse, pedindo um gole da sua bebida ou seu guardanapo emprestado para enxugar a testa.

Com sua lábia, Toby conseguiu arranjar empregos em lugares com nomes como Lago Kiamesha, Estalagem Shawanga e Avon. Apresentou-se em Wildwood, em Nova Jersey, e no B'nai B'rith, e nos auditórios dos Filhos da Itália e dos Alces.

E continuava aprendendo.

O número de Toby consistia em paródias de canções populares, imitações de Gable, de Grant, de Bogart, e de Cagney, e em material roubado dos grandes cômicos famosos, que podiam se dar ao luxo de pagar escritores caros. Todos os cômicos iniciantes roubavam o seu material, e se gabavam disso.

— Estou fazendo o Jerry Lester — querendo dizer que estavam usando o material dele — e sou dez vezes melhor do que ele.

— Estou fazendo o Milton Berle.

— Você precisa ver o meu Red Skelton.

E porque o material era a chave, só o roubavam dos melhores.

Toby era capaz de tentar o que quer que fosse. Fixava o público indiferente e mal-encarado com seus olhos azuis sonhadores e dizia:

— Vocês já viram um esquimó fazer pipi?

Punha as duas mãos na braguilha, e cubos de gelo saíam voando.

Ou punha um turbante e se enrolava num lençol.

— Abdul, o encantador de serpentes — entoava. Começava a tocar uma flauta, e uma cobra começava a sair de um cesto de vime, movendo-se ritmicamente, acompanhando a música enquanto Toby puxava os arames. O corpo da cobra era uma mangueira de ducha e a cabeça o bocal. Sempre havia alguém na plateia que achava engraçado.

Fazia os números-padrão, as atrações especiais e os "travessas", aqueles em que se lança as piadas no colo do público.

Tinha dúzias de macetes. Precisava estar pronto para passar de um número para o outro, antes que as garrafas de cerveja começassem a voar.

E onde quer que estivesse se apresentando, havia sempre o som de uma descarga sendo puxada durante o seu número.

TOBY VIAJOU O PAÍS de ponta a ponta de ônibus. Quando chegava a uma cidade desconhecida, se hospedava no hotel ou pensão mais barato e avaliava os clubes noturnos, bares e os estabelecimentos de agenciadores de apostas. Enfiava pedaços de papelão dentro dos sapatos para tapar os buracos das solas e clareava os colarinhos das camisas com giz, para economizar na lavanderia. As cidades eram todas tristes e a comida sempre ruim; mas era a solidão que o consumia. Não tinha ninguém. Não havia uma única pessoa no vasto universo que se importasse que ele estivesse vivo ou morto. Escrevia ao pai de vez em quando, mais por obrigação do que por amor. Toby precisava desesperadamente de alguém com quem falar, alguém que o compreendesse, que partilhasse seus sonhos com ele.

Observava os cômicos bem-sucedidos deixarem as grandes casas de espetáculos, com suas *entourages* e suas garotas bonitas e elegantes, e partirem em limusines reluzentes, e Toby os invejava. *Algum dia...*

Os piores momentos eram quando ele tinha um fracasso, quando era vaiado no meio do número, quando era posto para fora antes que tivesse tido a oportunidade de começar de verdade. Nessas ocasiões Toby odiava as pessoas, queria matá-las. Não era apenas o fato de que tivesse fracassado, era que tinha fracassado no fim da linha. Não podia descer mais; estava lá. Ele se escondia no seu quarto de hotel, chorava e suplicava a Deus que o deixasse em paz, que lhe tirasse o desejo de estar diante de uma plateia e fazer com que o público risse. Deus, rezava, faça com que eu queira ser vendedor de sapatos ou açougueiro. Qualquer coisa menos isso. Sua mãe estivera enganada. Deus não o havia escolhido. Nunca seria famoso. Amanhã, arranjaria algum outro tipo de trabalho. Ele se candidataria a um emprego de 9 às 5 num escritório e viveria como um ser humano normal.

E na noite seguinte Toby estaria num palco de novo, fazendo as imitações, contando piadas, tentando conquistar as pessoas antes que elas caíssem em cima dele e o atacassem.

Sorria inocentemente para elas e dizia:

— Esse tal sujeito estava apaixonado pelo pato, e o levou ao cinema com ele uma noite. O bilheteiro disse: "Não pode levar o pato para dentro." O homem foi até a esquina, enfiou o pato dentro das calças, comprou uma entrada e entrou no cinema. Então o pato começou a ficar inquieto, o homem abriu a braguilha e deixou o pato ficar com a cabeça para fora. Bem, ao lado do homem estava uma senhora com o marido. Ela se virou para o marido e disse: "Ralph, o homem ao meu lado está com o pênis de fora." Ralph disse: "Ele está incomodando você?" "Não", disse ela. "O.k. Então não pense nisso e veja o filme." Alguns minutos depois a mulher cutucou o marido de novo. "Ralph, o pênis dele..." E o marido: "Eu disse a você para ignorá-lo." E ela disse: "Não posso... ele está comendo a minha pipoca!"

Fez apresentações de uma só noite no Three Six Five em São Francisco, no Rudy's Rail em Nova York, e no Kin Wa Low's em Toledo. Apresentava-se em convenções de bombeiros, em *bar mitzvahs* e em banquetes de jogadores de boliche.

E aprendia.

Fazia de quatro a cinco espetáculos por dia em pequenos teatros chamados Gem, Odeon, Empire e Star.

E aprendia.

Por fim, uma das coisas que Toby Temple aprendeu foi que podia passar o resto de sua vida se apresentando no Circuito do Banheiro, continuando desconhecido e sem ser descoberto. Mas houve um acontecimento que tornou todo o assunto acadêmico.

Numa tarde fria de domingo, no princípio de dezembro de 1941, Toby estava se apresentando por cinco dias do Dewey Theatre, na Rua Quatorze, em Nova York. Eram oito números no programa, e parte da tarefa de Toby era apresentá-los. O primeiro espetáculo foi bem. Durante o segundo espetáculo, quando Toby apresentou os Kanazawas Voadores, uma família de acrobatas japoneses, o público começou a vaiá-los. Toby se retirou para os bastidores.

— Que diabo está havendo com eles lá fora? — perguntou.

— Jesus, você ainda não sabe? Os japoneses atacaram Pearl Harbor há algumas horas atrás — disse-lhe o superintendente cênico.

— E daí? — perguntou Toby. — Olhe só para aqueles caras... eles são fantásticos!

No espetáculo seguinte, quando chegou a vez da trupe japonesa, Toby foi para o palco e disse:

— Senhoras e senhores, é um grande privilégio lhes apresentar, acabados de chegar da sua aclamação triunfal em Manilha... Os Filipinos Voadores!

No momento em que o público viu os acrobatas japoneses, começou a vaiar. Durante o resto do dia Toby os transformou nos Alegres Havaianos, os Loucos Mongóis e, finalmente, os Esquimós Voadores. Mas não conseguiu salvá-los. Nem, conforme descobriu depois, a si mesmo. Quando telefonou para o pai, naquela noite, Toby soube que havia uma carta esperando por ele em casa. Começava assim: "Saudações", e estava assinada pelo presidente. Seis semanas depois, Toby foi incorporado ao exército dos Estados Unidos. Nesse dia, sua cabeça latejava tanto que mal conseguiu prestar o juramento.

As dores de cabeça ocorriam com frequência e, quando vinham, a pequena Josephine tinha a impressão de que duas mãos gigantescas estavam lhe apertando as têmporas. Tentava não chorar, porque isso aborrecia sua mãe. A Sra. Czinski havia descoberto a religião. Sempre sentira secretamente que, de alguma maneira, ela e o bebê eram responsáveis pela morte do marido. Tinha entrado por acaso numa reunião do culto da revivificação, e o pastor gritava como um trovão:

— *Vocês estão todos embebidos em pecado e maldade. O Deus que os segura sobre o abismo do Inferno, como um inseto detestável sobre uma fogueira, os abomina. Vocês estão presos por um fio muito tênue, cada um de vocês amaldiçoados, e as chamas da Sua ira os consumirá a menos que se arrependam!*

A Sra. Czinski se sentiu melhor imediatamente, pois sabia que estava ouvindo a palavra do Senhor.

— *É uma punição de Deus porque nós matamos seu pai* — *dizia ela a Josephine.*

Embora fosse muito pequena para compreender o que aquelas palavras significavam, sabia que tinha feito alguma coisa ruim, e desejava saber o que era, para que pudesse dizer à mãe que sentia muito o que acontecera.

Capítulo 5

No início, a guerra de Toby Temple foi um pesadelo.

No exército, ele era um joão-ninguém, um número de série, enfiado num uniforme, como milhares de outros, sem rosto, sem nome, anônimo.

Foi mandado para um campo de treinamento básico na Geórgia, e depois embarcado para a Inglaterra, onde sua unidade estava designada para armar um acampamento em Sussex. Toby disse ao sargento que queria ver o comandante em chefe. Conseguiu chegar até o capitão. O nome do capitão era Sam Winters, era um homem moreno, de expressão inteligente, de 30 e poucos anos.

— Qual é o seu problema, soldado?

— É o seguinte, capitão — começou Toby. — Sou um artista, sou um cômico. Era isso que eu fazia quando era civil.

O Capitão Winters sorriu da seriedade dele.

— O que é exatamente que você faz? — perguntou.

— Um pouquinho de tudo — respondeu Toby. — Faço imitações, paródias e...

Viu a expressão nos olhos do capitão e terminou sem jeito:

— Coisas assim.

— Onde foi que você já trabalhou?

Toby começou a falar, então parou. Não adiantava. O capitão só ficaria impressionado com lugares como Nova York e Hollywood.

— Nenhum lugar de que o senhor já tenha ouvido falar — respondeu Toby e agora sabia que estava perdendo tempo.

O Capitão Winters disse:

— Não sou eu que decido, mas vou ver o que posso fazer.

— Claro — disse Toby. — Muito obrigado, capitão.

Bateu continência e saiu.

O Capitão Sam Winters ficou sentado à sua escrivaninha, pensando em Toby, muito tempo depois de o rapaz ter ido embora. Sam Winters tinha se alistado porque sentia que aquela era uma guerra que tinha que ser feita e tinha que ser vencida. Ao mesmo tempo, ele a odiava pelo que ela estava fazendo com garotos como Toby Temple. Mas se Temple realmente tivesse talento, apareceria mais cedo ou mais tarde, pois o talento era como uma florzinha frágil, crescendo sob a rocha sólida. No fim, nada podia impedi-la de irromper através da rocha e florir. Sam Winters tinha abandonado um bom emprego de produtor na indústria cinematográfica, em Hollywood, para se alistar no exército. Já tinha produzido vários filmes de sucesso para os Pan-Pacific Studios e já vira dúzias de jovens esperançosos como Toby Temple ir e vir. O mínimo que eles mereciam era uma chance. Mais tarde naquele mesmo dia, ele falou com o Coronel Beech sobre Toby.

— Acho que devíamos deixar os Serviços Especiais testá-lo — disse o Capitão Winters. — Tenho a impressão de que ele é capaz de ser bom. E Deus sabe que os rapazes vão precisar de toda a diversão que puderem ter.

O Coronel Beech olhou para o Capitão Winters e disse num tom frio:

— Certo, capitão. Mande-me um memorando a respeito disso.

Ficou observando enquanto o Capitão Winters saía. O Coronel Beech era um soldado profissional, um homem de West Point. Desprezava todos os civis, e para ele o Capitão Winters era um civil. Vestir um uniforme e pôr os galões de capitão não tornava um homem um soldado. Quando o Coronel Beech recebeu o memorando do Capitão Winters a respeito de Toby Temple, apenas passou os olhos, então garatujou com selvageria: "PEDIDO NEGADO", e rubricou.

Ele se sentiu melhor.

O QUE FAZIA MAIS falta a Toby era uma plateia. Precisava exercitar seu sentido de tempo, suas habilidades. Contava piadas e fazia imitações e demonstrações em todas as oportunidades. Não importava que o público fosse dos soldados rasos montando guarda com ele num campo solitário, um ônibus cheio de soldados a caminho de uma cidade ou um lavador de pratos em KP. Toby tinha que fazê-los rir, ganhar o aplauso deles.

Um dia o Capitão Winters assistiu a um de seus números no salão de recreação. Depois que acabou, aproximou-se de Toby e disse:

— Sinto muito que o seu pedido de transferência não tenha sido aprovado, Temple. Acho que você tem talento. Quando a guerra tiver acabado, se você for a Hollywood, vá me procurar.

Sorriu e acrescentou:

— Presumindo-se que eu ainda tenha um emprego por lá.

Na semana seguinte o batalhão de Toby foi mandado para a frente de combate.

NOS ANOS POSTERIORES, quando Toby rememorava a guerra, o que ele lembrava não eram as batalhas. Em Saint-Lô, ele tinha sido um sucesso, fazendo um número de mímica com um disco de Bing Crosby. Em Aachen, tinha entrado às escondidas no hospital, e contado piadas durante horas, para os feridos, antes que as enfermeiras o pusessem para fora. Lembrava-se com satisfação que um pracinha tinha rido tanto que tinha arrebentado todos os pontos. Fora em Metz que tivera um fracasso, mas Toby achava que aquilo só acontecera porque o público estava tenso e nervoso com os aviões nazistas voando lá em cima.

Os combates de que Toby participou foram meros incidentes. Teve uma menção de bravura por ter participado na captura de um posto de comando alemão. Na realidade Toby não tinha nenhuma ideia do que estava acontecendo. Estivera fazendo o papel de John Wayne, e se deixara levar de tal maneira que tudo tinha acabado antes que ele tivesse tido tempo de sentir medo.

Para Toby, fazer rir é que era o importante. Em Cherbourg, visitou um bordel com dois amigos, e enquanto eles estavam lá em cima, Toby ficou no salão apresentando um número para a caftina e duas de suas garotas. Quando acabou, a caftina o mandou subir, por conta da casa.

Essa foi a guerra de Toby. Considerando tudo, não foi uma guerra ruim, e o tempo passou muito depressa. Quando a guerra acabou, em 1945, Toby já estava com quase 25 anos. Na aparência exterior, não envelhecera nem um dia. Tinha o mesmo rosto doce, olhos azuis sedutores e aquela expressão infeliz de inocência.

Todo mundo estava falando em ir para casa. Uma noiva esperando em Kansas City, pai e mãe em Bayonne, um negócio em St. Louis. Não havia nada esperando por Toby. Exceto a Fama.

Decidiu ir para Hollywood. Já estava na hora de Deus cumprir Sua promessa.

— Você conhece Deus? *Já viu o rosto de Jesus? Eu O vi, irmãos e irmãs, ouvi a Sua voz, mas Ele só fala com aqueles que se ajoelham diante Dele e confessam seus pecados. Deus odeia aqueles que não se arrependem. O arco da ira de Deus está vergado e a flecha chamejante da Sua fúria cheia de justiça está apontada para o coração maligno de vocês, e a qualquer momento Ele a lançará, e a flecha da Sua retaliação golpeará seus corações! Olhem para Ele agora, antes que seja tarde demais!*

JOSEPHINE OLHAVA *para cima, para o topo da tenda, aterrorizada, esperando ver uma flecha chamejante apontando para ela. Agarrava a mão da mãe, mas a Sra. Czinski não se apercebia disso. Seu rosto estava corado e os olhos brilhantes de fervor.*

— Louvado seja Jesus! — urrava a congregação.

As reuniões do culto da revivificação se realizavam numa grande tenda, nos arredores de Odessa, e a Sra. Czinski sempre levava Josephine. O púlpito era uma plataforma de madeira que se erguia a um metro e oitenta do chão. Imediatamente em frente à plataforma ficava o cercado da glorificação, para onde os pecadores eram trazidos para se arrepender e para serem convertidos. Além do cercado ficavam fileiras e mais fileiras de bancos duros de madeira, cheios de fanáticos cantando em busca da salvação, aterrados pelas ameaças do Inferno e da Danação. Era aterrorizante para uma criança de 6 anos. Os evangelistas eram Fundamentalistas, Holy Rollers, Pentecostais, Metodistas e Adventistas, e todos eles pregavam o Fogo do Inferno e a Danação.

— Ajoelhai-vos, pecadores, e tremei diante do poderio de Jeová! Pois vossas práticas malignas partiram o coração de Jesus Cristo, e por isto vós recebereis a punição da ira de Seu Pai! Olhai em volta, para os rostos das criancinhas, concebidas na luxúria e cheias de pecado.

E a pequena Josephine ardia de vergonha, achando que todos estavam olhando para ela. Quando as dores de cabeça começavam, Josephine sabia que eram uma punição de Deus. Rezava toda noite para que fossem embora, de forma que pudesse saber que Deus a perdoara. Desejava poder saber o que tinha feito de tão mau.

— *E eu cantarei Aleluia, e vocês cantarão Aleluia, e todos nós cantaremos Aleluia quando chegarmos em Casa!*

— O ÁLCOOL É O SANGUE *do Demônio, e o tabaco, o seu bafo, e a fornicação, o seu prazer. Vocês são culpados de negociar com Satã? Então arderão para sempre no Inferno, malditos para sempre, porque Lúcifer virá buscá-los!*

E Josephine tremia e olhava em volta apavorada, agarrando o banco de madeira com toda a sua força, de forma que o Diabo não pudesse levá-la.

Eles cantavam:

— *Quero ir para o Céu, o meu descanso há tanto tempo buscado.*

Mas a pequena Josephine compreendia mal e cantava:

— *Quero / ir / para / o / Céu, com o meu vestido curto comprido.**

Depois dos sermões violentos vinham os milagres. Josephine olhava com fascinação e pavor enquanto uma procissão de homens e mulheres aleijados mancavam e se arrastavam, ou vinham em cadeiras de rodas para o cercado da glorificação, onde o pregador punha as mãos sobre eles e invocava os poderes do Céu para curá-los. Eles atiravam longe as bengalas e muletas, e alguns balbuciavam histericamente em línguas estranhas, e Josephine recuava apavorada.

As reuniões do culto da revivificação sempre terminavam com a bandeja sendo passada.

— *Jesus está vigiando você, e Ele detesta a avareza.*

E então estava acabado. Mas o medo ficava com Josephine por muito tempo.

---

*O autor faz um trocadilho, com *long sought res* — "descanso há tanto tempo buscado" — e *long short dress* — "vestido curto comprido" — impossível de traduzir. (*N. da T.*)

Em 1946, a cidade de Odessa, no Texas, tinha um gosto marrom-escuro. Há muito tempo, quando os índios viviam ali, fora o gosto da areia do deserto. Agora era o gosto de petróleo.

Havia dois tipos de pessoas em Odessa: a Gente do Petróleo e os Outros. A Gente do Petróleo não olhava para *baixo*, para os Outros — eles simplesmente tinham pena deles, pois sem dúvida Deus achava que todo mundo devia ter aviões particulares, Cadillacs e piscinas, e devia dar festas regadas a champanhe para cem pessoas. Fora por isso que Ele pusera petróleo no Texas.

Josephine Czinski não sabia que ela fazia parte dos Outros. Aos 6 anos, ela era uma bela criança, com cabelos negros, brilhantes, olhos castanhos profundos e um rostinho oval adorável.

A mãe de Josephine era uma ótima costureira que trabalhava para as pessoas ricas da cidade, e costumava levar Josephine junto quando ia fazer provas nas roupas das Senhoras do Petróleo, e transformava peças de magníficos tecidos em vestidos de noite deslumbrantes. A Gente do Petróleo gostava de Josephine porque ela era uma criança educada e simpática, e gostavam de si mesmos por gostarem dela. Achavam que era democrático da parte deles permitir que uma criança pobre, do outro lado da cidade, fizesse amizade com seus filhos. Josephine era polonesa, mas não *parecia* ser polonesa e, muito embora nunca pudesse ser membro do Clube, eles ficavam felizes em lhe conceder os privilégios de visitante. Josephine podia brincar com as Crianças do Petróleo e usar suas bicicletas, pôneis e bonecas de 100 dólares, de forma que ela começou a viver uma vida dupla. Havia sua vida em casa, na casinha minúscula de madeira, com a mobília gasta, o encanamento externo e portas bambas nas dobradiças. E depois, havia a vida de Josephine em lindas mansões coloniais ou em grandes propriedades no campo. Se Josephine ficava para passar a noite em casa de Cissy Topping ou em casa de Lindy Ferguson, davam-lhe um grande quarto só para ela, com o café servido por copeiras e mordomos. Josephine adorava se levantar no meio da noite, quando todo mundo estava dormindo, e descer para olhar as coisas bonitas da casa, os lindos quadros, a prataria pesada com monogramas gravados, e as antiguidades polidas pelo tempo e pela história. Ela as examinava, as acariciava e dizia a si mesma que um dia viveria numa grande casa e seria rodeada por beleza.

Mas nos seus dois mundos Josephine se sentia solitária. Tinha medo de falar com a mãe sobre as dores de cabeça e sobre o seu medo de Deus, porque sua mãe tinha se tornado uma fanática sombria, obcecada com o castigo de Deus, até invocando esse castigo. Josephine não queria discutir seus medos com as Crianças do Petróleo, porque esperavam que ela fosse alegre e despreocupada, como elas. E, assim, Josephine era forçada a guardar seus terrores para si mesma.

NO DIA DO SÉTIMO aniversário de Josephine, a Loja Brubaker anunciou que promoveria um concurso para escolher a Criança Mais Bonita de Odessa. A fotografia de inscrição seria tirada no departamento fotográfico da loja. O prêmio era uma taça de ouro, gravada com o nome do vencedor. A taça estava exposta na vitrine da loja, e Josephine passava por ali todos os dias para admirá-la. Desejava aquela taça mais do que desejara qualquer coisa na vida. A mãe de Josephine não queria deixá-la entrar no concurso:

— A vaidade é o espelho do diabo — dizia ela.

Mas uma das Mulheres do Petróleo que gostava de Josephine pagou a fotografia.

A partir daquele momento Josephine sabia que a taça de ouro seria sua. Podia imaginá-la na sua penteadeira, lhe daria brilho todos os dias. Quando Josephine descobriu que estava nas finais, ficou excitada demais para ir à escola. Ficou na cama o dia inteiro passando mal do estômago, a sua felicidade demasiado grande para que pudesse suportar. Aquela seria a primeira vez que ela possuiria alguma coisa bonita.

No dia seguinte Josephine soube que o concurso fora vencido por Tina Hudson, uma das Crianças do Petróleo. Tina não era nem de perto tão bonita quanto Josephine, mas o pai de Tina fazia parte do Conselho dos Diretores da cadeia que era a proprietária da Loja Brubaker.

Quando Josephine soube da notícia, teve uma dor de cabeça que a fez ter vontade de gritar de dor. Tinha medo que Deus soubesse o quanto aquela linda taça de ouro significava para ela, mas Ele deve ter sabido porque as dores de cabeça continuaram. Durante a noite ela gritava no travesseiro, para que sua mãe não pudesse ouvi-la.

Alguns dias depois do concurso, Josephine foi convidada para passar o fim de semana na casa de Tina. A taça de ouro estava no quarto de Tina, num pequeno pedestal. Josephine olhou para ela durante muito tempo.

Quando Josephine voltou para casa, a taça estava escondida em sua maleta. Ainda estava lá quando a mãe de Tina veio buscá-la e levou-a de volta.

A mãe de Josephine lhe deu uma boa surra com uma chibata feita de varetas finas e verdes. Mas Josephine não ficou zangada com a mãe.

Os poucos minutos que Josephine tivera a linda taça de ouro nas mãos tinham valido a pena.

Capítulo 6

HOLLYWOOD, NA CALIFÓRNIA, em 1946, era a capital do cinema do mundo inteiro, um ímã que atraía os talentosos, os ambiciosos, os esperançosos, e os excêntricos. Era a terra das palmeiras, de Rita Hayworth e o Templo Sagrado do Espírito Universal e de Santa Anita. Era o agente que ia fazer de você um astro da noite para o dia; era uma fraude, um prostíbulo, uma plantação de laranjas, um santuário. Era um caleidoscópio mágico, e para cada pessoa que olhava para o seu interior havia sua imagem própria.

Para Toby Temple, Hollywood era o lugar para onde ele estava destinado a ir. Chegou à cidade com uma mochila do exército e 300 dólares, hospedou-se numa pensão barata no Cahuenga Boulevard. Tinha que agir depressa, antes que ficasse sem dinheiro. Toby sabia tudo a respeito de Hollywood. Era uma cidade onde se tinha que ter uma fachada. Toby foi a uma camisaria, encomendou um novo guarda-roupa e, com 20 dólares de sobra no bolso, foi andando até Hollywood Brown Derby, onde todos os astros e estrelas jantavam. As paredes eram cobertas de caricaturas dos atores mais famosos de Hollywood. Toby podia sentir a trepidação da vida do mundo dos espetáculos ali dentro, sentir o poder que emanava do aposento. Viu a recepcionista caminhar em sua direção. Era uma ruiva bonitinha, cerca de 20 anos, e tinha um corpo sensacional.

Sorriu para Toby e disse:

— Em que posso servi-lo?

Toby não pôde resistir. Estendeu as duas mãos e agarrou-lhe os seios, como melões maduros. Uma expressão de choque surgiu no rosto dela. Quando ia abrindo a boca para gritar, Toby a fitou com os olhos fixos, vidrados, e disse em tom de desculpas:

— Desculpe-me, senhorita... eu não vejo.

— Oh! Sinto muito!

Ela estava arrependida pelo que pensara e foi simpática. Levou Toby até uma das mesas, segurando-lhe o braço, ajudou-o a sentar e depois fez o seu pedido. Quando voltou à mesa alguns minutos depois, e o apanhou examinando os desenhos na parede, Toby sorriu radiante e disse:

— É um milagre! Posso ver de novo!

Ele era tão inocente e engraçado que ela não pôde deixar de rir. Riu durante todo o jantar com Toby, e das suas piadas, na cama, naquela noite.

TOBY FEZ BISCATES em Hollywood porque eles o levavam aos limites do mundo dos espetáculos. Manobrou automóveis no Ciro's e quando as celebridades apareciam, Toby abria a porta do carro com um grande sorriso e uma piada ligeira. Não prestavam atenção. Era apenas um manobrista, e eles nem sabiam que estava vivo. Toby admirava as lindas garotas que saltavam dos carros com vestidos caros e justos, e pensava: *Se você ao menos soubesse que grande astro eu vou ser, largaria logo todos esses sujeitinhos horrendos.*

TOBY FAZIA A RONDA dos agentes, mas descobriu depressa que estava perdendo tempo. Os agentes eram sacanas de primeira ordem. Não se podia procurá-los. Eles tinham que procurar você. O nome que Toby ouvia com mais frequência era o de Clifton Lawrence. Só se ocupava dos maiores talentos e fazia os contratos mais incríveis. *Um dia* — pensava Toby — *Clifton Lawrence será o meu agente.*

Toby fez a assinatura das duas bíblias do mundo dos espetáculos: *Daily Variety* e *Hollywood Reporter.* Isso fez com que ele se sentisse alguém de dentro do negócio. *Forever Amber* tinha sido comprado pela Twentieth Century-Fox, e Otto Preminger ia ser o diretor. Ava Gardner tinha sido contratada para estrelar *Whistle Stop* com George Raft e Jorja Curtright, e *Life with Father* tinha sido comprado pela Warner Brothers. Então Toby viu uma notícia que fez seu pulso se acelerar: "O produtor Sam Winters foi nomeado Vice-Presidente Executivo Encarregado da Produção na Pan-Pacific Studios."

Capítulo 7

Quando Sam Winters voltou da guerra, seu emprego na Pan-Pacific Studios estava esperando por ele. Seis meses depois, houve uma mudança repentina e completa. O chefe do estúdio foi despedido, e pediram a Sam que assumisse o cargo até que um novo chefe de produção fosse encontrado. Sam fez um trabalho tão fantástico que a busca foi abandonada, e ele foi nomeado oficialmente Vice-Presidente Encarregado da Produção. Era um emprego de arrasar com os nervos e de provocar úlceras, mas Sam o amava mais do que amava qualquer coisa no mundo.

Hollywood era um circo de três picadeiros, cheios de tipos selvagens e malucos, um campo minado por um bloco de idiotas dançando em toda a sua extensão. A maioria dos atores, diretores e produtores eram megalomaníacos egoístas, ingratos, depravados e destrutivos. Mas no que dizia respeito a Sam, se tivessem talento, mais nada importava. Talento era a senha mágica.

A porta do escritório de Sam se abriu e Lucille Elkins, sua secretária, entrou com a correspondência que tinha acabado de abrir. Lucille era uma contratada permanente, uma das profissionais competentes que sempre permaneciam e viam seus chefes ir e vir.

— Clifton Lawrence está aqui para vê-lo — disse Lucille.

— Diga-lhe para entrar.

Sam gostava de Lawrence. Ele tinha estilo. Fred Allen havia dito:

— Toda a sinceridade existente em Hollywood poderia ser escondida no umbigo de um mosquito e ainda haveria lugar para quatro sementes de alcaravia e o coração de um agente.

Clifton Lawrence era mais sincero do que a maioria dos agentes. Era uma lenda em Hollywood, e a sua lista de clientes cobria a escala completa do quem é quem no campo dos espetáculos. Tinha um escritório de um só homem e estava constantemente em movimento, atendendo clientes em Londres, na Suíça, em Roma e em Nova York. Era íntimo de todos os executivos importantes de Hollywood e jogava *gin rummy* semanalmente numa mesa que incluía os chefes de produção de três estúdios. Duas vezes por ano, Lawrence alugava um iate, reunia meia dúzia de lindas "modelos" e convidava os principais executivos dos estúdios para "uma viagem de pescaria" de uma semana de duração. Clifton Lawrence mantinha uma casa de praia totalmente equipada, em Malibu, que estava à disposição dos amigos quando eles quisessem usá-la. Clifton tinha um relacionamento simbiótico com Hollywood e era proveitoso para todo mundo.

Sam observou a porta se abrir e Lawrence entrar, elegante, num terno muito bem cortado. Foi até junto de Sam, estendeu a mão tratada com perfeição e disse:

— Só queria dizer um alô rápido. Como vão as coisas, meu caro?

— Deixe-me colocar assim — disse Sam. — Se os dias fossem navios, hoje seria o *Titanic*.

Clifton Lawrence emitiu um som de comiseração.

— Que foi que você achou da pré-estreia de ontem à noite? — perguntou Sam.

— Dê um jeito nos primeiros vinte minutos e filme um outro final que você terá um grande sucesso.

— Conversa fiada — Sam sorriu. — É exatamente isso que estamos fazendo. Tem algum cliente para me vender hoje?

Lawrence sorriu.

— Sinto muito. Estão todos trabalhando.

E era verdade. Os estábulos selecionados de Lawrence, de grandes astros e estrelas, com uns poucos diretores e produtores, estavam sempre sendo requisitados.

— Vejo você na sexta-feira para jantar, Sam. *Ciao* — disse, virando-se para sair.

A voz de Lucille veio pelo intercomunicador:

— Dallas Burke está aqui.

— Mande-o entrar.

— E Mel Foss gostaria de vê-lo. Diz que é urgente.

Mel Foss era o chefe da divisão de televisão da Pan-Pacific Studios.

Sam olhou para o seu calendário de mesa.

— Diga-lhe para aguentar até o café, amanhã de manhã. Oito horas, no Polo Lounge.

No escritório exterior, o telefone tocou e Lucille atendeu:

— Gabinete do Sr. Winters.

Uma voz desconhecida disse:

— Alô. O grande homem está por aí?

— Quem está falando, por favor?

— Diga a ele que é um velho companheiro... Toby Temple. Estivemos juntos no exército. Ele disse que o procurasse se algum dia eu chegasse a Hollywood, e estou aqui.

— Ele está em reunião, Sr. Temple. Será que ele poderia lhe telefonar mais tarde?

— É claro.

Deu a ela o número do seu telefone, e Lucille o atirou na lata de lixo. Aquela não era a primeira vez que alguém tinha tentado fazê-la cair na velha conversa do ex-companheiro do exército.

DALLAS BURKE ERA um dos diretores pioneiros da indústria cinematográfica. Os filmes de Burke eram exibidos em todas as universidades que tinha curso de cinema. Meia dúzia de seus primeiros filmes eram considerados clássicos, e nenhum trabalho seu era menos que brilhante e inovador. Burke estava agora com seus 70 e tantos anos, seu corpo outrora maciço tinha murchado tanto que as roupas pareciam esvoaçar em volta dele.

— É bom vê-lo de novo, Dallas — disse Sam quando o velho ia entrando.

— Também estou feliz em vê-lo, menino.

Indicou o homem que o acompanhava.

— Você conhece o meu agente.

— É claro. Como vai, Peter?

Todos se sentaram.

— Ouvi dizer que você tem uma história para me contar — disse Sam a Dallas Burke.

— Esta é uma beleza — havia um tremor de excitação na voz do velho.

— Estou morrendo de vontade de ouvi-la, Dallas — disse Sam. — Vá em frente.

Dallas Burke se inclinou mais para a frente e começou a falar.

— Em que é que todas as pessoas do mundo inteiro estão mais interessadas, menino? Amor — certo? E esta ideia é sobre o tipo de amor mais sagrado que pode existir... o amor da mãe pelo seu filho.

A voz dele foi ficando mais forte à medida que foi se concentrando na sua história.

— Começamos em Long Island, com uma garota de 19 anos trabalhando como secretária para uma família rica. Velha cepa. Isso nos dá a oportunidade de enfocar as origens brilhantes — sabe o que estou querendo dizer? Negócio de alta sociedade. O homem para quem ela trabalha é casado com uma enjoada de sangue azul. Ele gosta da secretária e ela gosta dele, apesar de ele ser muito mais velho.

Ouvindo sem prestar muita atenção, Sam se perguntou se a história ia ser *Back Street* ou *Imitation of Life*. Não que tivesse importância, porque qualquer que fosse, Sam ia comprá-la. Já fazia quase vinte anos desde que alguém dera um filme para Burke dirigir pela última vez. Sam não podia culpar a indústria. Os três últimos filmes de Burke tinham sido caros, *démodés* e fracassos de bilheteria. Dallas Burke estava acabado para sempre como autor de filmes. Mas ele era um ser humano e ainda estava vivo, e de alguma maneira era preciso que se cuidasse dele, pois não tinha economizado um centavo. Tinham-lhe oferecido um quarto na Casa de Retiro da Indústria Cinematográfica, mas ele recusara indignado.

— Não quero a porra da caridade de vocês! — gritara ele. — Estão falando com o homem que dirigiu Douglas Fairbanks, Jack Barrymore, Milton Sills e Bill Farnum. Sou um gigante, seus pigmeus filhos de uma cadela!

E ele era. Era uma lenda; mas mesmo as lendas tinham que comer.

Quando Sam se tornara produtor, telefonara para um agente que conhecia e lhe dissera para trazer Dallas Burke com uma ideia para um filme. Desde então, Sam tinha passado a comprar histórias insossas de Dallas Burke todo ano, por uma quantia suficiente para que o velho pudesse ir vivendo, e quando Sam estivera fora, no exército, tratara para que o arranjo fosse continuado.

— ... assim você vê — Dallas Burke estava dizendo —, o bebê cresce sem saber quem é sua mãe. Mas a mãe não a perde de vista.

No final, quando a filha se casa com esse médico rico, temos um grande casamento. E sabe qual é a grande surpresa, Sam? Escute só este pedaço, é magnífico! Não querem deixar a mãe entrar! Ela tem que entrar às escondidas, pelos fundos da igreja, para ver a sua própria filha se casar. Não haverá um único olho seco na plateia... Bem, é isto. Que é que você acha?

Sam tinha errado o palpite. *Stella Dallas*. Lançou um olhar para o agente, que desviou os olhos e examinou as pontas dos sapatos caros, embaraçado.

— É fantástica. É exatamente o tipo de filme que o estúdio tem estado procurando.

Sam virou-se para o agente:

— Telefone para o setor financeiro e prepare um contrato com eles, Peter. Vou avisar a eles para aguardarem o seu telefonema.

O agente concordou.

— Diga-lhes que vão ter que pagar um preço salgado por esta aqui, senão vou oferecê-la à Warner Brothers — disse Dallas Burke. — Estou dando a primeira opção a vocês porque são velhos amigos.

— Eu aprecio isto — disse Sam.

Observou os dois homens saírem do gabinete. Falando em termos estritos, Sam sabia que não tinha nenhum direito de gastar o dinheiro da companhia numa atitude sentimental como aquela. Mas a indústria cinematográfica devia alguma coisa a homens como Dallas Burke, pois sem ele e outros como ele não teria havido nenhuma indústria.

ÀS OITO HORAS DA MANHÃ seguinte, Sam Winters estacionou o carro sob o pórtico de Beverly Hills Hotel. Alguns minutos depois, estava atravessando o Polo Lounge, cumprimentando amigos, conhecidos, e competidores. Fazia-se mais negócios ali, naquela sala, durante o café, almoço e coquetéis do que se fazia em todos os escritórios de todos os estúdios juntos. Mel Foss ergueu o olhar quando Sam se aproximou.

— Bom-dia, Sam.

Os dois homens trocaram um aperto de mão e Sam acomodou-se na banqueta defronte a Foss. Há seis meses, Sam tinha contratado Foss para dirigir a divisão de televisão da Pan-Pacific Studios. A televisão era a nova coqueluche do mundo dos espetáculos, e estava crescendo com uma rapidez incrível. Todos os estúdios que outrora tinham olhado para a televisão com desprezo agora estavam envolvidos com ele.

A garçonete veio anotar os pedidos, e depois que ela se foi, Sam disse:

— Qual é a boa notícia, Mel?

Mel Foss sacudiu a cabeça.

— Não há boas notícias. Estamos numa encrenca.

Sam esperou, sem dizer nada.

— Não vamos conseguir o contrato de continuação de *The Raiders*.

Sam olhou para ele surpreendido.

— Os índices de audiência estão ótimos. Por que a rede quereria cancelá-lo? É um bocado difícil conseguir um programa de grande sucesso.

— Não é o programa — disse Foss. — É Jack Nolan.

Jack Nolan era o astro de *The Raiders,* e tinha sido um sucesso imediato, tanto de crítica quanto com o público.

— Que é que há com ele? — perguntou Sam.

Detestava o hábito de Mel Foss de forçá-lo a arrancar as informações dele.

— Você já leu o número dessa semana do *Peek Magazine*?

— Eu não leio em nenhuma semana. É um monte de lixo.

De repente ele percebeu aonde é que Foss estava querendo chegar.

— Eles caíram em cima de Nolan!
— E sem meias-medidas — replicou Foss. — O estúpido filho da puta pôs o seu vestido de renda mais bonito e foi a uma festa. Alguém fotografou.
— É muito ruim?
— Não podia ser pior. Recebi uma dúzia de telefonemas da TV ontem. Os patrocinadores e a rede querem cair fora. Ninguém quer ser associado a um veado escandaloso.
— Travesti — disse Sam.

Ele estivera contando em apresentar um bom relatório de televisão na reunião do conselho, em Nova York, no mês seguinte. A notícia de Foss poria um fim naquilo. Perder *The Raiders* ia ser um golpe violento.

A menos que ele pudesse fazer alguma coisa.

QUANDO SAM VOLTOU para o escritório, Lucille acenou com uma pilha de recados para ele.
— As emergências estão em cima — disse ela. — Estão precisando...
— Mais tarde. Quero falar com William Hunt na IBC.

Dois minutos depois, Sam estava falando com o chefe da International Broadcasting Company. Sam conhecia Hunt de maneira casual há vários anos, e gostava dele. Hunt tinha começado como um jovem advogado brilhante na companhia e fora abrindo o seu caminho até o topo da hierarquia da rede de televisão. Raramente tratavam de negócios diretamente um com o outro, porque Sam não estava ligado de maneira direta com a televisão. Naquele momento desejou ter dedicado algum tempo a cultivar a amizade de Hunt. Quando Hunt entrou na linha, Sam se obrigou a falar num tom descontraído e casual.
— Bom-dia, Bill.

— É uma surpresa agradável — disse Hunt. — Já faz um bocado de tempo, Sam.

— Tempo demais. Este é o problema com este negócio, Bill. A gente nunca tem tempo para as pessoas de quem gosta.

— É verdade.

Sam fez com que a sua voz soasse bem casual.

— A propósito, você por acaso viu aquele artigo idiota no *Peek*?

— Você sabe que vi. É por isso que vamos cancelar o programa, Sam — disse Hunt num tom calmo, mas com firmeza.

— Bill — disse Sam —, que é que você diria se eu lhe contasse que Jack Nolan foi falsamente inculpado?

Houve uma gargalhada do outro lado da linha.

— Eu diria que você deveria pensar em se tornar escritor.

— Estou falando sério — disse Sam, com sinceridade. — Eu *conheço* Jack Nolan. Ele é tão normal quanto nós. Aquela fotografia foi tirada numa festa à fantasia. Era o aniversário da namorada dele, e ele pôs o vestido de farra.

Sam podia sentir as palmas das suas mãos suando.

— Eu não...

— Vou-lhe dizer como eu confio em Jack. Acabei de escolhê-lo para o papel principal de *Laredo,* o nosso grande filme *western* para o ano que vem.

Houve uma pausa.

— Está falando sério, Sam?

— Pode ficar certo de que estou. É um filme de 3 milhões de dólares. Os exibidores não quiseram participar. Acha que eu correria este tipo de risco se não soubesse do que estou falando?

— Bem... — havia hesitação na voz de Bill Hunt.

— Ora, vamos, Bill, você não vai deixar que uma porcaria de uma revista de fofocas como *Peek* destrua a carreira de um bom homem. Nós lhe demos um programa de sucesso. Não vamos brincar com um sucesso.

— Bem...

— Mel Foss já falou com você sobre os planos do estúdio, para o *The Raiders* da próxima temporada?

— Não...

— Acho que ele estava planejando lhe fazer uma surpresa — disse Sam. — Espere só até ouvir o que ele imaginou! Astros convidados, grandes escritores de *westerns*, filmagens no próprio local, todas as honras! Se o *The Raiders* não subir como um foguete para número um, estou no negócio errado.

Houve uma breve hesitação. Então Bill Hunt disse:

— Diga a Mel para me telefonar. Talvez todos nós aqui tenhamos entrado em pânico à toa.

— Ele lhe telefonará — prometeu Sam.

— Sam... você compreende a minha posição. Eu não estava tentando prejudicar ninguém.

— É claro que não — disse Sam com sinceridade. — Conheço você bem demais para pensar isso, Bill. Foi por isso que achei que lhe devia a oportunidade de deixá-lo ouvir a verdade.

— Eu lhe fico muito grato.

— Que tal um almoço na semana que vem?

— Seria ótimo. Telefono na segunda-feira.

Eles se despediram e desligaram. Sam ficou sentado ali, exausto. Jack Nolan era decididamente um veado. Alguém já deveria ter dado sumiço nele há muito tempo. E todo o futuro de Sam dependia de maníacos como ele. Dirigir um estúdio era como andar num arame suspenso sobre as Cataratas de Niágara num nevoeiro. *Qualquer um estaria louco de fazer um trabalho como esse*, pensou Sam. Pegou o telefone interno e discou. Alguns minutos depois estava falando com Mel Foss.

— *The Raiders* vai continuar no ar.

— Quê? — havia incredulidade e surpresa na voz de Foss.

— É isso mesmo. Quero que você tenha uma conversinha séria com Jack Nolan. Diga a ele que se ele sair da linha de novo, eu o colocarei para fora desta cidade pessoalmente e o levarei de volta para a Ilha do Fogo! Estou falando sério. Se ele sentir uma terrível necessidade de chupar alguma coisa, diga para experimentar uma banana!

Sam desligou o telefone com violência. Recostou-se na cadeira, pensando. Tinha esquecido de avisar Foss das modificações que havia improvisado para Bill Hunt. Ia ter que arranjar um escritor para produzir um *script* de um *western* chamado *Laredo*.

A porta se abriu violentamente e Lucille ficou parada ali, seu rosto muito pálido.

— Pode ir imediatamente até o Cenário Dez? Alguém o incendiou.

Capítulo 8

Toby Temple tinha tentado entrar em contato com Sam Winters uma meia dúzia de vezes, mas nunca tinha conseguido ir além da cadela da secretária, e finalmente desistiu. Toby fez as rondas dos clubes noturnos e dois estúdios sem ter sucesso. Durante o ano seguinte, aceitou vários empregos para se sustentar. Vendeu propriedades, seguros e camisas e, nesse ínterim, se apresentava em bares e clubes noturnos obscuros. Mas não conseguiu passar dos portões dos estúdios.

— Você está tentando pelo caminho errado — disse-lhe um amigo. — Faça com que *eles* venham até *você*.

— Como é que eu vou fazer isso? — perguntou Toby, com cinismo.

— Entre para a Actors West.

— Uma escola de *arte dramática*?

— É mais do que isso. Eles encenam peças, e todos os estúdios da cidade fazem coberturas delas.

A Actors West tinha o cheiro de profissionalismo. Toby pôde senti-lo quando passou pela porta. Na parede havia fotografias dos ex-alunos da escola, Toby reconheceu muitos deles como atores de sucesso.

A recepcionista atrás da escrivaninha disse:

— Em que posso ajudá-lo?

— Bem, sou Toby Temple. Gostaria de me matricular.

— Já teve alguma experiência teatral?

— Bem, não — disse Toby. — Mas eu...

Ela sacudiu a cabeça.

— Sinto muito. A Sra. Tanner não entrevista ninguém que não tenha tido experiência profissional.

Toby ficou olhando para ela por um momento.

— Está brincando comigo?

— Não. É o nosso regulamento. Ela nunca...

— Não estou falando nisso — disse Toby. — Quero dizer... você realmente não sabe quem eu sou?

A loura olhou para ele e disse:

— Não.

Toby soltou a respiração devagar.

— Jesus — disse ele. — Leland Hayward tinha razão. Se a gente trabalha na Inglaterra, Hollywood não sabe nem que a gente está vivo.

Sorriu e disse em tom de desculpa:

— Eu estava brincando. Achei que me reconheceria. — Agora a recepcionista estava confusa, sem saber em que acreditar.

— Então *já* trabalhou profissionalmente?

— Eu diria que sim — Toby riu.

A loura pegou um formulário.

— Que papéis desempenhou e aonde?

— Não fiz nada aqui — disse Toby depressa. — Estive na Inglaterra durante os últimos dois anos, trabalhando em teatro.

A loura concordou com a cabeça.

— Compreendo. Bem, deixe-me falar com a Sra. Tanner. — A loura desapareceu num outro escritório, voltando alguns minutos depois.

— A Sra. Tanner o receberá. Boa sorte.

Toby piscou o olho para a recepcionista, respirou fundo e entrou no escritório da Sra. Tanner.

Alice Tanner era uma mulher de cabelos escuros, com um rosto atraente e aristocrático. Parecia estar com seus 30 e poucos anos, cerca de dez anos mais velha que Toby. Estava sentada atrás da escrivaninha, mas o que Toby podia ver de seu corpo era sensacional. *Este lugar vai ser mesmo muito bom,* refletiu Toby.

Toby lhe deu um sorriso cativante e disse:

— Sou Toby Temple.

Alice Tanner se levantou e caminhou até ele. Sua perna esquerda estava envolta numa armação pesada de metal e ela mancava com o andar rápido e à vontade de alguém que tinha vivido com aquilo por muito tempo.

Pólio, concluiu Toby. Não sabia se devia fazer algum comentário sobre aquilo ou não.

— Então quer se matricular nos nossos cursos.

— Quero muito — disse Toby.

— Posso lhe perguntar por quê?

Ele fez a sua voz soar sincera.

— Porque em todos os lugares aonde vou, Sra. Tanner, as pessoas falam sobre a sua escola e sobre as peças maravilhosas que encenam aqui. Aposto que não tem ideia da reputação que este lugar tem.

Ela o examinou por um momento.

— Eu tenho ideia. É por isso que tenho que ter cuidado para manter os impostores de fora.

Toby sentiu o seu rosto começar a corar, mas sorriu inocentemente e disse:

— Aposto que sim. Muitos deles devem tentar entrar de qualquer maneira.

— São poucos — concordou a Sra. Tanner, olhando de relance para o cartão que tinha na mão. — Toby Temple.

— Provavelmente não conhece o meu nome — explicou ele — porque durante os últimos dois anos, estive...

— Trabalhando em teatro na Inglaterra.

Ele concordou com a cabeça.

— Certo.

Alice Tanner olhou para ele e disse com calma:

— Sr. Temple, americanos não podem trabalhar em teatro na Inglaterra. A Lei de Equidade para Atores Ingleses não permite.

Toby sentiu de repente um vazio no fundo do estômago.

— Poderia ter verificado antes e nos pouparia esta situação embaraçosa. Sinto muito, mas aqui nós só admitimos talentos profissionais.

Começou a voltar para a escrivaninha. A entrevista tinha acabado.

— Espere! — a voz dele soou como uma chicotada.

Ela se virou espantada. Naquele instante, Toby não tinha ideia do que ia dizer ou fazer. Sabia apenas que todo o seu futuro dependia daquilo. A mulher parada na sua frente era a pedra inicial para tudo que ele queria, tudo por que tinha trabalhado e lutado, e não deixaria que ela o detivesse.

— Talento não se julga através de regras, minha senhora! O.k., então eu nunca representei. E por quê? Porque pessoas como a senhora se recusam a me dar uma oportunidade. Compreende o que estou querendo dizer? — era a voz de W.C. Fields.

Alice Tanner abriu a boca para interrompê-lo, mas Toby não lhe deu oportunidade. Ele era Jimmy Cagney, dizendo-lhe que desse uma chance ao pobre garoto, e James Stewart, concordando com ele, e Clark Gable, dizendo que estava louco para trabalhar com o garoto, e Cary Grant, acrescentando que achava o garoto brilhante. Uma horda de astros de Hollywood estava naquela sala, e todos eles estavam dizendo coisas engraçadas, coisas em que Toby Temple nunca tinha pensado antes. As palavras, as piadas jorravam num frenesi de desespero. Era um homem se afogando na escuridão da sua obscuridade, se agarrando a uma tábua de salvação de palavras, e as palavras eram a única coisa que o mantinha à superfície. Estava ensopado de suor, correndo pelo aposento, imitando cada gesto de cada personagem que falava. Estava louco, totalmente fora de si, inteiramente esquecido de onde estava e do que estava fazendo ali, até que ouviu Alice Tanner dizendo:

— Pare! Pare!

Ela chorava de rir, as lágrimas lhe escorrendo pelo rosto.

— Pare! — repetiu ela, arquejando para respirar.

E lentamente Toby desceu de volta à terra. A Sra. Tanner tinha puxado um lenço e estava enxugando os olhos.

— Você... você é maluco — disse ela. — Sabe disso?

Toby a encarou, um sentimento de euforia tomando conta dele lentamente, levantando, exaltando.

— Gostou?

Alice Tanner sacudiu a cabeça e respirou fundo para controlar o riso, e disse:

— Não muito.

Toby olhou para ela cheio de raiva. Estivera rindo *dele,* não com ele. Ele estivera fazendo papel de palhaço.

— Então de que é que estava rindo? — perguntou Toby.

Ela sorriu e disse com calma:

— Você. Este foi o desempenho mais frenético que já vi na minha vida. Em algum lugar, escondido debaixo de todos esses artistas de cinema, está um rapaz com um bocado de talento. Você não tem que imitar outras pessoas, você é naturalmente engraçado.

Toby sentiu a sua raiva começar a se esvair.

— Acho que um dia você poderá ser realmente bom, se estiver disposto a dar duro para isso. Está?

Ele lhe lançou um sorriso lento e radiante e disse:

— Vamos arregaçar as mangas e trabalhar.

Josephine trabalhou muito naquela manhã de sábado, ajudando a mãe a limpar a casa. Ao meio-dia, Cissy e alguns outros amigos vinham apanhá-la para levá-la a um piquenique.

A Sra. Czinski observou Josephine saindo na grande limusine cheia de crianças da Gente do Petróleo e pensou: Um dia alguma coisa de ruim vai acontecer a Josephine. Eu não devia deixar ela sair com essa gente. São os filhos do Diabo.

E ela se perguntou se haveria um demônio em Josephine. Ia falar com o Reverendo Damian, ele saberia o que fazer.

Capítulo 9

A ACTORS WEST era dividida em duas seções: o grupo Mostruário, que era constituído de atores mais experimentados, e o grupo Oficina. Eram os atores do grupo Mostruário que encenavam as peças que eram seguidas com atenção pelos pesquisadores de talentos dos estúdios. Toby tinha sido designado para o grupo de atores da Oficina. Alice Tanner lhe havia dito que poderia levar de seis meses a um ano até que ele estivesse pronto para fazer uma peça com o grupo Mostruário.

Toby achava as aulas interessantes, mas o ingrediente mágico estava faltando: o público, os aplausos, os risos, pessoas para adorá-lo.

Nas semanas seguintes ao início de suas aulas, Toby quase não tinha visto a diretora da escola. Ocasionalmente Alice Tanner aparecia para observar as improvisações e para dar uma palavra de encorajamento, ou Toby cruzava com ela a caminho das aulas; mas havia esperado um relacionamento mais íntimo. Descobriu-se pensando um bocado a respeito de Alice Tanner. Era a imagem que Toby fazia de uma senhora de classe, e aquilo o atraía; achava que era o que merecia. A ideia da sua perna aleijada o incomodara a princípio, mas pouco a pouco começara a adquirir um fascínio sexual.

Toby tornou a falar com ela a respeito de incluí-lo numa peça do Mostruário, onde os críticos e os caçadores de talentos pudessem vê-lo.

— Você ainda não está pronto — disse-lhe Alice Tanner. Ela estava no seu caminho, mantendo-o afastado do seu sucesso. *Tenho que fazer alguma coisa a respeito disso,* resolveu Toby.

Uma peça do grupo Mostruário ia ser encenada e, no dia da estreia, Toby estava sentado numa fileira do meio da plateia, ao lado de uma estudante chamada Karen, uma gorduchinha que representava personalidades típicas e era da sua turma. Toby contracenara com ela em alguns números, e sabia duas coisas a seu respeito: nunca usava roupa de baixo e tinha mau hálito. Tinha feito tudo exceto enviar sinais de fumaça para dizer a Toby que queria ir para a cama com ele, mas Toby fingia que não compreendia. *Jesus,* pensava ele, *trepar com ela deve assemelhar-se a ser sugado para uma banheira cheia de banha fervendo.*

Enquanto estavam sentados ali, esperando que a cortina subisse, Karen mostrava animadamente os críticos do *Times* e do *Herald Express* de Los Angeles, e os caçadores de talentos da Twentieth Century-Fox, da MGM e da Warner Brothers. Toby ficou furioso. Estavam ali para ver os atores no palco, enquanto *ele* estava sentado ali na plateia como um idiota. Teve um impulso quase incontrolável de se levantar e executar um de seus números, de estonteá-los, de lhes mostrar o que era talento *de verdade*.

O público gostou da peça, mas Toby estava obcecado com os caçadores de talentos, que estavam sentados ao seu alcance, os homens que tinham o seu futuro nas mãos. Bem, se a Actors West era a isca que os traria até ele, Toby a usaria; mas não tinha a intenção de esperar seis meses, nem mesmo seis semanas.

NA SEMANA SEGUINTE, Toby foi até o escritório de Alice Tanner.

— Que foi que achou da peça? — perguntou ela.

— Foi maravilhosa — respondeu. — Aqueles atores estavam realmente ótimos.

Ele deu um sorriso de desculpa.

— Compreendi o que estava querendo dizer quando falou que ainda não estou pronto.

— Eles têm mais experiência do que você, isto é tudo, mas você tem uma personalidade única. Você vai conseguir. É só ter paciência.

Ele suspirou:

— Não sei. Talvez fosse melhor se eu esquecesse essa história toda, e fosse vender seguros ou coisa assim.

Alice olhou para ele surpreendida.

— Não deve fazer isso.

Toby sacudiu a cabeça.

— Depois de ver esses profissionais, ontem à noite, eu-e-eu acho que não tenho jeito.

— É claro que tem, Toby. Não vou deixar você falar desse jeito.

Na voz dela havia o tom que ele estivera esperando ouvir. Agora não era mais uma professora falando com um aluno, era uma mulher falando com um homem, encorajando, se importando com ele. Toby sentiu um pequeno ímpeto de satisfação.

Encolheu os ombros com uma expressão de impotência.

— Não sei mais. Estou completamente sozinho nesta cidade. Não tenho ninguém com quem falar.

— Você sempre pode falar comigo, Toby. Gostaria de ser sua amiga.

Podia ouvir a rouquidão lasciva surgindo na voz dela. Os olhos azuis de Toby revelavam todo o encanto do mundo enquanto olhava para ela. Ela ainda o observava, quando ele foi até a porta do escritório e a trancou. Voltou para junto dela, se ajoelhou, enterrou a cabeça no seu colo e, enquanto seus dedos lhe tocavam o cabelo, começou a levantar-lhe a saia lentamente, expondo a coxa envolta no cruel suporte de aço. Delicadamente retirou o suporte, beijando com ternura as marcas vermelhas deixadas pelas talas de aço. Desabotoou lentamente a cinta-liga, sempre falando a Alice do seu amor e da sua necessidade dela, e a cobriu de beijos descendo até os lábios úmidos. Ele a carregou até o grande sofá de couro e a possuiu.

Naquela noite, Toby mudou para a casa de Alice.

NA CAMA, NAQUELA NOITE, Toby descobriu que Alice Tanner era uma mulher solitária, digna de pena, desesperada e ansiosa para ter alguém com quem falar, alguém a quem amar.

Tinha nascido em Boston, seu pai era um industrial rico que lhe havia dado uma grande mesada e não lhe dera mais nenhuma atenção. Alice adorava o teatro e tinha estudado para ser atriz, mas na universidade contraíra poliomielite e aquilo pusera fim ao seu sonho. Ela contou a Toby como aquilo havia afetado a sua vida. O rapaz de quem estava noiva a abandonara quando soubera da notícia. Alice tinha saído de casa e se casado com um psiquiatra, que se suicidara seis meses depois. Era como se todas as emoções e sentimentos tivessem sido engarrafados sob pressão no seu íntimo. Agora tinham jorrado para fora numa explosão que a deixara exausta, em paz e maravilhosamente satisfeita.

Toby possuiu Alice repetidamente, até que ela quase desmaiou de prazer, penetrando-a com o seu enorme pênis e fazendo movimentos circulares bem lentos, com os quadris, até parecer estar tocando todas as partes do seu corpo. Ela gemia:

— Oh, querido, eu te amo tanto. Oh, Deus, como eu adoro isso!

Mas no que dizia respeito à escola, Toby descobriu que não tinha nenhuma influência sobre Alice. Pediu a ela que o pusesse na próxima peça do Mostruário, que o apresentasse aos diretores que distribuíam os papéis, que falasse a respeito dele com pessoas de influência nos estúdios, mas ela permaneceu firme.

— Você vai se prejudicar se for rápido demais, querido. Regra número um: a primeira impressão que causar é a mais importante. Se não gostarem de você da primeira vez, nunca voltarão a vê-lo uma segunda vez. Você tem que estar pronto.

No instante em que as palavras foram ditas, ela se tornou o Inimigo. Estava contra ele. Toby engoliu sua fúria e se obrigou a sorrir.

— É claro. É só que estou impaciente. Quero fazê-lo tanto por você quanto por mim.

— Quer mesmo? Oh, Toby, eu te amo tanto!

— Eu também te amo, Alice.

E sorria para os olhos que o adoravam. Sabia que tinha que dar um jeito naquela cadela que estava entre ele e o que ele queria. Toby a odiava e a punia.

Quando iam para a cama, a obrigava a fazer coisas que ela nunca tinha feito antes, coisas que nunca pedira a uma prostituta que fizesse, usando a boca de Alice, usando seus dedos e sua língua. Fazia com que ela fosse cada vez mais longe, levando-a à força a uma série de humilhações. E cada vez que a obrigava a fazer algo de mais degradante, a elogiava, da mesma maneira que se elogia um cachorro por ter aprendido mais um truque, e ela ficava feliz por ter agradado. E quanto mais ele a degradava, mais degradado se sentia. Estava punindo a si mesmo, e não tinha a menor ideia por quê.

Toby tinha um plano em mente, e sua oportunidade de pô-lo em prática surgiu mais cedo do que antecipara. Alice Tanner anunciou que o grupo Oficina ia dar um espetáculo fechado para as turmas adiantadas e seus convidados, na sexta-feira seguinte. Cada estudante podia escolher o seu número. Toby preparou um monólogo e o ensaiou exaustivamente.

Na manhã do espetáculo, Toby esperou até que as aulas tivessem acabado e foi procurar Karen, a atriz gorda que tinha se sentado junto dele durante a peça.

— Você me faria um favor? — perguntou num tom casual.

— Claro, Toby — a voz dela estava surpresa e ansiosa.

Toby recuou para fugir do hálito de Karen.

— Quero pregar uma peça num velho amigo meu. Quero que você telefone para a secretária de Clifton Lawrence e que lhe diga que é a secretária de Sam Goldwyn, e que o Sr. Goldwyn gostaria que o Sr. Lawrence viesse ao espetáculo, hoje à noite, para ver um novo cômico brilhante. Haverá uma entrada esperando por ele na bilheteria.

Karen olhou para ele.

— Jesus, a velha Tanner me arrancaria a cabeça! Você sabe que ela nunca permitiu que gente de fora assistisse aos espetáculos da Oficina.

— Confie em mim, não haverá nenhum problema — Toby segurou o braço dela e o apertou. — Vai estar ocupada esta tarde?

Ela engoliu em seco, com a respiração um pouco acelerada.

— Não, não se você quiser fazer alguma coisa.

— Eu gostaria de fazer alguma coisa.

Três horas depois, uma Karen em êxtase deu o telefonema.

O AUDITÓRIO ESTAVA cheio de atores das várias turmas e seus convidados, mas a única pessoa para quem Toby tinha olhos era o homem sentado numa poltrona lateral, na terceira fila. Toby estivera em pânico, com medo que o seu ardil falhasse. Sem dúvida um homem esperto como Clifton Lawrence perceberia a artimanha. Mas não tinha percebido. Estava ali.

Naquele momento, um rapaz e uma moça estavam no palco, encenando um trecho de *The Sea Gull*. Toby esperava que eles não fizessem com que Clifton Lawrence saísse do teatro. Finalmente o número acabou, e os atores agradeceram e saíram do palco.

Era a vez de Toby. Alice apareceu de repente, ao seu lado, nos bastidores, murmurando:

— Boa sorte, querido — sem saber que a sorte dele estava sentada na plateia.

— Obrigado, Alice.

Toby fez uma prece muda, endireitou os ombros, irrompeu palco adentro e inocente para a audiência.

— Alô, amigos. Sou Toby Temple. Ei, vocês alguma vez pararam para pensar a respeito de nomes, e como os nossos pais os escolhem? É uma loucura. Perguntei à minha mãe por que ela tinha me chamado Toby. Ela disse que deu uma olhada para a minha careta* e que não viu outra coisa.

Foi a expressão dele que arrancou o riso. Toby parecia tão inocente e ansioso para agradar, de pé ali sozinho, naquele palco, que eles o adoraram. As piadas que ele contou eram terríveis, mas de alguma forma não importava. Ele era tão vulnerável que queriam protegê-lo, e o fizeram com seus aplausos e suas gargalhadas. Era como uma dádiva de amor que fluía para dentro de Toby, enchendo o seu íntimo de uma euforia quase insuportável. Ele era Edward G. Robinson e Jimmy Cagney, e Cagney estava dizendo:

— Seu rato imundo! A quem você pensa que está dando ordens?

— A você, seu vagabundo. Sou o Pequeno César. Sou o chefe. Você não é nada. Sabe o que é que isso quer dizer? — respondia Robinson.

— Sei, rato imundo. Você não é chefe de nada.

Uma explosão de riso. O público adorava Toby.

Bogart estava ali, rosnando com rispidez:

— Eu cuspiria no seu olho, seu vagabundo, se o meu lábio não estivesse preso em cima dos meus dentes.

---

*Trocadilho impossível de ser traduzido. O autor joga com o significado da palavra *mug*, que quer dizer *caneca*, mas que em gíria quer dizer careta, e com o apelido Toby, que quer dizer caneca em formato de homem gordo. (*N. da T.*)

E o público estava encantado.

Toby lhes ofereceu sua versão de Peter Lorre.

— Vi a tal garotinha no quarto dela, brincando com o negócio, e fiquei excitado. Não sei o que foi que deu em mim. Não consegui me controlar. Entrei bem devagarinho no quarto, e puxei a corda com toda a força, quebrando o ioiô dela.

Uma grande risada. Ele estava radiante.

Passou para Laurel e Hardy, e um movimento na plateia atraiu o seu olhar e ele olhou para cima. Clifton Lawrence estava saindo do teatro.

O resto da noite foi um borrão para Toby.

Quando o espetáculo acabou, Alice Tanner se aproximou de Toby.

— Você estava maravilhoso, querido! Eu...

Não suportava ter que olhar para ela, olhar para qualquer pessoa, que qualquer pessoa o olhasse. Queria estar sozinho com a sua desgraça, para tentar lutar com a dor que o estraçalhava. Seu mundo tinha desmoronado a sua volta. Tinha tido a sua oportunidade e fracassado. Clifton Lawrence desertara, não esperara nem mesmo que ele acabasse. Clifton Lawrence era um homem que conhecia o que era talento, que só cuidava dos melhores. Se Lawrence não achava que Toby tivesse alguma coisa que valesse a pena... Toby se sentiu enjoado.

— Vou dar uma volta — disse a Alice.

Desceu pela Vine Street e Gower, passando pela Columbia Pictures, pela RKO e pela Paramount. Todos os portões estavam fechados. Desceu o Hollywood Boulevard e olhou para cima, para o anúncio enorme, zombeteiro, na colina, que dizia, "HOLLYWOODLAND". Não existia nenhuma Hollywoodland. Era um estado de espírito, um sonho mentiroso que levava milhares de pessoas, que de outra forma seriam normais, à insanidade de tentar alcançar o estrelato. A palavra *Hollywood* tinha se tornado um ímã, uma armadilha que seduzia as pessoas com promessas maravilhosas, cantos de sereia de sonhos realizados, e depois as destruía.

Toby andou pelas ruas a noite inteira, se perguntando o que iria fazer de sua vida. A fé que tinha em si mesmo fora destruída, e se sentia desarraigado e sem rumo. Nunca se imaginara fazendo outra coisa qualquer que não representar, e se não sabia fazer aquilo, tudo que lhe restava eram empregos monótonos e entediantes, onde estaria aprisionado para o resto de sua vida. Sr. Anônimo. Ninguém nunca saberia quem ele era. Pensou nos longos anos sombrios, na solidão amarga das milhares de cidades sem nome, das pessoas que o tinham aplaudido, rido com ele, que o tinham amado. Toby chorou. Chorou pelo passado e pelo futuro.

Ele chorou porque estava morto.

O DIA ESTAVA amanhecendo quando Toby voltou para o bangalô branco que dividia com Alice. Entrou no quarto e olhou para o vulto adormecido. Tinha pensado que ela seria o abre-te sésamo para o reino mágico. Mas não existia nenhum reino mágico. Não para ele. Ia partir. Não tinha ideia de para onde iria. Estava com quase 27 anos e não tinha futuro.

Deitou-se no sofá, exausto. Fechou os olhos, ouvindo os ruídos matinais da cidade despertando para a vida. Os ruídos matinais das cidades são sempre os mesmos, e pensou em Detroit. Sua mãe. Ela estava em pé na cozinha, preparando tortinhas de maçã para ele. Podia sentir o seu maravilhoso cheiro almiscarado de fêmea, misturado com o cheiro das maçãs cozinhando na manteiga, e ela estava dizendo: *Deus quer que você seja famoso.*

Estava de pé sozinho num palco enorme, ofuscado pelos refletores, tentando se lembrar de sua fala. Tentou falar mas tinha perdido a voz. Entrou em pânico. Um ruído trovejante vinha da plateia e, através das luzes ofuscantes, Toby podia ver os espectadores correndo para o palco para agredi-lo, para matá-lo. O amor deles se transformara em ódio. Eles o cercavam, o agarravam, entoando: Toby! Toby! Toby!

Toby acordou com um sobressalto, a boca seca de medo. Alice Tanner estava inclinada sobre ele, sacudindo-lhe o braço.

— Toby! Telefone. É Clifton Lawrence.

O ESCRITÓRIO DE Clifton Lawrence ficava num prédio pequeno e elegante em Beverly Drive, ao sul de Wilshire. Havia quadros de impressionistas franceses nas paredes revestidas de madeira entalhada, em frente à lareira de mármore verde-escuro, um sofá e algumas cadeiras de época estavam agrupadas em torno de uma mesinha de chá encantadora. Toby nunca tinha visto nada assim.

Uma secretária ruiva, bem-feita de corpo, estava servindo o chá.

— Como é que gosta do seu chá, Sr. Temple?

Sr. Temple!

— Uma colher de açúcar, por favor.

— Aqui está — um pequeno sorriso e ela foi embora.

Toby não sabia que o chá era de uma marca especial, importada de Fortnum and Mason, nem que estava enriquecido com uma infusão de *Iris Ballek,* mas sabia que o gosto era maravilhoso. De fato, tudo naquele escritório era maravilhoso, especialmente aquele homenzinho elegante sentado numa poltrona que o examinava. Clifton Lawrence era menor do que Toby imaginara, mas irradiava autoridade e poder.

— Não posso lhe dizer o quanto aprecio o fato de o senhor me receber — disse Toby. — Sinto muito por tê-lo enganado e...

Clifton Lawrence atirou a cabeça para trás e riu.

— Enganar a mim? Eu almocei com Goldwyn ontem. Fui vê-lo ontem à noite porque queria ver se o seu talento ficava à altura da sua coragem. E ficava.

— Mas o senhor saiu... — exclamou Toby.

— Meu caro rapaz, não se precisa comer um pote inteiro de caviar para saber se é bom, certo? Eu soube o que você valia em sessenta segundos.

Toby sentiu a euforia crescendo dentro dele outra vez. Depois do desespero negro da noite anterior, ser levantado às alturas daquele jeito, ter a sua vida de volta...

— Tenho um palpite a seu respeito, Temple — disse Clifton Lawrence. — Acho que seria estimulante pegar alguém jovem e construir sua carreira. Decidi aceitar você como cliente.

O sentimento de felicidade estava explodindo no íntimo de Toby. Queria se levantar e gritar bem alto: *Clifton Lawrence ia ser seu agente!*

— ...me encarregarei de você sob uma condição — dizia Clifton Lawrence. — Que você faça exatamente o que eu lhe disser. Não tolero temperamentais. Saia da linha uma única vez e estará acabado. Está compreendendo?

Toby concordou depressa, balançando a cabeça.

— Sim, senhor. Compreendo.

— A primeira coisa que tem que fazer é encarar a verdade — sorriu para Toby e disse: — Seu número é horroroso. Definitivamente o fim.

Foi como se Toby tivesse levado um chute no estômago. Clifton Lawrence o trouxera até ali para puni-lo por aquele telefonema idiota; não pretendia se encarregar dele. Ele...

Mas o agente baixinho continuou:

— A noite passada foi uma noite de amadores, e isto é o que você é... um amador.

Clifton Lawrence se levantou da cadeira e começou a caminhar de um lado para o outro.

— Vou lhe dizer o que você tem e o que você precisa para se tornar um astro.

Toby ficou sentado, imóvel.

— Vamos começar com o seu material — disse Clifton. — Você poderia pôr sal e manteiga nele e mascateá-lo em salas de espera de cinemas.

— Sim, senhor. Bem, parte dela é, de fato, um pouco batida, mas...

— Número dois. Você não tem estilo.

Toby sentiu suas mãos começarem a se cerrar.

— O público pareceu...

— Número três. Você não sabe se mexer. É desajeitado.

Toby não disse nada.

O agente baixinho andou até junto dele e disse num tom suave, lendo os pensamentos de Toby:

— Se você é tão ruim, o que é que você está fazendo aqui? Você está aqui porque tem uma coisa que o dinheiro não pode comprar. Quando você entra naquele palco, a plateia quer engolir você. Eles o adoram. Tem alguma ideia de quanto isso poderia valer?

Toby respirou fundo e se recostou.

— Diga-me.

— Mais do que você jamais poderia sonhar. Com o material certo e a orientação apropriada, você pode ser um astro.

Toby ficou sentado ali, se aquecendo na brasa morna das palavras de Clifton Lawrence, e era como se tudo que Toby tivesse feito durante a sua vida inteira tivesse levado àquele momento, como se ele *já* fosse um astro, e tudo já tivesse acontecido. Exatamente como sua mãe havia prometido.

— A chave do sucesso de um comediante é personalidade — dizia Clifton Lawrence. — Não se pode comprá-la e não se pode falsificá-la. É preciso nascer com ela. Você é um dos afortunados, meu caro rapaz.

Olhou para o relógio Piaget de ouro, no pulso.

— Marquei um encontro para você com O'Hanlon e Rainger às duas horas. São os melhores escritores cômicos do mercado. Trabalham para todos os grandes cômicos.

Toby disse com nervosismo:

— Sinto muito, mas acho que não tenho muito dinh...

Clifton Lawrence afastou a ideia com um aceno de mão.

— Não precisa se preocupar, meu caro rapaz. Você me pagará depois.

Muito tempo depois de Toby ter ido embora, Clifton Lawrence continuava sentado ali pensando nele, sorrindo do rosto inocente de olhos arregalados e aqueles olhos azuis confiantes, sem malícia. Já fazia muito tempo desde que Clifton Lawrence representara um desconhecido pela última vez. Todos os seus clientes eram astros importantes, e todos os estúdios disputavam os seus serviços. O estímulo desaparecera há muito tempo. No início tinha sido muito mais divertido, mais estimulante. Seria um desafio pegar aquele garoto cru, jovem, e desenvolvê-lo, transformá-lo numa mercadoria quente. Clifton tinha a impressão de que realmente ia gostar daquela experiência. Gostava do garoto. Gostava muito dele, mesmo.

A REUNIÃO SE REALIZOU nos estúdios da Twentieth Century-Fox, no Pico Boulevard, zona oeste de Los Angeles, onde O'Hanlon e Rainger tinham seus escritórios. Toby tinha esperado algo de muito luxuoso, no estilo do que fora apresentado por Clifton Lawrence, mas os escritórios dos escritores eram sujos e tristes, instalados num pequeno bangalô nos limites da propriedade.

Uma secretária de meia-idade, de aparência desleixada, vestida com um casaco comprido de malha, acompanhou Toby até o gabinete. As paredes eram de um verde-maçã sujo, e o único ornamento era um alvo para jogar dardos, já bem velho e gasto, e uma plaqueta com os dizeres: "Planeje com antecedência", com as três últimas letras espremidas umas nas outras. Uma cortina veneziana quebrada filtrava parcialmente os raios de sol que caíam sobre um velho tapete marrom imundo e já gasto ao ponto de quase não ter mais pelos. Havia duas escrivaninhas muito arranhadas, uma de costas para a outra, ambas cobertas de papéis e lápis, e copinhos de papel com restos de café frio.

— Alô, Toby. Desculpe a bagunça. É o dia de folga da empregada — disse O'Hanlon a título de cumprimento. — Eu sou O'Hanlon. — Apontou para o companheiro. — Este é... er... ?

— Rainger.

— Oh, sim. Este é Rainger.

O'Hanlon era grandalhão e rechonchudo, e usava óculos com aros de osso. Rainger era baixinho e franzino. Ambos tinham cerca de 30 anos e escreviam juntos, num esquema de equipe, com sucesso, já há dez anos. Posteriormente, durante todo o tempo que Toby trabalhou com eles, sempre se referia a eles como "os meninos".

— Soube que vocês vão escrever algumas piadas para mim. — disse Toby.

O'Hanlon e Rainger trocaram olhares. Rainger disse:

— Clifton Lawrence acha que você é capaz de ser o próximo símbolo sexual da América. Vejamos o que você sabe fazer. Você tem algum número?

— É claro — respondeu Toby.

Lembrou-se do que Clifton havia dito a respeito dele. Sentiu-se acanhado de repente.

Os dois escritores se sentaram no sofá e cruzaram os braços.

— Faça-nos rir — disse O'Hanlon.

Toby olhou para eles.

— Assim sem mais nem menos?

— Que é que você queria? — perguntou Rainger. — Uma introdução de uma orquestra de sessenta instrumentos? — Virou-se para O'Hanlon. — Dê um telefonema para o departamento de música.

Seus cretinos, pensou Toby. *Vocês estão na minha lista negra, vocês dois.* Sabia o que eles estavam tentando fazer. Estavam tentando fazer com que ele ficasse mal, de forma que pudessem ir procurar Clifton e dizer: *Não podemos ajudá-lo. É ruim demais para ter conserto.* Bem, não ia deixar que conseguissem. Forçou um sorriso que não sentia, e atacou com sua imitação de Abbott e Costello.

— Ei, Lou, você não tem vergonha? Está se tornando um verdadeiro vagabundo. Por que não tenta arranjar um emprego?

— Eu tenho um emprego.

— Que tipo de emprego?

— De procurar emprego.

— Você chama a isto de emprego?

— Mas é claro. Isto me mantém ocupado o dia inteiro, tenho um horário regular e chego em casa na hora do jantar todos os dias.

Agora os dois estavam examinando Toby, avaliando, analisando, e no meio do número começaram a falar, como se Toby não estivesse presente.

— Não sabe ficar em pé numa postura correta.

— Usa as mãos como se estivesse cortando madeira. Quem sabe poderíamos escrever alguma coisa sobre um lenhador para ele.

— Ele força demais.

— Jesus, com esse material... você não faria o mesmo? — Toby estava ficando cada vez mais aborrecido. Não era obrigado a ficar ali para ser insultado por aqueles dois maníacos. E de qualquer maneira o material deles devia ser horrível.

Finalmente não pôde aguentar mais. Parou, a voz trêmula de raiva.

— Não preciso de vocês, seus miseráveis! Obrigado pela hospitalidade.

Saiu em direção à porta.

Rainger se levantou demonstrando um espanto genuíno.

— Ei! Que é que há com você?

Toby se virou para ele, furioso.

— Que porra é que você *acha* que há?

Estava frustrado, à beira das lágrimas.

Rainger se virou para olhar para O'Hanlon com total perplexidade.

— Devemos ter ferido os sentimentos dele.

— Cristo.

Toby respirou fundo.

— Olhem aqui vocês dois, eu não me importo se não gostam de mim, mas...

— Nós *amamos* você! — exclamou O'Hanlon.

— Achamos você uma gracinha! — acompanhou Rainger.

Toby olhou de um para o outro com total espanto.

— Quê? Vocês agiram como...

— Sabe qual é o seu problema, Toby? Você é inseguro. Descontraia-se. Claro que você tem muito que aprender, mas, por outro lado, se você fosse Bob Hope, não estaria aqui.

O'Hanlon acrescentou:

— E sabe por quê? Porque o Bob está lá em Carmel hoje.

— Jogando golfe. Você joga golfe? — perguntou Rainger

— Não.

Os dois escritores se entreolharam com desapontamento.

— Lá se vão todas as piadas sobre golfe. Merda!

O'Hanlon tirou o telefone do gancho.

— Traga um cafezinho, por favor, Zsa Zsa. — Desligou e se virou para Toby.

— Sabe quantos cômicos em potencial existem querendo entrar neste pequeno e esquisito negócio em que nos metemos?

Toby sacudiu a cabeça.

— Posso lhe dizer com exatidão. Três bilhões setecentos e vinte oito milhões, até as 6 horas da noite de ontem. E isso sem incluir o irmão de Milton Berle. Quando a lua está cheia, todos eles saem dos buracos. Só existe uma meia dúzia de cômicos realmente notáveis. A comédia é o negócio mais sério do mundo. É um trabalho danado de difícil ser engraçado, quer você seja cômico, quer comediante.

— Qual é a diferença?

— É uma grande diferença. Um cômico abre portas engraçadas, um comediante abre portas engraçado.

Rainger perguntou:

— Você alguma vez parou para pensar o que é que faz um comediante ser um sucesso e um outro ser um fracasso?

— O material — disse Toby, querendo lisonjeá-los.

— Merda. A última piada nova foi inventada por Aristófanes. As piadas são basicamente as mesmas. Georges Burns pode contar seis piadas que o sujeito do programa anterior ao dele acabou de contar, e Burns obterá sempre mais risadas. Sabe por quê? Personalidade.

Era o que Clifton Lawrence lhe havia dito.

— Sem isso, você não é nada, ninguém. Comece com personalidade e transforme-a em um gênero seu. Veja Hope, por exemplo. Se ele aparecesse e fizesse um monólogo *à la* Jack Benny, entraria pelo cano. Por quê? Porque ele criou um gênero. É isto que as plateias esperam dele, aquele tipo. Quando Hope aparece, elas querem ouvir aquele fogo cerrado de piadas rápidas. Ele é um espertalhão simpático, o malandro da cidade grande que também leva as suas. Jack Benny é o extremo oposto. Ele não saberia o que fazer com um monólogo no gênero de Hob Hope, mas é capaz de fazer a plateia gritar numa pausa de dois minutos. Cada um dos Irmãos Marx tinha o seu próprio tipo. Fred Allen é único. Isto nos traz a você. Sabe qual é o seu problema, Toby? Você é um pouquinho de todo mundo. Você está imitando todos os grandes. Bem, está ótimo se você quiser continuar fazendo espetáculos mambembes para o resto da vida. Mas se quer subir para o que há de melhor, tem que criar o seu próprio tipo. Quando você estiver no palco, antes mesmo que abra a boca, a plateia tem que saber que é Toby Temple quem está lá em cima. Compreendeu?

— Sim.

Foi O'Hanlon quem prosseguiu.

— Sabe o que é que você tem, Toby? Um rosto encantador. Se eu já não estivesse noivo de Clark Gable, ficaria louco por você. Você tem uma doçura ingênua que, se souber apresentar direito, poderia valer uma puta fortuna.

— Para não falar de uma fortuna em trepadas — completou Rainger.

— Você pode sair impune com coisas que os outros não podem. É como um garotinho de coro dizendo palavrões... é uma gracinha porque ninguém acredita que ele compreenda realmente o que está dizendo. Quando você entrou aqui, perguntou se nós éramos os caras que iam escrever as suas piadas. A resposta é não. Isto aqui não é uma loja de piadas. O que nós *vamos* fazer é lhe mostrar o que você tem e como usá-lo. Nós vamos talhar um tipo sob medida para você. Bem... que é que acha?

Toby olhou de um para o outro, sorriu satisfeito e disse:

— Vamos arregaçar as mangas e dar duro.

DEPOIS DAQUILO, TOBY almoçava com O'Hanlon e Rainger no estúdio todos os dias. O refeitório da Twentieth Century-Fox era um enorme salão cheio de astros de primeira grandeza. Qualquer que fosse o dia, Toby podia sempre ver Tyrone Power, Loretta Young, Betty Grable, Don Ameche, Alice Faye, Richard Widmark, Victor Mature, os Irmãos Ritz, e dúzias de outros. Alguns estavam sentados nas mesas do grande salão, e outros na sala de jantar dos executivos, que era um pouco menor e ficava ao lado do refeitório principal. Toby adorava observá-los. Dentro de pouco tempo seria um *deles,* as pessoas estariam pedindo o *seu* autógrafo. Estava no caminho certo, e ia ser maior do que qualquer um deles.

Alice Tanner ficou radiante com o que havia acontecido com Toby.

— Eu sei que você vai conseguir, querido. Estou tão orgulhosa de você.

Toby sorria para ela e não dizia nada.

Toby, O'Hanlon e Rainger tinham longas discussões sobre o novo gênero que Toby deveria personificar.

— Ele deveria pensar que é um homem mundano sofisticado — disse O'Hanlon. — Mas toda vez que vai tentar acertar uma jogada se dá mal.

— Que é que ele faz? — perguntou Rainger. — Mistura metáforas?

— Esta personagem mora com a mãe. Ele está apaixonado por uma garota, mas tem medo de sair de casa e se casar com ela. Já são noivos há cinco anos.

— Dez é um número mais engraçado.

— Certo! Faça dez anos. A mãe dele é uma desgraça que não devia acontecer nem com um cachorro. Toda vez que Toby quer se casar, ela aparece com uma doença nova. O *Time Magazine* telefona para ela todas as semanas para saber o que há de novo na medicina.

Toby ficava sentado ali ouvindo, fascinado com o fluxo rápido do diálogo. Nunca tinha trabalhado com verdadeiros profissionais antes, e estava gostando. Especialmente porque era o centro das atenções. O'Hanlon e Rainger levaram três semanas para escrever um espetáculo para Toby. Quando finalmente o mostraram a ele, ficou encantado. Era *bom*. Fez algumas sugestões, acrescentaram e cortaram algumas linhas, e Toby Temple estava pronto. Clifton Lawrence mandou chamá-lo.

— Você estreia no sábado à noite, no Bowling Ball. — Toby ficou olhando para ele. Suas expectativas tinham sido de ser lançado no Ciro's ou no Trocadero.

— Que... que é esse tal de Bowling Ball?

— É uma boatezinha na Western Avenue.

O desapontamento ficou evidente no rosto de Toby.

— Nunca ouvi falar nela.

— E eles nunca ouviram falar de você. Esse é que é o objetivo, meu caro rapaz. Se você fracassar lá, ninguém jamais saberá.

Exceto Clifton Lawrence.

BOWLING BALL ERA uma espelunca. Não havia nenhuma outra palavra para descrevê-lo. Era uma cópia de 10 milhões de outros bares miseráveis espalhados por todo o país, um oásis de perdedores. Toby já tinha se apresentado ali milhares de vezes, em milhares de cidades. Os clientes eram na sua maioria homens de meia-idade, trabalhadores assalariados namorando com os olhos as garçonetes cansadas nas suas saias justas e blusas decotadas, trocando piadas sujas entre uma dose de uísque barato e outra ou um copo de cerveja. O espetáculo se realizava numa pequena área desimpedida na extremidade da sala, onde três músicos entediados tocavam. Um cantor homossexual deu início ao espetáculo, sendo seguido por uma dançarina acrobata que só vestia uma malha, e depois uma dançarina de *striptease* que se apresentava junto com uma cobra sonolenta.

Toby sentou-se numa mesa no fundo da sala com Clifton Lawrence, O'Hanlon e Rainger, assistindo aos outros números, ouvindo a plateia, tentando determinar seu estado de espírito.

— Bebedores de cerveja — disse Toby com desprezo.

Clifton começou a responder, então olhou para o rosto de Toby e se conteve. Toby estava com medo. Clifton sabia que Toby já tinha se apresentado em lugares como aquele antes, mas daquela vez ia ser diferente, aquele era o teste.

Clifton disse com delicadeza:

— Se você conseguir pôr os bebedores de cerveja no bolso, a turma do champanhe vai ser uma moleza. Essa gente trabalha duro o dia inteiro, Toby. Quando saem à noite querem um espetáculo à altura do dinheiro que pagaram. Se conseguir fazer com que *eles* riam, será capaz de fazer qualquer pessoa rir.

Naquele momento Toby ouviu o mestre de cerimônias entediado anunciar o seu nome.

— Manda ver, menino! — disse O'Hanlon.

Toby estava em cena.

FICOU PARADO NO PALCO, em guarda e tenso, medindo a plateia como um animal cauteloso farejando o perigo numa floresta.

Uma plateia era uma fera com cem cabeças, cada uma diferente da outra; e ele tinha que fazer a fera rir. Respirou fundo, *Me ame,* rezou.

Começou o seu número.

E ninguém o ouvia. Ninguém estava rindo. Toby podia sentir o suor frio começar a brotar na sua testa. O número não estava sendo bem-acolhido. Manteve o sorriso pregado no rosto e continuou falando alto para ser ouvido apesar da barulheira e da conversa. Não conseguia atrair a atenção deles. Queriam as garotas nuas de volta. Haviam estado expostos a demasiadas noites de sábado, a demasiados canastrões sem talento, comediantes sem graça. Toby continuou falando para a indiferença deles. Continuou porque não havia mais nada que pudesse fazer. Olhou lá para o fundo e viu Clifton Lawrence e os meninos, observando com expressões preocupadas.

Toby continuou. Não havia plateia naquela sala, só gente, pessoas falando umas com as outras, discutindo seus problemas e suas vidas. No que dizia respeito a elas, Toby Temple podia ter estado a 1 milhão de milhas de distância. Ou morto. Agora estava com a garganta seca de medo, e estava ficando difícil fazer as palavras saírem. Pelo canto do olho viu o gerente sair em direção à orquestra. Ia mandar começar a música, fazer com que ele acabasse de afundar. Estava tudo acabado. As palmas das mãos de Toby estavam molhadas e seus intestinos tinham virado água. Podia sentir a urina quente escorrendo pelas suas pernas. Estava tão nervoso que tinha começado a trocar as falas. Não ousava olhar para Clifton Lawrence nem para os escritores. Estava envergonhado demais. O gerente estava junto da orquestra, falando com os músicos. Eles olharam para Toby e sacudiram a cabeça. Toby continuou, falando desesperadamente, querendo que acabasse logo, querendo fugir para algum lugar e se esconder.

Uma mulher de meia-idade, sentada numa mesa bem defronte a Toby, riu de uma das piadas. Seus companheiros de mesa pararam para ouvir. Toby continuou falando, num frenesi. Agora as outras pessoas da mesa estavam ouvindo, rindo. E então a mesa do lado.

E a seguinte. E, lentamente, a conversa começou a morrer. Eles estavam *ouvindo*. Os risos começaram a aparecer, prolongada e regularmente, e as gargalhadas estavam ficando maiores, e crescendo. E crescendo. As pessoas na sala tinham se tornado uma plateia. E ele as apanhara. *Ele as apanhara, porra!* Já não importava mais que estivesse num botequim barato, cheio de idiotas tomando cerveja. O que importava era o riso deles e o amor deles. Fluía para Toby em ondas. Primeiro ele os fez rir, depois os fez gritar. Nunca tinham ouvido nada semelhante, não naquele lugar vagabundo, nem em lugar nenhum.

Aplaudiram e deram vivas e quase puseram a casa abaixo antes de se darem por satisfeitos. Presenciavam o nascimento de um fenômeno. É claro, não podiam saber disso, mas Clifton Lawrence, O'Hanlon e Rainger o sabiam. E Toby Temple sabia.

Finalmente Deus havia cumprido o prometido.

O REVERENDO DAMIAN agitou a tocha ardente bem perto do rosto de Josephine e gritou:

— Ó Deus Todo-Poderoso, consome pelo fogo o mal que existe nesta criança pecadora!

E a congregação rugiu:

— Amém!

Josephine podia sentir as chamas lambendo-lhe o rosto e o Reverendo Damian berrou:

— Ajudai esta pecadora a exorcizar o Demônio, Ó Deus. Nós o faremos sair à força de orações, nós o queimaremos, nós o afogaremos.

E suas mãos agarraram Josephine, seu rosto foi mergulhado de repente num tanque de madeira cheio de água gelada, e a mantiveram debaixo d'água enquanto vozes entoavam cânticos no ar frio da noite, implorando ao Todo-Poderoso pela sua ajuda, e Josephine se debateu tentando se soltar, lutando para respirar, e quando finalmente a tiraram, semi-inconsciente, o Reverendo Damian declarou:

— Nós Te agradecemos, doce Jesus, pela Tua misericórdia. Ela está salva! Ela está salva!

Houve um grande regozijo, e todos se sentiram espiritualmente reanimados. Exceto Josephine, cujas dores de cabeça foram ficando cada vez piores.

Capítulo 10

— Consegui um contrato para você em Las Vegas — disse Clifton Lawrence a Toby. — Contratei Dick Landry para trabalhar no seu número. Ele é o melhor diretor de cena do momento.
— Fantástico! Qual é o hotel? O Flamingo? O Thunderbird?
— O Oasis.
— O *Oasis*?
Toby olhou para Clifton para ver se ele estava brincando.
— Eu nunca...
— Eu sei — Clifton sorriu. — Você nunca ouviu falar nele. Muito justo. Eles nunca ouviram falar de você. Na realidade eles não estão contratando você... eles estão contratando a mim. Estão se fiando na minha palavra de que você é bom.
— Não se preocupe — prometeu Toby. — Eu serei.

Toby deu a notícia de sua contratação a Alice Tanner pouco depois da partida.
— Eu sei que você vai ser um grande astro — disse ela. — A sua hora chegou. Vão adorar você, querido.
Abraçou-o e disse:
— Quando é que partimos, e o que é que devo vestir na noite da estreia de um jovem cômico genial?

Toby sacudiu a cabeça com pesar.

— Gostaria de poder levar você, Alice. O problema é que vou estar trabalhando noite e dia, preparando uma quantidade de material novo.

Ela tentou esconder o desapontamento.

— Compreendo. Quanto tempo você vai ficar fora? — perguntou, abraçando-o mais forte ainda.

— Não sei ainda. Sabe como é, é uma espécie de contrato em aberto.

Alice sentiu uma pequenina pontada de preocupação, mas sabia que estava sendo boba.

— Telefone-me sempre que puder — disse.

Toby a beijou e saiu feliz da vida.

ERA COMO SE LAS VEGAS, em Nevada, tivesse sido criada única e exclusivamente para o prazer de Toby Temple. Ele o sentiu no momento em que viu a cidade. Tinha uma energia cinética maravilhosa à qual era sensível, um poder vivo e pulsante que era comparável ao que ardia dentro dele. Toby foi de avião com O'Hanlon e Rainger, e quando chegaram ao aeroporto, havia uma limusine do Oasis Hotel à espera deles. Era o primeiro gostinho que Toby saboreava do mundo maravilhoso que dentro em breve seria seu. Adorou se recostar no banco do grande carro negro e ouvir o motorista perguntar:

— Fez uma boa viagem, Sr. Temple?

Era a gente humilde que farejava o sucesso antes mesmo que estourasse, pensou Toby.

— Foi a chateação habitual — disse Toby, despreocupadamente.

Surpreendeu o sorriso que O'Hanlon e Rainger trocaram, e sorriu para eles. Sentia-se muito próximo deles. Formavam um time, o melhor dos times do mundo dos espetáculos.

O Oasis ficava bem afastado da glamourosa Strip, muito distante dos hotéis mais famosos. Quando a limusine se aproximava do hotel, Toby viu que não era nem tão grande nem tão elegante quanto o Flamingo ou o Thunderbird, mas tinha algo de melhor, muito melhor. Tinha um enorme letreiro na frente que anunciava:

ESTREIA 4 DE SETEMBRO
LILI WALLACE
TOBY TEMPLE

O nome de Toby estava escrito em letras luminosas que pareciam ter 3 mil metros de altura. Não havia nada mais bonito do que aquilo na porcaria do mundo inteiro.

— Olhe só aquilo! — disse ele num tom reverente. O'Hanlon olhou de relance para o letreiro e disse:

— Pois é! Que é que acha daquilo? Lili Wallace! — E riu. — Não se preocupe, Toby. Depois da estreia você estará em cima dela.

O gerente do Oasis, um homem de meia-idade e rosto pálido, chamado Parker, veio receber Toby e o acompanhou pessoalmente até a suíte que lhe fora reservada, desfiando lisonjas durante todo o percurso:

— Não posso lhe dizer como estamos satisfeitos por tê-lo aqui conosco, Sr. Temple. Se precisar de qualquer coisa que seja, qualquer coisa, é só me dar um telefonema.

As boas-vindas, Toby se deu conta, eram para Clifton Lawrence. Aquela era a primeira vez que o fabuloso agente havia se dignado a apresentar um de seus clientes naquele hotel. O gerente do Oasis tinha esperanças de que dali em diante o hotel fosse conseguir alguns dos verdadeiros grandes astros de Lawrence.

A suíte era enorme. Consistia em três quartos, uma grande sala, uma cozinha, um bar e um terraço. Numa mesinha na sala havia uma variedade de garrafas de bebidas, flores e uma enorme cesta com frutas frescas e queijos, com os cumprimentos da gerência.

— Espero que seja satisfatório, Sr. Temple — disse Parker.

Toby olhou em volta e pensou em todos os quartinhos sujos e infestados de baratas e moscas em que tinha vivido.

— Sim. Está O.k.

— O Sr. Landry se registrou há uma hora. Preparei a Sala Mirage para os seus ensaios às três horas.

— Obrigado.

— Lembre-se, se houver *alguma coisa* de que precise... — e o gerente saiu fazendo uma reverência.

Toby ficou parado ali saboreando as suas acomodações. Ia viver em lugares como aquele para o resto da vida. Teria tudo — mulheres, dinheiro, aplausos. Mais do que tudo os aplausos. Gente sentada ali, rindo, aclamando, e amando Toby. *Isto* era a sua comida e a sua bebida. Não precisava de mais nada.

DICK LANDRY ESTAVA com 20 e tantos anos, era um homem franzino, magro, calvo e tinha pernas longas e graciosas. Havia começado como extra, na Broadway, e fora progredindo de figurante ocasional para primeiro-bailarino, depois para coreógrafo e depois para diretor. Landry tinha gosto e o sentido do que uma plateia queria. Não podia fazer um número ruim ficar bom, mas podia fazer com que *parecesse* bom, e se lhe dessem um bom número, era capaz de torná-lo sensacional. Até dez dias atrás, Landry nunca tinha ouvido falar de Toby Temple, e a única razão por que Landry tinha interrompido a sua programação frenética para vir a Las Vegas e dirigir Toby, fora porque Clifton Lawrence lhe pedira. Fora Clifton Lawrence quem lhe dera a primeira chance.

Quinze minutos depois de ter conhecido Toby Temple, Landry soube que estava trabalhando com um gênio. Ouvindo o monólogo de Toby, Landry se surpreendeu rindo alto — coisa que raramente fazia. Não eram tanto as piadas, mas sim o jeito encantador com que Toby as contava. Era tão pateticamente sincero que partia o coração da gente. Era um adorável Chicken Little, morrendo de medo que o céu estivesse prestes a cair sobre a sua cabeça. A gente sentia vontade de correr para junto dele, abraçá-lo e garantir-lhe que estava tudo bem.

Quando Toby acabou, tudo que Landry pôde fazer foi se conter para não aplaudi-lo. Foi até o palco, onde Toby estava.

— Você é bom — disse com entusiasmo. — Bom mesmo.

Satisfeito, Toby disse:

— Obrigado. Clifton disse que você pode me ensinar a ser grande.

— Vou tentar — disse Landry. — A primeira coisa que você precisa é aprender a diversificar os seus talentos. Enquanto só for capaz de apenas ficar de pé no palco e contar piadas, nunca será mais que um cômico comum. Deixe-me ouvi-lo cantar.

Toby sorriu.

— Alugue um canário. Não sei cantar.

— Tente.

Toby tentou. Landry ficou satisfeito

— Sua voz não é grande coisa — disse a Toby —, mas você tem ouvido. Com as músicas certas, poderá disfarçá-la tão bem que vão pensar que você é o Sinatra. Arranjaremos alguns compositores para preparar um material especialmente para você. Não quero que você cante as mesmas canções que todo mundo está cantando. Vamos ver como é que você se movimenta.

Toby se movimentou.

Landry o observou cuidadosamente.

— Bom, bom. Você nunca será um dançarino, mas vou fazer com que pareça que é.

— Por quê? — perguntou Toby. — Gente que canta e dança tem por aí aos montes.

— E cômicos também — retrucou Landry. — Vou transformá-lo num artista completo.

Toby sorriu e disse:

— Vamos arregaçar as mangas e dar duro.

E PUSERAM MÃOS À OBRA. O'Hanlon e Rainger estavam em todos os ensaios, acrescentando falas, criando novos números, vendo Landry dirigir Toby. Era uma programação exaustiva. Toby ensaiou até todos os músculos do corpo ficarem doídos, mas perdeu dois quilos e ficou esguio e rijo. Tomava uma aula de canto por dia, e vocalizou até começar a cantar dormindo. Trabalhava nos novos números cômicos com os "meninos", então parava para aprender novas canções que haviam sido escritas para ele, e já estava na hora de ensaiar de novo.

Quase todos os dias, Toby encontrava um recado de que Alice Tanner havia telefonado. Lembrava-se de como ela tentara impedir o seu progresso. *Você ainda não está pronto.* Bem, agora estava pronto, e o fizera *apesar dela.* Que fosse para o inferno. Jogava fora os recados. Finalmente pararam de vir. Mas os ensaios continuaram.

De repente a noite da estreia havia chegado.

HÁ UMA MÍSTICA que envolve o nascimento de um novo astro. É como se uma mensagem telepática misteriosa fosse transmitida instantaneamente para os quatro cantos do mundo dos espetáculos. Através de uma espécie de alquimia mágica, a notícia se espalha por Londres e Paris, por Nova York e Sydney; onde quer que haja um teatro a notícia chega.

Cinco minutos depois de Toby ter entrado no palco do Oasis Hotel, já corria a notícia de que havia um novo astro no horizonte.

CLIFTON LAWRENCE veio de avião para assistir à estreia de Toby e ficou para o segundo espetáculo. Toby ficou lisonjeado. Clifton estava negligenciando os outros clientes por causa dele. Quando Toby acabou o espetáculo, os dois foram até o bar do hotel.

— Viu só todas as celebridades presentes? — perguntou Toby.
— Quando vieram até o meu camarim, eu quase morri.

Clifton sorriu do entusiasmo de Toby. Era uma variação tão agradável de seus outros clientes já saturados. Toby era um gatinho. Um gatinho doce e inocente.

— Eles sabem reconhecer um talento quando o veem — disse Clifton. — E o Oasis também. Querem fazer um novo contrato com você. Querem aumentar você de 65 para 100 por semana.

Toby deixou cair a colher.

— Cem por semana? É fantástico. Clifton!
— E recebi umas duas propostas de caras do Thunderbird e do El Rancho Hotel.
— Já? — perguntou Toby, eufórico.
— Não molhe as calças. É só para se apresentar no bar — sorriu. — É aquela velha história, Toby. Para *mim* você é manchete e para *você*, você é manchete... mas para alguém que é *manchete* você é manchete?

Levantou-se.

— Tenho que pegar um avião para Nova York. Viajo para Londres amanhã.
— Londres? Quando é que vai estar de volta?
— Dentro de algumas semanas.

Clifton se inclinou para ele e disse:

— Ouça, meu caro rapaz. Você tem mais duas semanas aqui, trate-as como se fosse uma escola. Toda noite quando estiver naquele palco, quero que você fique tentando descobrir como poderia ser melhor. Convenci O'Hanlon e Rainger a não irem embora. Estão dispostos a trabalhar com você noite e dia. Use-os. Landry voltará nos fins de semana para ver como as coisas estão indo.

— Certo — disse Toby. — Obrigado, Clifton.

— Oh, eu quase esqueci — disse Clifton Lawrence de maneira casual; tirou um embrulhinho do bolso e o entregou a Toby.

No embrulho havia um par de lindas abotoaduras de brilhantes. Tinham o formato de estrela.

Sempre que Toby tinha algum tempo livre, ele relaxava na grande piscina nos fundos do hotel. Vinte e cinco moças tomavam parte no espetáculo e sempre havia uma dúzia delas por ali, com roupas de banho, tomando sol. Apareciam na atmosfera tórrida do meio-dia como flores tardias na primavera, cada uma mais bonita do que a outra. Toby nunca tinha tido problemas para arranjar garotas, mas o que estava lhe acontecendo era uma experiência totalmente nova. As dançarinas nunca tinham ouvido falar de Toby Temple antes, mas o nome dele estava lá em cima no letreiro luminoso, aquilo era o suficiente. Ele era um *Astro*, e elas lutavam entre si pelo privilégio de ir para a cama com ele.

As duas semanas seguintes foram maravilhosas para Toby. Acordava por volta do meio-dia, tomava café no restaurante onde o mantinham ocupado assinando autógrafos e então ensaiava durante uma ou duas horas. Depois, apanhava uma ou duas das beldades de pernas bem-feitas na piscina e subia com elas para a suíte, para uma tarde de atividade na cama.

E Toby aprendeu uma coisa nova. Por causa dos biquínis cavadíssimos que usavam no palco, elas tinham que se livrar dos pelos púbicos, mas depilavam com cera de tal maneira que apenas uma tirinha de pelos encaracolados ficava no centro da protuberância carnosa, tornando a fenda mais convidativa.

— É como um afrodisíaco — confessou uma das moças a Toby. — Algumas horas num par de calças bem justas e a gente fica como uma ninfomaníaca alucinada.

Toby não se deu o trabalho de aprender o nome de nenhuma delas. Eram todas "benzinho" ou "querida", e se tornaram um maravilhoso borrão indistinto e sensual de coxas, lábios e corpos ávidos.

Na última semana do contrato de Toby no Oasis, ele recebeu uma visita. Toby tinha acabado o primeiro espetáculo e estava no camarim, tirando a maquilagem com creme, quando o *maître d'hôtel* abriu a porta e disse num tom reverente:

— O Sr. Al Caruso gostaria que se reunisse a ele na sua mesa.

Al Caruso era um dos nomes mais importantes de Las Vegas. Sabia-se publicamente que era dono de um hotel, e dizia-se que tinha participação em mais dois ou três. Também se dizia que ele tinha conexões com o mundo do crime, mas aquilo não era da conta de Toby. O que era importante era que se Al Caruso gostasse dele, Toby poderia conseguir contratos em Las Vegas pelo resto da vida. Acabou de se vestir apressadamente e foi para o restaurante se encontrar com Caruso.

Al Caruso era um homem baixo, de 50 anos, cabelos grisalhos, olhos castanhos, e um pouco barrigudo. Lembrava a Toby um Papai Noel em miniatura. Quando Toby se aproximou da mesa, Caruso se levantou, estendeu a mão, sorriu acolhedoramente e disse:

— Al Caruso. Eu só queria dizer o que acho de você, Toby. Puxe uma cadeira.

Havia mais dois homens na mesa de Caruso, ambos vestiam ternos escuros, eram corpulentos, bebericavam Coca-Cola, e não disseram uma palavra durante todo o encontro. Toby nunca soube como se chamavam. Toby normalmente jantava depois do primeiro espetáculo. Naquele momento estava faminto, mas Caruso obviamente tinha acabado de comer, e Toby não queria parecer mais interessado em comida do que no seu encontro com o grande homem.

— Estou impressionado com você, garoto — disse Caruso. — Realmente impressionado.

E sorriu para Toby com aqueles olhos castanhos enganadores.

— Obrigado, Sr. Caruso — disse Toby satisfeito. — Isto significa muito para mim.

— Chame-me de Al.

— Sim, senhor... Al.

— Você tem futuro, Toby. Já vi muita gente subir e já vi muita gente desaparecer, mas os que têm talento duram muito tempo. Você tem talento.

Toby podia sentir um calor agradável ir se espalhando pelo seu corpo. Considerou rapidamente se deveria dizer a Al Caruso para discutir negócios com Clifton Lawrence; mas decidiu que poderia ser melhor se ele mesmo cuidasse do assunto. *Se Caruso está entusiasmado a este ponto comigo*, pensou Toby, *poderei conseguir um negócio melhor do que Clifton*. Toby decidiu que deixaria Al Caruso fazer a primeira oferta e depois tentaria seriamente obter o melhor preço.

— Quase molhei as calças — dizia-lhe Caruso. — Aquele seu número do macaco é a coisa mais engraçada que já ouvi.

— Vindo do senhor, é realmente um grande elogio — disse Toby com sinceridade.

Os olhinhos do Papai Noel em miniatura estavam cheios de lágrimas de riso. Ele puxou um lenço branco de seda e as enxugou. Virou-se para os dois acompanhantes:

— Eu não disse que ele era um homem engraçado?

Os dois concordaram.

Al Caruso tornou a se virar para Toby.

— Vou lhe dizer por que eu vim procurá-lo, Toby.

Aquele era o momento mágico, sua entrada nos tempos áureos. Clifton Lawrence estava fora, em algum lugar na Europa, tratando de negócios para seus clientes antigos, quando deveria estar fazendo *aquele* negócio. Bem, Lawrence teria uma surpresa de verdade esperando por ele quando voltasse.

Toby se reclinou e disse, sorrindo de maneira cativante.

— Estou ouvindo, Al.

— Millie ama você.

Toby piscou, certo de que não tinha entendido alguma coisa. O velho o olhava, os olhos cintilando.

— E-e-eu sinto muito — disse Toby confuso. — Que foi que disse?

Al Caruso deu um sorriso carinhoso.

— Millie ama você. Ela me disse.

Millie? Seria a mulher de Caruso? A filha? Toby começou a falar, mas Al Caruso o interrompeu.

— Ela é uma grande garota. Eu já a sustentei há uns três ou quatro anos.

Virou-se para os outros dois homens:

— Quatro anos?

Eles concordaram.

Al Caruso tornou a se virar para Toby.

— Eu amo aquela garota, Toby. Realmente sou louco por ela.

Toby sentiu o sangue começar a lhe fugir do rosto. Sr. Caruso...

Al Caruso disse:

— Millie e eu temos um trato. Eu não a engano, a não ser com minha mulher, e ela não me engana, a não ser que me diga. — Sorriu radiante para Toby, e daquela vez Toby viu algo além daquele sorriso angelical que fez com que seu sangue gelasse.

— Sr. Caruso...

— Sabe de uma coisa, Toby? Você é o primeiro sujeito com quem ela me engana. — Virou-se para os outros dois. — Não é a pura verdade?

Eles concordaram.

Quando Toby falou, sua voz estava trêmula.

— E-e-eu juro por Deus que não sabia que Millie era a sua garota. Se eu tivesse ao menos sonhado isso, nunca teria tocado nela. Não teria chegado nem a cem metros de distância dela, Sr. Caruso...

O Papai Noel sorriu para ele.

— Pode me chamar de Al.

— Al.

Saíra como um grasnado. Toby podia sentir a transpiração escorrendo pelos seus braços.

— Escute, Al. Eu-e-eu nunca mais a verei. *Nunca.* Acredite-me, eu...

Caruso estava olhando fixo para ele.

— Ei! Acho que você não estava ouvindo o que eu disse.

Toby engoliu em seco.

— Sim. Sim, estava. Ouvi cada palavra que você disse. E você nunca mais terá que se preocupar com...

— Eu disse que a garota ama você. Se ela quer você, então eu quero que ela tenha você. Quero que ela seja feliz. Compreende?

— Eu...

A mente de Toby girava em círculos. Durante um momento louco, havia realmente pensado que o homem sentado defronte dele estava querendo uma vingança. Em vez disso, Al Caruso estava lhe oferecendo a sua garota. Toby quase riu alto de alívio.

— Jesus, Al — disse Toby. — Claro, o que você quiser.

— O que Millie quiser.

— Sim. O que Millie quiser.

— Eu sabia que você era um bom homem — disse Al Caruso, virando-se para os outros dois. — Eu não disse que Toby Temple era um bom homem?

Eles balançaram a cabeça em silêncio e bebericaram as Coca-Colas.

Al Caruso se levantou, e os dois homens que o acompanhavam se puseram de pé imediatamente, se postando um de cada lado.

— Eu mesmo vou oferecer a vocês a festa de casamento — disse Al Caruso. — Alugaremos o grande salão de banquetes no Morocco. Não precisa se preocupar com nada, cuidarei de tudo.

As palavras chegaram até Toby como se estivessem sendo filtradas, vindas de uma enorme distância. Sua mente registrava o que Al Caruso dizia, mas não fazia nenhum sentido para ele.

— Espere um minuto — protestou Toby. — Eu não posso...

Caruso pôs uma mão poderosa no ombro de Toby.

— Você é um homem de sorte — disse. — Isto é, se Millie não tivesse me convencido que vocês dois realmente se amam, se eu achasse que só estava trepando com ela, como se fosse uma putinha de 2 dólares qualquer, este negócio todo poderia ter um final diferente. Entende o que estou querendo dizer?

Toby se surpreendeu olhando involuntariamente para os dois homens de preto, e os dois balançaram a cabeça, concordando.

— Você encerra a sua temporada aqui no sábado à noite — disse Caruso. — Faremos o casamento no domingo.

A garganta de Toby tinha ficado seca novamente.

— Eu... o negócio é que, Al, infelizmente tenho alguns compromissos. Eu...

— Eles esperarão — o rosto angelical tornou a se abrir num sorriso. — Eu mesmo vou escolher o vestido de noiva de Millie. Boa-noite, Toby.

Toby ficou parado ali, olhando fixo por muito tempo na direção onde os três vultos haviam desaparecido.

Não tinha a menor ideia de quem fosse Millie.

NA MANHÃ SEGUINTE, o medo de Toby havia se evaporado. O imprevisto do que havia acontecido fizera com que ele abrisse a guarda. Mas aqueles não eram mais os tempos de Al Capone. Ninguém podia obrigá-lo a se casar com alguém com quem ele não quisesse se casar. Al Caruso não era um malfeitor barato, um brutamontes; era um proprietário de hotel respeitável. Quanto mais Toby pensava na situação, mais engraçada lhe parecia. Começou a retocá-la em sua mente, buscando mais razões para rir. Na verdade não tinha deixado Caruso assustá-lo, é claro que não, mas contaria como se tivesse ficado aterrorizado. *Vou até a tal mesa, e lá está Caruso, sentado com os seis gorilas, está imaginando? Todos eles estão armados, dá para perceber o volume das armas sob as roupas.* Oh, sim, ia dar uma grande história. Quem sabe ele não criaria um número hilariante a partir dela?

Durante o resto da semana Toby se manteve afastado da piscina e do cassino, e evitou todas as garotas. Não estava com medo de Al Caruso, mas para que correr riscos desnecessários? Toby tinha planejado deixar Las Vegas de avião, no domingo ao meio-dia. Em vez disso, tratou para que um carro de aluguel fosse trazido até o estacionamento dos fundos do hotel no sábado à noite. O carro estaria ali esperando por ele. Fez as malas antes de descer para fazer o último espetáculo, de forma que estaria pronto para partir para Los Angeles no momento em que acabasse. Ficaria longe de Las Vegas durante algum tempo. Se Al Caruso estivesse realmente falando sério, Clifton Lawrence poderia dar um jeito.

O último desempenho de Toby foi sensacional. Recebeu uma enorme ovação, era a primeira que recebia. Ficou parado no meio do palco, sentindo as ondas de amor que emanavam da plateia banhá-lo numa incandescência cálida e suave. Bisou um dos números, pediu licença para se retirar e saiu apressado para o quarto. Aquelas haviam sido as melhores três semanas da sua vida. Naquele curto período de tempo, se transformara de um joão-ninguém, que ia para a cama com garçonetes e aleijadas, num Astro que tinha trepado com a amante de Al Caruso. Garotas bonitas estavam suplicando que ele as levasse para a cama, as plateias o admiravam e os grandes hotéis o queriam. Tinha conseguido, e sabia que aquilo era apenas o começo. Tirou a chave do quarto do bolso. Quando abriu a porta, uma voz familiar gritou:

— Entre, menino.

Muito lentamente, Toby entrou no quarto. Al Caruso e seus dois amigos estavam lá dentro. Um rápido tremor de apreensão percorreu o corpo de Toby. Mas estava tudo bem, Caruso estava sorrindo benignamente e dizendo:

— Você esteve ótimo esta noite, Toby, realmente fantástico.

Toby começou a se descontrair.

— Na realidade, tive um ótimo público.

Os olhos castanhos de Caruso cintilaram e ele disse:

— Você os *tornou* um ótimo público, Toby. Eu lhe disse... você tem talento.

— Obrigado, Al.

Queria que todos eles saíssem, de forma que pudesse ir embora.

— Você trabalha demais — disse Al Caruso, e virou-se para os dois guarda-costas. — Eu não disse que nunca tinha visto ninguém trabalhar tanto?

Os dois homens concordaram. Caruso tornou a se virar para Toby.

— Ei... a Millie ficou meio chateada porque você não telefonou para ela. Disse a ela que era porque você estava trabalhando demais.

— É isso mesmo — concordou Toby rapidamente. — Fico satisfeito que você compreenda, Al.

Al sorriu de maneira compreensiva.

— Claro. Mas você sabe o que eu não compreendo? Você nem telefonou para perguntar a que horas vai ser o casamento.

— Eu ia telefonar de manhã.

Al Caruso deu uma gargalhada e disse num tom de censura:
— De L.A.?

Toby teve um pequeno sobressalto de ansiedade.

— De que é que está falando, Al?

Caruso olhou para ele reprovadoramente.

— Você está com todas as malas feitas ali dentro. — Beliscou a bochecha de Toby galhofeiramente. — Eu lhe disse que mataria qualquer um que ferisse Millie.

— Espere um minuto! Juro por Deus, eu não ia...

— Você é um bom garoto, mas é burro, Toby. Acho que isso é por você ser um gênio, não é?

Toby olhou para o rosto gorducho e sorridente, sem saber o que dizer.

— Você tem que acreditar em mim — disse Al Caruso, num tom carinhoso. — Sou seu amigo. Quero me assegurar de que nada de mau lhe aconteça. Pelo bem de Millie. Mas se você não quer me ouvir, que é que posso fazer? Você sabe como é que se faz uma mula obedecer?

Toby sacudiu a cabeça idiotamente.

— Primeiro a gente bate na cabeça dela com um pedaço de pau bem grosso e comprido.

Toby sentiu o medo ir lhe subindo pela garganta acima.

— Qual é o seu braço bom?

— O m-meu-meu braço direito — murmurou Toby.

Caruso assentiu alegremente e se virou para os dois: homens.

— Quebrem-no — disse ele.

Saído de algum lugar, apareceu um pedaço de cano nas mãos de um dos homens. Os dois começaram a avançar para cima de Toby. O rio de medo se transformou numa enchente repentina que fez todo o seu corpo tremer.

— Pelo amor de Deus — Toby se ouviu dizer, em vão. — Não podem fazer isso.

Um dos homens o golpeou com violência no estômago. No segundo seguinte, Toby sentiu uma dor torturante, enquanto o pedaço de cano atingia repetida e brutalmente o seu braço direito, esmigalhando os ossos. Ele caiu no chão, se contorcendo numa agonia insuportável. Tentou gritar, mas não conseguia recobrar o fôlego. Com os olhos cheios de lágrimas, olhou para cima e viu Al Caruso debruçado sobre ele, sorrindo.

— Agora será que eu tenho a sua atenção?

Toby assentiu, agoniado.

— Bom — disse Caruso. Virou-se para um dos homens. — Abra a braguilha dele.

O homem se abaixou e abriu o zíper da braguilha de Toby. Apanhou o cano e puxou o pênis de Toby para fora com ele.

Caruso ficou parado ali um momento, olhando para ele.

— Você é um homem de sorte, Toby. Você é mesmo muito bem-servido.

Toby estava tomado por um horror como jamais havia sentido.

— Oh, meu Deus... por favor... não... não faça isso comigo — balbuciou.

— Eu seria incapaz de lhe fazer mal — disse-lhe Caruso. — Enquanto você tratar bem a Millie, você é meu amigo. Se algum dia ela me disser que você fez alguma coisa para feri-la... qualquer coisa... está me compreendendo?

Cutucou o braço quebrado de Toby com a ponta do sapato e Toby gritou de dor.

— Estou satisfeito porque nos compreendemos um ao outro — Caruso sorriu prazerosamente. — O casamento é à uma hora.

A voz de Caruso estava indo e vindo e Toby sentiu que estava perdendo a consciência. Mas sabia que tinha que aguentar mais um pouco.

— Eu n-não posso — choramingou. — Meu braço...

— Não se preocupe com isso — disse Al Caruso. — Já tem um médico a caminho para cuidar de você. Ele vai engessar o seu braço e lhe dar um negócio para que você não sinta dor. Os rapazes passarão aqui amanhã para apanhá-lo. Esteja pronto, hein?

Toby ficou deitado ali, num pesadelo de agonia, olhando para aquele rosto sorridente de Papai Noel, sem conseguir acreditar que nada daquilo estivesse realmente acontecendo. Viu o pé de Caruso se mover na direção do seu braço de novo.

— C-claro — gemeu Toby. — Eu estarei pronto...

E ele perdeu a consciência.

Capítulo 11

O CASAMENTO, UM ACONTECIMENTO de grande pompa, se realizou no salão de bailes do Hotel Morocco. Parecia que a metade de Las Vegas estava presente. Havia artistas e proprietários de todos os outros hotéis presentes, coristas e, no centro de tudo, Al Caruso e umas duas dúzias dos seus amigos, homens discretos, vestidos de maneira conservadora, a maioria dos quais não bebia. Os arranjos de flores luxuriantes estavam espalhados por toda parte, havia conjuntos de músicos circulando, um banquete gigantesco e duas fontes que jorravam champanhe. Al Caruso tinha cuidado de tudo.

Todo mundo se solidarizava com o noivo, cujo braço estava engessado, resultado de uma queda acidental numa escada. Mas todos comentavam que casal maravilhoso formavam o noivo e a noiva, e que casamento maravilhoso era aquele.

Toby estivera tão entorpecido por causa dos remédios que o médico lhe dera que havia passado toda a cerimônia alheio ao que estava acontecendo. Então, à medida que o efeito dos remédios começou a passar, e a dor tomou conta dele de novo, a raiva e o ódio despertaram com mais força. Tinha vontade de berrar, contando a todo mundo presente ali na sala a indescritível humilhação que lhe fora imposta.

Toby se virou para olhar a noiva do outro lado da sala. Agora se lembrava de Millie. Era uma garota bonita, de 20 anos, cabelo louro cor de mel e um corpo bem-feito. Toby se lembrava que ela havia rido mais alto do que as outras das histórias que contara, e que o seguira por toda parte. Uma outra coisa também lhe voltou à memória, ela havia sido uma das poucas que tinha se recusado a ir para a cama com ele, o que servira apenas para espicaçar o apetite de Toby. Agora *tudo* estava lhe voltando.

— Sou louco por você — dissera. — Não gosta de mim?
— É claro que gosto — ela tinha respondido. — Mas eu tenho um namorado.

Por que não lhe dera ouvidos? Em vez disso, ele a persuadira a subir até o seu quarto para um drinque e então havia começado a lhe contar histórias engraçadas. Millie estava rindo tanto que mal percebeu o que Toby estava fazendo até o momento em que se viu nua e na cama.

— Por favor, Toby — ela havia suplicado. — Não. Meu namorado vai ficar zangado.

— Esqueça o seu namorado. Cuidarei desse chato mais tarde — dissera Toby. — Agora vou cuidar de *você*.

Tinham tido uma noite louca de paixão. De manhã, quando Toby acordara, Millie estava deitada ao seu lado, chorando. Num humor benevolente, ele a tomara nos braços e perguntara:

— Ei, querida, o que é que houve? Você não gostou?
— Você sabe que sim. Mas...
— Ora, vamos, pare com isso — Toby havia dito. — Eu amo você.

Ela havia se soerguido, apoiada nos cotovelos, olhando bem nos olhos dele e dito:

— Ama mesmo, de verdade, Toby? Mas de verdade *mesmo*?
— Droga, mas é claro que sim.

Tudo o que ela precisava era o que ele lhe daria dali a dois segundos. Demonstrou ser um tônico revigorante.

Millie o havia observado voltar do chuveiro, enxugando o cabelo ainda molhado e assobiando trechos da sua canção-tema. Feliz da vida, ela tinha sorrido e dito:

— Acho que me apaixonei por você no momento em que o vi pela primeira vez, Toby.

— Puxa, isso é maravilhoso. Vamos pedir o café.

E AQUILO FORA TUDO... Até aquele momento. Por causa de uma idiota com quem só tinha trepado uma noite, sua vida inteira tinha virado uma terrível trapalhada.

Toby ficou parado ali, naquele momento, observando Millie vir andando na sua direção, no seu vestido comprido branco, de noiva, e amaldiçoou a si mesmo, amaldiçoou o seu pênis e amaldiçoou o dia em que tinha nascido.

NA LIMUSINE, o homem no banco da frente riu e disse cheio de admiração:

— Eu realmente tenho que dar os parabéns ao senhor, chefe. O pobre coitado não soube nem o que tinha acertado ele.

Caruso sorriu com benevolência. Tinha dado certo. Desde que sua esposa, que tinha o temperamento de uma megera, havia descoberto tudo sobre o seu caso com Millie, Caruso soubera que ia ter que arranjar um jeito de se livrar da corista loura.

— Lembre-me de verificar se ele está tratando bem a Millie — disse num tom suave.

TOBY E MILLIE se instalaram numa casinha em Benedict Canyon. No princípio, Toby passava horas imaginando meios de se livrar do seu casamento. Ia fazer Millie tão infeliz que ela pediria o divórcio. Ou então armaria uma cilada para apanhá-la com um outro homem, e então pediria o divórcio. Ou simplesmente a deixaria e desafiaria Caruso a fazer alguma coisa a respeito do assunto. Mas mudou de ideia depois de uma conversa com Dick Landry, o diretor.

Estavam almoçando no Hotel Bel Air, algumas semanas depois do casamento, e Landry perguntou:

— Você conhece bem Al Caruso?

Toby olhou para ele.

— Por quê?

— Não se meta com ele, Toby. É um assassino. Vou-lhe contar uma história que sei que é verdadeira. O irmão caçula de Caruso se casou com uma garota de 19 anos, acabada de sair de um convento. Um ano depois, o rapaz apanhou a mulher na cama com um outro sujeito. Ele contou para Al.

Toby estava ouvindo, os olhos pregados em Landry.

— Que foi que aconteceu?

— Os capangas de Caruso pegaram um cutelo de açougueiro e cortaram fora a pica do sujeito. Encharcaram de gasolina e puseram fogo enquanto o cara assistia. Então o largaram para sangrar até a morte.

Toby se recordou de Caruso dizendo, *Abra a braguilha dele,* e das mãos ásperas mexendo no zíper, e Toby começou a suar frio. De repente se sentiu nauseado. Agora sabia com uma terrível certeza que não havia jeito de escapar.

JOSEPHINE DESCOBRIU *um jeito de escapar quando tinha 10 anos. Era uma porta para um outro mundo onde podia se esconder dos castigos de sua mãe, e das ameaças constantes do fogo do Inferno e da Danação. Era um mundo cheio de mágica e de beleza. Sentava-se na sala escura de projeções de um cinema, hora após hora, e ficava admirando as pessoas encantadoras na tela. Todas viviam em casas lindas e usavam roupas maravilhosas, e eram todas tão felizes. E Josephine pensava, um dia irei para Hollywood e viverei assim. Esperava que sua mãe compreendesse.*

A mãe dela achava que os filmes eram os pensamentos do Demônio, de forma que Josephine ia escondida ao cinema, usando o dinheiro que ganhava tomando conta de crianças. O filme em cartaz naquele dia era uma história de amor, e Josephine se inclinou para a frente, numa expectativa feliz quando começou. Primeiro apareceu a ficha técnica, dizia: "Produzido por Sam Winters."

Capítulo 12

Havia dias em que Sam Winters tinha a impressão de que estava dirigindo um hospício em vez de um estúdio de cinema, e que todos os pacientes estavam à solta, dispostos a apanhá-lo. Aquele era um desses dias, pois as crises tinham se empilhado alcançando meio metro de altura. Tinha havido um outro incêndio no estúdio na noite anterior — o quarto; o patrocinador de *My Man Friday* tinha sido insultado pelo astro do programa e queria suspender a série; Bert Firestone, o menino-prodígio entre os diretores do estúdio, havia interrompido a produção no meio de um filme de 5 milhões de dólares; e Tessie Brand acabara de suspender sua participação num filme que deveria começar a ser filmado dentro de poucos dias.

O chefe dos bombeiros e o superintendente do estúdio estavam no gabinete de Sam.

— Quais foram as proporções do incêndio de ontem à noite? — perguntou Sam.

O superintendente respondeu:

— Perda total dos cenários, Sr. Winters. Vamos ter que reconstruir o Cenário 16 inteiro. O 15 dá para consertar, mas vão ser precisos três meses.

— Nós não temos três meses — retrucou Sam. — Pegue o telefone e alugue algum espaço com Goldwyn. Aproveite este fim de semana para começar a construir novos cenários. Ponha todo mundo para trabalhar.

Virou-se para o chefe dos bombeiros, um homem chamado Reilly, que lembrava a Sam um ator chamado George Bancroft.

— Tem alguém que realmente não gosta do senhor, Sr. Winters — disse Reilly. — Cada um desses incêndios foi um caso evidente de incêndio criminoso. O senhor já deu uma checada nos resmungões?

Resmungões eram empregados descontentes que haviam sido despedidos recentemente ou que se sentiam injustiçados ou tinham queixas contra o empregador.

— Já examinamos os arquivos de pessoal duas vezes — respondeu Sam. — Não descobrimos nada.

— Quem quer que esteja preparando essas gracinhas sabe muito bem o que está fazendo. Está usando um dispositivo de regulagem de tempo, combinado com uma bomba incendiária de fabricação caseira. Poderia ser um eletricista ou um mecânico.

— Obrigado — disse Sam. — Vou passar essa informação adiante.

— ROGER TAPP telefonando do Taiti.

— Ponha-o na linha — disse Sam.

Tapp era o produtor de *My Man Friday,* a série de televisão que estava sendo filmada no Taiti, estrelada por Tony Fletcher.

— Qual é o problema? — perguntou Sam.

— Porra, você não vai acreditar, Sam. Philip Heller, o presidente do conselho da companhia que está patrocinando o programa, está aqui de visita com a família. Apareceram no local das filmagens ontem à tarde, e Tony Fletcher estava no meio de uma cena. Virou-se para eles e os insultou.

— Que foi que ele disse?

— Disse que *dessem o fora da ilha dele.*

— Jesus Cristo!

— E quem ele pensa que é? Heller está tão furioso que quer cancelar a série.

— Vá procurar Heller e peça-lhe desculpas. Faça isso agora mesmo. Diga-lhe que Tony Fletcher está sofrendo um colapso nervoso. Mande flores para a Sra. Fletcher, convide-os para jantar. Eu mesmo vou falar com Tony Fletcher.

A CONVERSA DUROU trinta minutos. Começou com Sam dizendo:

— Escute aqui, seu chupador de pica idiota... — e terminou com: — Eu também te amo, neném. Vou até aí pra te ver assim que puder. E pelo amor de Deus, Tony, não vá levar a Sra. Fletcher para a cama!

O PROBLEMA SEGUINTE era Bert Firestone, o diretor-prodígio que estava levando a Pan-Pacific Studios à falência. O filme de Firestone, *Sempre Haverá um Amanhã,* já tivera 110 dias de filmagem, e estava com mais de 1 milhão de dólares acima do orçamento. Agora Bert Firestone tinha interrompido as filmagens, o que significava que, além dos astros, havia 150 extras sentados, sem fazer nada. Bert Firestone, um menino-prodígio de 30 anos que passara de diretor de *shows* premiados de televisão para diretor de cinema em Hollywood. Os três primeiros filmes de Firestone tinham sido sucessos razoáveis, mas o quarto fora um recorde de bilheteria. Com base naquele sucesso financeiro, ele tinha se transformado numa propriedade valiosa. Sam se lembrava do seu primeiro encontro com ele. Firestone parecia um garoto de 15 anos ainda imberbe, era um homem pálido, tímido, com óculos de armação de osso escura, que escondiam minúsculos olhinhos míopes irritados. Sam tivera pena do garoto. Firestone não conhecia ninguém em Hollywood, assim Sam havia se esforçado bastante para convidá-lo para jantares e para se assegurar de que ele fosse convidado para as festas. Quando tinham discutido *Sempre Haverá um Amanhã* pela primeira vez, Firestone se mostrara muito respeitoso. Havia dito a Sam que estava ansioso para aprender e bebera cada palavra que Sam havia dito. Não podia ter estado mais de acordo com Sam. Se fosse contratado para fazer aquele filme, dissera a Sam, sem dúvida faria muito uso dos conhecimentos e experiência do Sr. Winters.

Aquilo fora *antes* de Firestone assinar o contrato. *Depois* de tê-lo assinado, fez Adolf Hitler parecer Albert Schweitzer. O garotinho de rosto redondo se transformara num matador da noite para o dia. Cortara toda e qualquer comunicação. Ignorara por completo as sugestões de Sam com relação ao elenco e à distribuição dos papéis, insistira em reescrever do começo ao fim um roteiro excelente que Sam havia aprovado, e modificara a maioria das localidades escolhidas para as filmagens que já haviam sido determinadas. Sam quis afastá-lo do filme, mas o escritório de Nova York lhe havia dito para ser paciente. Rudolph Hergershorn, o presidente da companhia, estava hipnotizado com os enormes lucros do último filme de Firestone. Assim Sam fora forçado a manter a calma e não fazer nada. Parecia-lhe que a arrogância de Firestone crescia dia a dia. Sentava-se em silêncio nas reuniões da produção, e quando todos os chefes de departamento experientes acabavam de falar, Firestone começava a derrubar todo mundo. Sam rangia os dentes e aguentava calado. Em pouquíssimo tempo, Firestone ganhou o apelido de Imperador, e quando os seus colaboradores não o chamavam assim, referiam-se a ele como o Escrotinho de Chicago. Alguém dissera a respeito dele:

— Ele é um hermafrodita. Provavelmente ele é capaz de se foder e dar à luz um monstro de duas cabeças.

Agora, no meio das filmagens, Firestone tinha feito a companhia parar.

Sam foi falar com Devlin Kelly, o chefe do departamento de arte.

— Dev, me dá esse negócio, rápido — disse Sam.

— Certo. O Escrotinho mandou...

— Pare com isso. É *senhor* Firestone.

— Desculpe. O *Sr. Firestone* me pediu para construir um castelo para cenário. Ele mesmo desenhou os esboços. Você aprovou.

— Eram bons. Que foi que aconteceu?

— O que aconteceu foi que construímos exatamente o que aquele... o que ele queria, e quando foi dar uma olhada ontem, ele decidiu que não queria mais. Meio milhão de dólares descendo pela...

— Vou falar com ele.

BERT FIRESTONE estava do lado de fora, nos fundos do Cenário 23, jogando basquete com a equipe. Tinham improvisado uma quadra, pintado as marcações e armado duas cestas.

Sam ficou parado ali, observando por um momento. O jogo estava custando ao estúdio 2 mil dólares por hora.

— Bert!

Firestone se virou, viu Sam, sorriu e acenou. A bola veio na direção dele, ele a apanhou, fez um drible, saltou e marcou uma cesta. Então veio andando na direção de Sam.

Enquanto olhava para o rosto infantil e sorridente, ocorreu-lhe que Bert Firestone era um psicótico. Talentoso, talvez até um gênio, mas um doido que devia ser internado. E 5 milhões de dólares do dinheiro da companhia estavam em suas mãos.

— Ouvi dizer que há um problema com o novo cenário — disse Sam. — Vamos resolvê-lo.

Bert Firestone sorriu preguiçosamente e disse:

— Não há nada para resolver, Sam. O cenário não serve.

Sam explodiu:

— De que diabo você está falando? Nós lhe demos exatamente o que você pediu. Você mesmo fez os esboços. Agora me diga o que está errado!

Firestone olhou para ele e piscou.

— Ora, não há nada errado com ele. É só que mudei de ideia. Não quero um castelo. Resolvi que não era o ambiente certo. Sabe o que estou querendo dizer? É a cena da despedida de Ellen e Mike. Gostaria que Ellen fosse visitar Mike no convés do navio dele, quando estiver se preparando para partir.

Sam olhou para ele.

— Nós não temos um navio nos cenários, Bert.

Bert Firestone abriu os braços, sorriu preguiçosamente e disse:

— Construa um para mim, Sam.

— Claro, também estou chateado — disse Rudolph Hergershorn, na chamada interurbana —, mas você *não pode* substituí-lo, Sam. Agora estamos enterrados demais. Não temos grandes astros no filme. *Bert Firestone* é o nosso astro.

— Você sabe o quanto ele já ultrapassou o orçamento...

— Eu sei. É como Goldwyn disse: "Nunca mais empregarei esse filho da puta, até precisar dele." Nós precisamos dele para acabar este filme.

— É um erro — argumentou Sam. — Não devia permitir que ele fizesse isso impunemente.

— Sam... você está gostando do que Firestone filmou até agora?

Sam teve que ser honesto.

— É excelente.

— Construa o navio dele.

O cenário ficou pronto em dez dias, e Bert reiniciou as filmagens de *Sempre Haverá um Amanhã*. Acabou sendo o maior sucesso de bilheteria do ano.

O problema seguinte era Tessie Brand.

Tessie era a cantora de maior sucesso no mundo dos espetáculos. Havia sido um grande golpe quando Sam Winters conseguira fazê-la assinar um contrato de três filmes com a Pan-Pacific Studios. Enquanto os outros estúdios estavam negociando com os empresários de Tessie, sorrateiramente, Sam tinha tomado um avião para Nova York, assistido ao *show* de Tessie e depois a levara para jantar. O jantar havia se prolongado até as 7 horas da manhã seguinte.

Tessie Brand era uma das moças mais feias que Sam já tinha visto, e provavelmente a de maior talento. E o talento era o que levava a melhor. Filha de um alfaiate de Brooklyn, Tessie nunca tivera uma aula de canto na vida. Mas quando ela entrava no palco e começava a cantar uma canção numa voz que estremecia as fundações, as plateias enlouqueciam. Tessie fora a substituta num musical de pouco sucesso na Broadway, que havia durado apenas seis semanas. Na última noite, a ingênua no papel principal havia cometido o erro de telefonar dizendo que estava doente e ia ficar em casa. Tessie Brand fez o seu *début* naquela noite, cantando com o coração para o pequeno punhado de gente na plateia. Entre eles, por acaso estava Paul Varrick, um produtor da Broadway. Tessie estrelou o musical que produziu logo a seguir. Ela transformou o *show,* que era razoável, num estouro de bilheteria. Os críticos esgotaram superlativos tentando descrever Tessie, a feiosa, e sua voz incrível. Ela gravou o primeiro compacto e do dia para a noite se transformou no primeiro das paradas. Gravou um álbum, e vendeu 2 milhões de cópias no primeiro mês. Era a rainha Midas, pois tudo que tocava se transformava em ouro. Os produtores da Broadway e as companhias de discos estavam fazendo fortunas com Tessie Brand, e Hollywood queria entrar em cena. O entusiasmo diminuiu quando viram o rosto de Tessie, mas as bilheterias que ela obtinha lhe davam uma beleza irresistível.

Depois de passar cinco minutos com ela, Sam já sabia como iria manejá-la.

— O que me deixa nervosa — confessou Tessie a Sam, na noite em que se conheceram — é pensar em como é que vou ficar naquela tela enorme. Já sou bastante feia *em tamanho natural,* certo? Todos os estúdios me dizem que me farão ficar bonita, mas acho que isso é um monte de merda.

— E *é* um monte de merda — disse Sam.

Tessie olhou para ele, surpreendida.

— Não deixe ninguém tentar mudar você, Tessie. Eles arruinarão você.

— Ah, é?

— Quando a MGM contratou Danny Thomas, Louie Mayer queria que ele fizesse uma plástica no nariz. Em vez disso, Danny deixou o estúdio. Ele sabia que o que tinha que vender, era *ele mesmo.* É isso que *você* tem que vender: Tessie Brand, não uma estranha feita com plástica.

— Você é a primeira pessoa que foi franca comigo — disse Tessie. — Você é mesmo um *Mensch**. Você é casado?

— Não — disse Sam.

— Você transa por aí?

Sam riu.

— Nunca com cantoras... não tenho ouvido.

— Não precisa ter ouvido — Tessie sorriu. — Gosto de você.

— Você gosta de mim o bastante para fazer alguns filmes comigo?

Tessie olhou para ele e disse:

— Sim.

— Ótimo. Vou preparar o contrato com o seu empresário.

---

*Mensch: Do iídiche — um homem muito viril que também é sincero, carinhoso e agradável; doce e másculo. (*N. da T.*)

Ela acariciou o braço de Sam e disse:
— Você tem certeza de que não transa por aí?

Os DOIS PRIMEIROS filmes de Tessie estouraram a bilheteria. Ela recebeu a indicação da Academia pelo primeiro e recebeu o Oscar pelo segundo. Plateias por todo o mundo faziam fila nos cinemas, para ver Tessie e ouvir a sua voz incrível. Ela tinha tudo: era engraçada, sabia cantar, e sabia representar. Sua feiura acabou se tornando mais um recurso, porque o público se identificava com ela. Tessie Brand se tornou um paliativo para todos os feios, mal-amados e rejeitados do mundo.

Tessie se casou com o ator principal do seu primeiro filme, divorciou-se depois das refilmagens de cenas e casou-se com o ator principal do filme seguinte. Sam tinha ouvido boatos de que aquele casamento também estava chegando ao fim, mas Hollywood era um antro de fofocas. Não deu atenção aos boatos, pois achava que não era de sua conta.

Como viu depois, estava enganado.

SAM ESTAVA FALANDO ao telefone com Harry Herman, o empresário de Tessie.
— Qual é o problema, Barry?
— É o novo filme de Tessie. Ela não está satisfeita, Sam.
Sam sentiu sua irritação aumentando.
— Espere aí! Tessie aprovou o produtor, o diretor e o roteiro das filmagens. Mandamos construir os cenários e estamos prontos para filmar. Não há jeito de nos deixar na mão agora. Eu vou...
— Ela não quer deixar vocês na mão.
Sam foi apanhado de surpresa.
— Que diabo *é* que ela quer?
— Ela quer um novo produtor no filme.
Sam berrou para o fone.

— Ela o *quê*?

— Ralph Dastin não a compreende.

— Dastin é um dos melhores produtores conhecidos. Tessie tem sorte de tê-lo como produtor.

— Estou de pleno acordo com você, Sam. Mas eles não combinam, Sam. Ela diz que não faz o filme a menos que ele saia.

— Ela assinou um contrato, Barry.

— Sei disso, querido, e acredite em mim, Tessie tem toda a intenção de cumpri-lo. Desde que esteja apta fisicamente. O negócio é que ela fica nervosa quando não está satisfeita, e parece que não consegue se lembrar das falas.

— Voltarei a telefonar para você — disse Sam furioso, e desligou o telefone com violência.

A cadelinha miserável! Não havia nenhuma razão para despedir Dastin e tirá-lo do filme. Provavelmente tinha se recusado a ir para a cama com ela, ou alguma coisa igualmente ridícula. Disse a Lucille:

— Peça a Ralph Dastin para vir até aqui.

Ralph Dastin era um homem gentil de cerca de 50 anos. Tinha começado como escritor e acabara se tornando produtor. Seus filmes eram caracterizados pelo bom gosto e pelo charme.

— Ralph — começou Sam. — Não sei como...

Dastin levantou a mão.

— Não precisa nem falar, Sam. Eu estava a caminho daqui para lhe dizer que estou me demitindo.

— Que diabo está acontecendo? — perguntou Sam.

Dastin deu de ombros.

— Nossa estrela está com uma coceira, e ela quer que uma outra pessoa coce.

— Quer dizer que ela já escolheu um substituto para você?

— Jesus, aonde foi que você andou... em Marte? Não lê as colunas de fofocas?

— Não se eu puder evitar. Quem é ele?

— Não é ele.

Sam sentou-se bem devagar.

— *Quê?*

— É a figurinista do filme de Tessie. O nome dela é Barbara Carter... como aqueles comprimidos para o fígado.

— Tem certeza disso? — perguntou Sam.

— Você é a única pessoa no hemisfério ocidental que não está sabendo da novidade.

Sam sacudiu a cabeça.

— Eu sempre pensei que a Tessie fosse direita.

— Sam, a vida é uma lanchonete. Tessie é uma menina com fome.

— Bem, não estou disposto a pôr uma maldita de uma figurinista como a encarregada de um filme de 4 milhões de dólares.

Dastin sorriu.

— Você acabou de dizer a coisa errada.

— Que é que *isto* quer dizer?

— Quer dizer que metade da argumentação de Tessie é de que as mulheres não têm oportunidades iguais nesse negócio. Nossa estrelinha ficou muito feminista.

— Eu me recuso a fazer isto — disse Sam.

— Faça como quiser. Mas vou lhe dar um conselho, é a única maneira que você vai encontrar de fazer este filme.

Sam telefonou para Barry Herman.

— Diga a Tessie que Ralph Dastin se demitiu e não vai fazer o filme.

— Ela vai ficar satisfeita em saber.

Sam rangeu os dentes, então perguntou:

— Ela tinha alguém em mente para produzir o filme?

— Para falar a verdade, tinha — disse Herman com suavidade. — Tessie descobriu uma moça muito talentosa que ela acha que está pronta para um desafio como este. Com a orientação de alguém brilhante como você, Sam...

— Corte os comerciais — disse Sam. — Isso é definitivo?

— Creio que sim, Sam. Sinto muito.

Barbara Carter tinha um rostinho bonito, um corpo bem-feito e, pelo que Sam podia dizer, era completamente feminina. Ele a observou enquanto se sentava no sofá de couro do seu gabinete e graciosamente cruzava as pernas longas e bem-feitas. Quando falou, sua voz pareceu um pouco rouca e grave, mas aquilo podia ser porque Sam estivesse à procura de uma espécie qualquer de sinal. Ela o examinou com os olhos cinzentos claros e disse:

— Parece que estou numa posição terrível, Sr. Winters. Eu não tinha intenção de tomar o emprego de ninguém. E no entanto — levantou as mãos num gesto de impotência — a Srta. Brand diz que simplesmente não vai fazer o filme a menos que eu produza. Que é que acha que devo fazer?

Por um instante, Sam se sentiu tentado a lhe dizer. Em vez disso, perguntou:

— Já teve alguma experiência no mundo dos espetáculos, além dessa de figurinista?

— Fui lanterninha, e vi uma porção de filmes.

Fantástico!

— Que é que faz a Srta. Brand pensar que a senhora poderia produzir um filme?

Foi como se Sam tivesse acionado uma mola oculta, de repente Barbara Carter se encheu de animação.

— Tessie e eu conversamos muito a respeito desse filme.

Sam notou que não era mais *Srta. Brand*.

— Eu acho que há umas coisas erradas no roteiro, e quando comentei com ela e as mostrei, concordou comigo.

— Acha que sabe mais sobre como escrever um roteiro do que um escritor premiado pela Academia que já fez meia dúzia de filmes de sucesso e não sei quantas peças na Broadway?

— Oh, não, Sr. Winters! Eu apenas acho que sei mais sobre *mulheres*.

Agora os olhos cinzentos tinham uma expressão mais dura, a voz um tom mais obstinado.

— Não acha que é ridículo os homens estarem sempre escrevendo os papéis femininos? Só *nós* é que sabemos realmente como nos sentimos. Isto não faz sentido?

Sam estava cansado do jogo. Sabia que ia contratá-la, e se odiava por fazê-lo, mas estava dirigindo um estúdio, e sua função era tomar providências para que os filmes fossem feitos. Se Tessie Brand quisesse que seu esquilo de estimação produzisse aquele filme, Sam começaria a encomendar nozes. Um filme de Tessie Brand podia significar, por baixo, um lucro de 20 a 30 milhões de dólares. Além disso, Barbara Carter não poderia fazer nada que realmente fosse prejudicar o filme. Naquela altura já não era possível fazer grandes mudanças.

— Conseguiu me convencer — disse Sam, com ironia. — O emprego é seu.

Na manhã seguinte, *Hollywood Reporter* e *Variety* anunciaram em manchetes de primeira página que Barbara Carter produziria o novo filme de Tessie Brand. Quando Sam ia jogando os jornais na lata de lixo, uma pequena notícia no canto inferior da página atraiu sua atenção: "TOBY TEMPLE CONTRATADO PELO TAHOE HOTEL."

Toby Temple. Sam se lembrava do jovem cômico impetuoso que conhecera no exército, e a lembrança trouxe um sorriso ao rosto de Sam. Tomou a resolução de ir ver o *show* de Temple se algum dia se apresentasse em Los Angeles.

Perguntou-se por que Toby nunca havia tentado entrar em contato com ele.

Capítulo 13

Estranhamente, Millie é quem foi a responsável pela chegada de Toby ao estrelato. Antes do casamento, ele fora apenas mais um cômico promissor em princípio de carreira, um entre dezenas de outros. A partir do casamento, um novo ingrediente foi acrescentado: ódio. Toby havia sido forçado a um casamento com uma moça que desprezava, e havia tamanha raiva no seu íntimo que teria sido capaz de matá-la com as próprias mãos.

Embora Toby não se desse conta, Millie era uma ótima esposa. Ela o adorava, fazia tudo que podia para agradá-lo. Decorou a casa em Benedict Canyon e o fez bem. Mas quanto mais Millie tentava agradar Toby, mais ele a odiava. Era sempre extremamente educado com ela, tomando cuidado para nunca dizer ou fazer nada que pudesse aborrecê-la o bastante para chamar Al Caruso. Pelo resto de sua vida, Toby nunca se esqueceria da terrível agonia daquele macaco golpeando o seu braço, ou da expressão no rosto de Al Caruso quando dissera:

— Se algum dia você fizer Millie sofrer...

Porque Toby não podia descarregar sua agressividade sobre a esposa, desviou sua fúria para as plateias. Qualquer um que esbarrasse num prato, se levantasse para ir ao banheiro ou ousasse falar enquanto Toby estava no palco, era imediatamente objeto de uma violenta gozação. Toby o fazia com um encanto tão inocente e ingênuo que as plateias o adoravam, e quando Toby estraçalhava alguma vítima impotente, as pessoas choravam de rir. A combinação do rosto inocente e ingênuo com a língua maldosa e engraçada o tornava irresistível. Podia dizer as coisas mais ofensivas e se sair bem. Tornou-se uma honra ser o escolhido para ser ridicularizado por Toby Temple. Nunca ocorreu às suas vítimas que ele realmente estivesse falando sério cada uma das palavras. Toby, que antes não passava de mais um jovem cômico promissor, agora havia se tornado o assunto do dia do circuito do mundo dos espetáculos.

Quando Clifton Lawrence voltou da Europa, ficou perplexo ao saber que Toby havia se casado com uma corista. Pareceu-lhe estranho, sem sentido, dentro do que conhecia das atitudes de Toby, mas, quando lhe perguntou, Toby o olhou bem nos olhos e disse:

— Que é que há para se dizer, Clifton? Conheci Millie, me apaixonei por ela e isto foi tudo.

De alguma forma não lhe soara como sendo verdadeiro. E havia uma outra coisa que intrigava o empresário. Um dia, no seu escritório, Clifton disse a Toby:

— Você está realmente ficando famoso. Acertei um contrato de quatro semanas no Thunderbird para você. Dois mil dólares por semana.

— E aquele *tour*?

— Esqueça. Las Vegas paga dez vezes mais, e todo mundo vai ver seu espetáculo.

— Cancele Las Vegas. Quero fazer o *tour*.

Clifton olhou para ele surpreendido.

— Mas Las Vegas é...

— Quero fazer o *tour*.

Havia um tom na voz de Toby que Clifton Lawrence nunca ouvira antes. Não era arrogância ou teimosia, era algo além disso, uma profunda raiva controlada.

O que o tornava assustador era que provinha daquele rosto que havia se tornado mais inocente e simpático do que nunca.

DAQUELA OCASIÃO em diante, Toby esteve sempre viajando. Era a única forma de fugir de sua prisão. Apresentou-se em clubes noturnos, teatros e auditórios, e quando esse tipo de contrato não aparecia, pressionava Clifton para lhe arranjar apresentações em universidades. Qualquer coisa para ficar longe de Millie.

As oportunidades de ir para a cama com mulheres jovens, atraentes e ávidas eram ilimitadas. Era a mesma coisa em todas as cidades. Elas o esperavam no camarim antes e depois das apresentações e ficavam de tocaia no vestíbulo do hotel.

Toby não ia para a cama com nenhuma delas. Pensava no homem castrado, no pênis posto em chamas, e em Al Caruso lhe dizendo:

— *Você é realmente bem-dotado... Eu não faria mal a você. Você é meu amigo. Desde que não faça Millie sofrer...*

E Toby mandara andar todas as mulheres.

— Estou apaixonado pela minha mulher — dizia, timidamente.

Acreditavam nele e o admiravam por isso, e a história se espalhou como Toby queria que se espalhasse: Toby não pulava a cerca; era um verdadeiro homem caseiro.

Mas as adoráveis moças continuavam andando atrás dele, e quanto mais Toby as desprezava, mais elas o queriam. E Toby estava tão faminto por uma mulher que sofria de dores físicas constantes. Suas virilhas doíam tanto que as vezes sentia dificuldade de trabalhar. Começou a se masturbar de novo. Cada vez que o fazia, pensava em todas as lindas garotas, esperando para ir para a cama com ele, e amaldiçoava e se enfurecia com o seu destino.

Só porque não podia tê-lo, o sexo não deixava sua mente um segundo. Sempre que voltava para casa depois de um *tour*, Millie estava esperando por ele, ávida, apaixonada e pronta. E no momento em que Toby a via, todo o seu desejo sexual desaparecia. Ela era o inimigo, e Toby a desprezava pelo que estava fazendo com ele. Obrigava-se a ir para a cama com ela, mas era a Al Caruso que estava satisfazendo. Sempre que Toby tinha relações com Millie, era com uma brutalidade selvagem que provocava arquejos de dor. Fingia pensar que eram expressões de prazer, e a penetrava cada vez mais profundamente, até que finalmente gozava numa explosão que despejava seu sêmen venenoso dentro dela. Não estava fazendo amor.

Estava fazendo ódio.

EM JUNHO DE 1950, os norte-coreanos atravessaram o Paralelo 38 e atacaram a Coreia do Sul, e o presidente Truman ordenou a intervenção de tropas americanas. Pouco se importando com o que o resto do mundo pensasse, para Toby a Guerra da Coreia foi a melhor coisa que podia acontecer.

No princípio de dezembro, saiu uma notícia no *Daily Variety* dizendo que Bob Hope estava se preparando para fazer um *tour* de Natal para se apresentar para as tropas em Seul. Trinta segundos depois de ter lido, Toby estava no telefone, falando com Clifton Lawrence.

— Você tem que conseguir me encaixar, Clifton.

— Para quê? Você está com quase 30 anos. Acredite-me, caro rapaz, esses *tours* não são brincadeiras. Eu...

— Pouco me importa se são ou não são de brincadeira — berrou Toby. — Aqueles soldados estão lá arriscando a vida. O mínimo que posso fazer é proporcionar umas boas gargalhadas.

Era uma faceta de Toby Temple que Clifton ainda não tinha visto. Ficou comovido e satisfeito.

— O.k. Se isto é tão importante para você, vou ver o que posso fazer — prometeu Clifton.

Uma hora depois ele telefonou para Toby.

— Falei com Bob. Ele ficaria satisfeito em ter você. Mas se mudar de ideia...

— De jeito nenhum — disse Toby e desligou.

Clifton Lawrence ficou sentado ali durante muito tempo, pensando em Toby. Estava orgulhoso dele, Toby era um ser humano maravilhoso, e Clifton Lawrence estava encantado por ser seu empresário, encantado por ser o homem que estava ajudando a dar forma àquela carreira em ascensão.

Toby se apresentou em Taegu, em Pusan e em Chonju, e encontrou alívio no riso dos soldados. Millie foi desaparecendo da sua mente.

Então passou o Natal. Em vez de voltar para casa, Toby foi para Guam. Os rapazes o adoraram. Foi para Tóquio e se apresentou para os feridos no hospital do exército. Mas, finalmente, chegou a hora de voltar para casa.

Em abril, quando Toby voltou de um *tour* de três semanas na região do Midwest, Millie estava esperando por ele no aeroporto. Suas primeiras palavras foram:

— Querido... vou ter um bebê!

Olhou para ela, estupefato. Interpretando mal sua expressão, Millie pensou que fosse alegria.

— Não é maravilhoso? — exclamou ela. — Agora, quando você estiver fora, terei o bebê para me fazer companhia. Espero que seja um menino para que você possa levá-lo aos jogos de beisebol e...

Toby não ouviu o resto das bobagens que ela estava falando. Era como se as palavras dela estivessem chegando a ele vindas de muito longe, através de um filtro. Em algum lugar, nos recantos de sua consciência, Toby tinha acreditado que algum dia, de alguma forma, haveria um jeito qualquer de escapar. Estavam casados há dois anos, e parecia uma eternidade. Agora aquilo. Millie *nunca* o deixaria ir.

Nunca.

O BEBÊ DEVERIA nascer na época do Natal. Toby havia se comprometido a ir para Guam com uma trupe de comediantes, mas não tinha ideia se Al Caruso aprovaria o fato de ele estar longe quando Millie fosse ter o bebê. Só havia uma maneira de saber. Toby telefonou para Las Vegas.

A voz alegre e familiar de Caruso entrou na linha imediatamente e disse:

— Olá, garotão. É bom falar com você.

— Também estou satisfeito por falar com você, Al.

— Ouvi dizer que você vai ser pai. Deve estar radiante.

— Radiante não é bem a palavra — disse Toby, com sinceridade, deixando que sua voz adquirisse uma nota de cuidadosa preocupação. — É por isso que estou lhe telefonando, Al. O bebê vai nascer na época de Natal, e — tinha que ser muito cuidadoso — eu não sei o que fazer. Quero estar aqui com Millie quando o menino nascer, mas me pediram para voltar para a Coreia, lá para Guam, para fazer apresentações para as tropas.

Houve uma longa pausa.

— É uma posição difícil.

— Não quero deixar os rapazes na mão, mas também não quero deixar Millie.

— Sei.

Houve uma outra pausa. Então:

— Vou lhe dizer o que acho, garoto. Nós todos somos bons americanos, certo? Aqueles garotos estão lá lutando por nós, certo?

Toby sentiu o corpo se descontrair de repente.

— Claro. Mas detesto ter que...

— Vai estar tudo bem com Millie — disse Caruso. — Há um bocado de tempo as mulheres têm filhos. Vá para a Coreia.

SEIS SEMANAS DEPOIS, na véspera de Natal, quando Toby deixava o palco sob estrondoso aplauso, no acampamento militar de Pusan, entregaram-lhe um telegrama, informando que Millie morrera durante o parto e que a criança nascera morta.

Toby estava livre.

Capítulo 14

No dia 14 de agosto de 1952, Josephine Czinski fez 13 anos. Foi convidada para uma festa por Mary Lou Kenyon, que fazia anos no mesmo dia. A mãe de Josephine a proibira de ir:

— Essa gente não presta, é gente ruim. É melhor ficar em casa e ler a Bíblia.

Mas Josephine não tinha nenhuma intenção de ficar em casa. Seus amigos *não* eram ruins. Gostaria que houvesse alguma maneira de fazer com que a mãe compreendesse. Tão logo sua mãe saiu, Josephine apanhou 5 dólares que tinha ganhado trabalhando como babá e foi para o centro, onde comprou um lindo maiô branco. Então foi para a casa de Mary Lou. Tinha um pressentimento de que ia ser um dia maravilhoso.

Mary Lou morava na mais bonita de todas as casas da Gente do Petróleo. Era uma casa cheia de peças de época, tapeçarias que eram verdadeiras preciosidades e lindos quadros. A propriedade tinha bangalôs para hóspedes, estábulos, uma quadra de tênis, uma pista de pouso particular e duas piscinas, uma enorme para os Kenyon e seus convidados e uma menor, nos fundos, para os empregados.

Mary Lou tinha um irmão mais velho, David, que Josephine tinha visto de relance de vez em quando. Era o rapaz mais bonito que Josephine já tinha visto. Parecia ter 3 metros de altura, tinha ombros largos e olhos cinzentos intimidadores. Era membro da equipe dos melhores jogadores de futebol americano e ganhara uma bolsa de estudos da fundação Rhodes. Mary Lou também tinha uma irmã mais velha, Beth, que morrera quando Josephine era pequena.

Agora, na festa, Josephine ficava olhando em volta, na esperança de ver David, mas ele não estava por ali. No passado, ele havia parado para falar com ela várias vezes, mas em todas elas Josephine tinha corado e ficado imóvel, sem conseguir falar.

A festa foi um grande sucesso. Havia 14 rapazes e garotas. Haviam feito um grande churrasco com carne, galinha, salada de batatas e limonada, servido no terraço por mordomos e copeiras uniformizados. Depois Mary Lou e Josephine abriram os presentes, enquanto os outros as rodeavam e faziam comentários sobre o que haviam ganho.

Mary Lou disse:

— Vamos nadar um pouco.

Todos saíram correndo para as cabines próximas à piscina. Enquanto vestia o maiô, Josephine pensava que nunca havia se sentido tão feliz. Havia sido um dia perfeito, passado em companhia de seus amigos. Fazia parte do grupo, partilhando a beleza que os rodeava. Não havia nada de maligno naquilo. Gostaria de poder fazer o tempo parar e imobilizar aquele dia de forma que nunca acabasse.

Josephine saiu para a luz ofuscante do sol. Enquanto caminhava para a piscina, percebeu que os outros a observavam, as meninas com franca inveja, os rapazes com olhares de cobiça mal disfarçada. Naqueles últimos meses, o corpo de Josephine havia amadurecido de maneira impressionante. Os seios firmes e cheios se delineando contra a malha do maiô, e os quadris insinuando as curvas generosas e sedutoras de uma mulher. Josephine mergulhou na piscina, se juntando aos outros.

— Vamos brincar de Marco Polo — gritou alguém.

Josephine adorava aquela brincadeira. Adorava mover-se na água cálida, com os olhos bem fechados. Então gritava "Marco!" e os outros tinham que responder, "Polo!", Josephine mergulhava na direção do som das vozes antes que fugissem, até pegar alguém, que então tentaria pegar os outros.

Começaram a brincadeira com Cissy Topping. Ela saiu atrás do menino de quem gostava, Bob Jackson, mas não conseguiu apanhá-lo, então apanhou Josephine. Josephine fechou os olhos e ficou tentando ouvir os outros se moverem na água.

— Marco! — gritou.

Houve um coro de — Polo! Mergulhou em direção à voz mais próxima. Tateou na água, não havia ninguém.

— Marco! — gritou.

De novo, um coro de — Polo! Agarrou às cegas mas só apanhou ar. Josephine não se importava que eles fossem mais rápidos do que ela; queria que aquela brincadeira continuasse para sempre, da mesma forma que queria que aquele dia durasse uma eternidade.

Ficou imóvel, tentando ouvir alguém espadanar na água, uma risadinha, um murmúrio. Foi se movendo pela piscina, os olhos fechados, os braços estendidos, e alcançou os degraus. Subiu um degrau para silenciar seus movimentos.

— Marco! — gritou.

E não houve resposta. Ficou parada ali, imóvel.

— Marco!

Silêncio. Era como se estivesse num mundo cálido, molhado, deserto, sozinha. Estavam lhe pregando uma peça. Tinham resolvido que ninguém responderia. Josephine sorriu e abriu os olhos.

Estava sozinha na piscina. Alguma coisa fez com que olhasse para baixo. Seu maiô branco estava manchado de vermelho, e havia sangue escorrendo entre as suas coxas. As crianças estavam todas de pé em volta da piscina, olhando para ela. Josephine ergueu o olhar naquela direção, confusa.

— Eu...

Parou sem saber o que dizer. Desceu os degraus depressa, entrando na água para esconder sua vergonha.

— Nós não costumamos fazer isso na piscina — disse Mary Lou.

— Mas polacas fazem. — Alguém deu uma risada zombeteira.

— Ei, vamos tomar um banho de chuveiro.

— Vamos! Estou com frio.

— Quem vai querer nadar *naquilo*?

Josephine fechou os olhos de novo e os ouviu indo em direção aos vestiários, abandonando-a. Ficou parada ali, mantendo os olhos bem fechados, apertando as pernas para tentar deter aquele fluxo vergonhoso. Era a primeira vez que ficava menstruada. Fora completamente inesperado. Eles voltariam todos, dentro de um momento, e lhe diriam que estavam apenas implicando com ela, que ainda eram seus amigos, aquela felicidade não acabaria nunca. Voltariam e explicariam que era tudo brincadeira. Talvez já tivessem voltado, prontos para brincar. Com os olhos bem fechados, ela murmurou: Marco — e o eco morreu no ar da tarde. Não tinha ideia de quanto tempo ficou parada ali, na água, com os olhos fechados.

— *Nós não costumamos fazer isso na piscina.*

— *Mas polacas fazem.*

Sua cabeça começou a latejar violentamente. Estava nauseada, e de repente começou a ter cólicas. Mas Josephine sabia que tinha que ficar ali de pé, com os olhos fechados. Só até que eles voltassem e lhe dissessem que era brincadeira.

Ouviu passos e um farfalhar de tecido, e de repente soube que estava tudo bem. Eles tinham voltado. Abriu os olhos e olhou para cima.

David, o irmão mais velho de Mary Lou, estava de pé na borda da piscina, com um robe de tecido aveludado na mão.

— Peço desculpas por todos eles — disse ele, a voz séria, estendendo o robe para ela. — Tome. Saia daí e vista isso.

Mas Josephine fechou os olhos e ficou ali, rígida. Queria morrer o mais rápido possível.

Capítulo 15

Era um dos bons dias para Sam Winters. As primeiras cópias do filme de Tessie Brand tinham ficado maravilhosas. Parte da razão, é claro, era que Tessie tinha se matado de trabalhar para compensar o seu comportamento. Mas qualquer que fosse a razão, Barbara Carter surgiria como a melhor nova produtora do ano. Ia ser um ano e tanto para figurinistas.

Os programas de televisão produzidos pela Pan-Pacific estavam indo bem, e *My Man Friday* era o grande sucesso. A companhia dissera a Sam para fazer um novo contrato de cinco anos para o seriado.

Sam estava se preparando para sair para almoçar quando Lucille entrou correndo e disse:

— Acabaram de apanhar alguém tentando iniciar um incêndio no depósito de vestuário. Estão trazendo o homem para cá agora.

O homem estava sentado numa cadeira diante de Sam, em absoluto silêncio, com dois guardas da segurança do estúdio de pé atrás dele. Sam ainda não havia se recuperado do choque.

— Por quê? — perguntou. — Pelo amor de Deus... Por quê?

— Porque não quero a porra da caridade de vocês — disse Dallas Burke. — Odeio você, este estúdio e todo esse negócio podre. Eu *construí* este negócio, seu filho da puta. Eu sustentei metade dos estúdios desta cidade nojenta. Todo mundo ficou rico às minhas custas. Por que é que você não me deu um filme para dirigir em vez de tentar me subornar fingindo que estava comprando uma porra de um monte de contos de fadas roubados? Você não teria comprado nem um catálogo telefônico na minha mão, Sam. Eu não queria favores de você... eu queria um emprego. Você está fazendo com que eu morra como um fracassado, seu escroto, e nunca lhe perdoarei isso.

Muito tempo depois de terem levado Dallas Burke, Sam ainda estava sentado ali, pensando nele, lembrando das coisas fantásticas que ele fizera, dos filmes maravilhosos que tinha feito. Em qualquer outro ramo de negócios, ele seria um herói, o presidente do conselho, ou estaria aposentado com uma pensão generosa e coberto de glória.

Mas aquele era o maravilhoso mundo dos espetáculos.

Capítulo 16

No princípio da década de 1950, o sucesso de Toby crescia. Apresentou-se nas casas noturnas de maior sucesso — Chez Paree, em Chicago; Latin Casino, em Filadélfia; Copacabana, em Nova York. Dava espetáculos beneficentes, se apresentava em hospitais infantis e em chás de caridade — se apresentava para qualquer pessoa, em qualquer lugar, a qualquer hora. O público era o sangue que o mantinha vivo. Estava totalmente absorvido pelo mundo dos espetáculos. Acontecimentos importantes ocorriam no mundo inteiro, mas para Toby eram apenas assunto para as suas piadas.

Em 1951, quando o General MacArthur foi despedido e disse:

— Velhos soldados não morrem... eles apenas desaparecem gradualmente.

Toby disse:

— Jesus... acho que nós usamos o mesmo tintureiro.

Em 1952, quando a bomba de hidrogênio foi lançada, o comentário de Toby foi:

— Isto não foi nada. Vocês precisavam ter visto a minha estreia em Atlanta.

Quando Nixon fez seu famoso "discurso Checkers", Toby disse:
— Votaria nele sem pensar duas vezes. Não no Nixon... no Checkers.

Ike foi eleito Presidente, Stalin morreu, a América jovem usava chapéus estilo David Crockett e houve um boicote aos ônibus em Montgomery.

E tudo era material para as piadas de Toby.

Quando lançava seus dardos com aquela expressão infantil de inocência perplexa, a plateia gritava.

Mas havia uma inquietação profunda e violenta no íntimo de Toby. Estava sempre buscando alguma coisa mais. Não conseguia se divertir nunca, porque temia sempre estar perdendo uma festa melhor em algum outro lugar, ou se apresentando para uma plateia melhor, ou beijando uma garota mais bonita. Trocava de namoradas como trocava de camisas. Depois da experiência com Millie, tinha medo de se envolver mais seriamente com quem quer que fosse. Lembrava-se da época em que se apresentava no Circuito dos Banheiros e invejava os cômicos que tinham grandes limusines e mulheres bonitas. Tinha conseguido tudo aquilo, e estava tão sozinho quanto antes. Quem era mesmo que havia dito: — Quando a gente chega lá, o *lá* não existe...

Estava decidido a se tornar o Número Um e sabia que conseguiria. A única coisa que lamentava era que sua mãe não estaria lá para ver sua previsão se tornar realidade.

A única recordação que lhe restava dela era o seu pai.

A CLÍNICA EM DETROIT era um prédio feio de tijolos, pertencente a um outro século. Suas paredes abrigavam o fedor adocicado de velhice, de doença e de morte.

O pai de Toby havia sofrido um derrame, e agora era quase um vegetal, um homem de olhos apáticos e sem brilho, com uma mente que não se preocupava com nada, exceto as visitas de

Toby. Toby ficou parado no vestíbulo sujo, atapetado de verde, da clínica onde agora estava seu pai. As enfermeiras e os internos o rodeavam cheios de admiração.

— Vi o senhor no *show* de Harold Hobson, na semana passada, Sr. Toby. Achei que esteve maravilhoso. Como é que consegue inventar todas essas coisas incríveis para dizer?

— Meus escritores as inventam — disse Toby, e eles riram da sua modéstia.

Um enfermeiro vinha descendo pelo corredor, empurrando a cadeira de rodas do pai de Toby. Ele estava recém-barbeado e o cabelo fora penteado. Tinha deixado que lhe vestissem um terno em honra à visita do filho.

— Ei, é o Belo Brummel!* — exclamou Toby, e todo mundo se virou para olhar para o Sr. Temple com inveja, desejando ter um filho maravilhoso e famoso como Toby que viesse visitá-los.

Toby foi para junto do pai, se inclinou e o abraçou.

— Quem é que está querendo enganar? — perguntou Toby, apontando para o enfermeiro. — *Você* é quem devia estar empurrando *esse cara,* papai.

Todo mundo riu, guardando a anedota na memória para poder contar para os amigos o que tinham ouvido Toby Temple dizer. *Eu estava com Toby Temple no outro dia, e ele disse... Eu estava de pé junto dele, assim como estou de você, e o ouvi dizer...*

E ele ficou por ali, divertindo, insultando com gentileza e eles adoravam. Fazia brincadeiras a respeito da vida sexual deles, da saúde deles, de seus filhos, e por um curto espaço de tempo conseguiam rir dos próprios problemas. Finalmente, Toby disse pesaroso:

— Detesto ter de deixá-los, são a plateia mais bonita que já tive em muitos anos — *Eles também iam se lembrar daquilo* —, mas

---

*Famoso dândi inglês, amigo de Jorge IV quando príncipe. *(N. da T.)*

preciso passar algum tempo a sós com meu pai. Ele me prometeu que me daria umas piadas novas.

Eles sorriam e riam e o adoravam.

Toby estava sozinho na salinha para visitantes com seu pai. Até aquela sala tinha cheiro de morte, mas, entretanto, *era daquilo que aquele lugar tratava, não era,* pensou Toby. *Morte?* Estava cheio de pais e mães gastos, que haviam se tornado empecilhos no caminho. Tinham sido tirados dos quartinhos dos fundos nas casas, postos para fora de salas de jantar e salas de visitas onde estavam se tornando fontes de embaraço sempre que havia convidados e tinham sido mandados para aquela clínica geriátrica por seus filhos, sobrinhas e sobrinhos. *Acredite, é para o seu próprio bem, papai, mamãe, tio George, tia Bess. Vai estar com uma porção de gente adorável, da sua idade. Entendeu o que estou querendo dizer? Vai ter companhia o tempo todo.* O que eles realmente queriam dizer era: *Estou mandando você para lá para morrer junto com todos os outros velhos inúteis. Estou cheio de ver você babando na mesa, contando as mesmas histórias uma vez depois da outra, infernizando a vida das crianças, e molhando a cama.* Os esquimós eram mais honestos a respeito daquilo. Mandavam os velhos para o gelo, e os abandonavam ali para morrer.

— Estou realmente satisfeito por você ter vindo hoje — disse o pai de Toby, com sua dicção lenta. — Queria falar com você. Tenho boas notícias, o velho Art Riley aqui do lado morreu ontem.

Toby ficou olhando para ele espantado.

— Chama a *isto* de boas notícias?

— Significa que eu posso me mudar para o quarto dele — explicou o velho. — É um quarto de solteiro particular.

E era aquilo que significava a velhice: sobrevivência, o apego às poucas coisas materiais que restavam. Toby tinha visto gente ali que estaria melhor se estivesse morta, mas se agarravam à vida, com ferocidade. *Feliz aniversário, Sr. Dorset. Como é que se sente completando os seus 95 anos hoje?... Quando penso na alternativa, sinto-me ótimo.*

Finalmente, estava na hora de Toby ir embora.

— Volto para ver você assim que eu puder — prometeu Toby.

Deu algum dinheiro ao pai e distribuiu gorjetas generosas entre as enfermeiras e funcionários.

— Cuidem bem dele, hein? Preciso do velho para o meu número.

E Toby foi embora. No momento em que passou pela porta, esqueceu de todos eles. Estava pensando no seu desempenho naquela noite.

Durante semanas não falariam de nada além da sua visita.

Capítulo 17

Aos 17 anos, Josephine Czinski era a moça mais bonita de Odessa, Texas. Tinha a tez dourada, queimada de sol, os longos cabelos negros tinham um traço de cobre no sol e os olhos castanhos profundos, minúsculas partículas douradas. O corpo era estonteante, com o busto cheio e arredondado, a cintura fina que se abria nas curvas dos quadris com suavidade, afilando-se nas longas pernas bem-feitas.

Josephine não se dava mais com a Gente do Petróleo. Agora ela saía com os Outros. Depois das aulas, trabalhava como garçonete no Golden Derrick, um *drive-in* muito popular. Mary Lou, Cissy Topping e seus amigos costumavam vir com os acompanhantes. Josephine sempre cumprimentava todos com polidez; mas tudo havia mudado.

Josephine estava cheia de uma inquietação, uma ânsia pelo que nunca conhecera. Era indefinida, mas estava ali. Queria deixar aquela cidade feia e triste, mas não sabia para onde queria ir ou o que fazer. Ficar pensando durante muito tempo a respeito daquilo fazia as dores de cabeça começarem.

Saía com uma dúzia de rapazes e homens diferentes, o predileto de sua mãe era Warren Hoffman.

— Hoffman seria um bom marido para você. Frequenta a igreja regularmente, ganha muito bem trabalhando como bombeiro e está maluco por você.

— Ele tem 25 anos e é gordo.

A Sra. Czinski lançou um olhar crítico para Josephine.

— Polonesas pobres não encontram cavaleiros de armaduras brilhantes. Nem no Texas nem em nenhum outro lugar do mundo. Pare de enganar a si mesma.

Josephine permitia que Warren Hoffman a levasse ao cinema uma vez por semana. Segurava-lhe a mão entre as palmas suadas e calejadas e a apertava durante o filme inteiro. Josephine mal se dava conta. Estava entretida demais com o que estava acontecendo na tela. Aquilo que havia ali em cima era uma extensão do mundo de gente bonita e de coisas bonitas com as quais ela tinha crescido, só que era maior ainda e ainda mais emocionante. Num recanto distante de sua mente, Josephine sentia que Hollywood poderia lhe dar tudo que desejava: beleza, diversão, riso e felicidade. A não ser casando com um homem rico, ela sabia que não havia nenhuma outra maneira por meio da qual poderia algum dia ter aquele tipo de vida. E os rapazes ricos eram todos conquistados por moças ricas.

Exceto um.

David Kenyon. Josephine pensava nele com frequência. Tinha roubado uma fotografia dele, da casa de Mary Lou, muito tempo atrás. Estava escondida no seu armário e ela tirava de vez em quando, para olhar para ela, sempre que se sentia infeliz. Fazia com que se lembrasse de David, de pé na borda da piscina, dizendo: *Peço desculpas por todos eles,* e da mágoa e do sofrimento irem desaparecendo, pouco a pouco, cedendo lugar à ternura. Só tinha visto David uma vez depois daquele dia terrível, na piscina, em que ele lhe trouxera um roupão. Tinha passado de carro, com toda a família, e Josephine depois soubera que iam para a estação ferroviária, ele estava a caminho de Oxford, Inglaterra. Isto fora há quatro anos, em 1952. David havia voltado para as férias de verão e para o Natal, mas seus caminhos não tinham se cruzado. Frequentemente Josephine ouvia outras moças falando a respeito dele. Além da fortuna que David tinha herdado do pai, sua avó havia lhe deixado um fundo de 5 milhões de dólares em fideicomisso, ele era realmente um bom partido. *Mas não para a filha de uma costureira polonesa.*

JOSEPHINE NÃO SABIA que David Kenyon tinha voltado da Europa. Numa noite de sábado, em julho, já bastante tarde, Josephine trabalhava no Golden Derrick e parecia-lhe que a metade da população de Odessa tinha decidido ir ao *drive-in* para combater a onda de calor com limonada, sorvete e refrigerante. O movimento estivera tão intenso que Josephine não pudera parar um só minuto. Uma fileira de automóveis circulava ininterruptamente no *drive-in* iluminado por lâmpadas neon, como animais metálicos enfileirados em torno de um bebedouro surrealista. Josephine entregou uma bandeja, com o que lhe parecia ser o milionésimo pedido de *cheeseburger* e Coca-Cola, puxou um cardápio e se dirigiu para um carro esporte branco que tinha acabado de entrar.

— Boa-noite — disse Josephine num tom alegre. — Gostariam de ver o cardápio?

— Alô, desconhecida.

Ao ouvir a voz de David Kenyon, o coração de Josephine disparou de repente. Estava exatamente como ela se lembrava, só que ainda mais bonito. Agora havia uma maturidade, uma segurança, que lhe havia sido dada por ter vivido no exterior. Cissy Topping estava sentada ao lado dele, com a aparência fresca e muito bonita num conjunto de saia e blusa de seda.

— Oi, Josie. Você não devia estar trabalhando numa noite quente como esta, querida — disse Cissy.

Como se aquilo fosse alguma coisa que Josephine tivesse decidido fazer em vez de ir a um cinema com ar-condicionado ou passear num carro esporte com David Kenyon.

Josephine respondeu sem se alterar:

— Assim pelo menos não fico pela rua.

Viu que David sorria para ela. Sabia que ele compreendia. Muito tempo depois de terem ido embora, Josephine ainda estava pensando em David. Repetiu todas as palavras — *Alô, desconhecida... Quero uma panqueca com salsicha e uma cerveja* — não, *café em vez de cerveja. Faz mal tomar bebidas geladas numa noite quente... Você gosta de trabalhar aqui?... Pode me dar a conta... fique com o troco... Foi bom ver você de novo, Josephine* — em busca de significados ocultos, de nuances que pudesse ter deixado escapar. É claro que ele não podia ter dito nada com Cissy sentada do lado, mas a verdade era que ele realmente não tinha nada a dizer a Josephine. Estava surpresa até por ele ter se lembrado do seu nome.

Estava de pé, diante da pia da minúscula cozinha do *drive-in*, perdida em seus pensamentos, quando Paco, o jovem cozinheiro mexicano, chegou junto dela e disse:

— *Que pasa*, Josita? Você está com aquele brilho nos olhos.

Gostava de Paco. Estava com 20 e tantos anos, era um homem magro, de olhos escuros, sempre com um sorriso e uma brincadeira simpática engatilhados para os momentos em que a pressão crescia e todo mundo ficava tenso.

— Quem é ele?

Josephine sorriu.

— Ninguém, Paco.

— *Bueno*. Porque tem seis carros famintos enlouquecendo lá fora. *Vamos!*

Ele telefonou na manhã seguinte, e Josephine sabia quem era antes de tirar o fone do gancho. Não tinha conseguido tirá-lo da cabeça a noite inteira. Era como se aquele telefonema fosse a continuação do seu sonho.

As primeiras palavras dele foram:

— Vou dizer o que todo mundo deve dizer. Enquanto estive fora você cresceu e se tornou uma verdadeira beleza. — E ela poderia ter morrido de felicidade.

Levou-a para jantar fora naquela noite. Josephine estivera preparada para ir a um restaurante pouco frequentado, onde fosse improvável que David encontrasse seus amigos. Mas em vez disso foram ao clube, onde todo mundo foi até a mesa deles para dizer alô. David não se envergonhava de ser visto com Josephine, ao contrário, parecia se orgulhar dela. E ela o amava por aquilo, e por mais outras cem razões. Sua expressão, a gentileza e a compreensão, o prazer que era estar com ele. Nunca soubera que alguém maravilhoso como David Kenyon pudesse existir.

Todo dia, depois que Josephine saía do trabalho, estavam juntos. Aprendera a repelir os avanços masculinos desde os 14 anos, pois havia nela uma sexualidade que era um desafio. Os homens estavam sempre querendo se encostar nela, agarrá-la, tentando passar a mão nos seus seios, ou meter a mão debaixo da sua saia, achando que aquele era o meio de excitá-la, sem saber o quanto a repugnava.

David Kenyon era diferente. Ocasionalmente punha o braço no seu ombro ou tocava nela casualmente, e o corpo inteiro de Josephine correspondia. Nunca antes tinha sentido isso por alguém. Nos dias em que não podia ver David, não conseguia pensar em mais nada.

Enfrentou a realidade de que estava apaixonada por ele. À medida que as semanas foram passando, e que passavam cada vez mais tempo juntos, Josephine se deu conta de que o milagre havia se realizado. David estava apaixonado por ela.

David discutia seus problemas com Josephine, e lhe contava suas dificuldades com a família.

— Mamãe quer que eu assuma a direção dos negócios — disse-lhe David —, mas não tenho certeza de que quero passar o resto da minha vida fazendo isso.

Os negócios da família Kenyon incluíam, além de poços de petróleo e refinarias, um dos maiores ranchos de criação de gado do Sudoeste, uma cadeia de hotéis, alguns bancos e uma grande companhia de seguros.

— Você não pode simplesmente dizer a ela que não, David?

David deu um suspiro.

— Você não conhece a minha mãe.

Josephine havia sido apresentada à mãe de David. Era uma mulherzinha minúscula (parecia impossível que David tivesse saído daquele corpinho frágil) que dera à luz três filhos. Estivera seriamente doente após cada gravidez e logo depois do terceiro parto teve um ataque cardíaco. Ano após ano, ela descrevia repetidamente os seus sofrimentos para os filhos, que cresceram com a crença de que a mãe havia arriscado deliberadamente a própria vida para ter cada um deles. Aquilo lhe dava um poderoso domínio sobre a família, que ela governava impiedosamente.

— Quero ter a minha própria vida — disse David a Josephine —, mas não posso fazer nada que vá ferir mamãe. A verdade é que... o Dr. Young não acha que ela vá continuar conosco por muito mais tempo.

Uma noite, Josephine falou a David de seus sonhos de ir para Hollywood e se tornar uma estrela. Ele olhou para ela e disse baixinho:

— Eu não vou deixar você ir.

Ela sentiu o coração bater loucamente. A cada vez que estavam juntos, o sentimento de intimidade entre eles crescia. O fato de

Josephine vir de uma família pobre não significava nada para David. Era uma pessoa desprovida de esnobismo. Isso fez com que o incidente ocorrido no *drive-in,* uma noite, fosse muito mais chocante ainda.

Estava na hora de fechar, e David estava sentado no carro estacionado esperando por ela. Josephine estava na cozinha com Paco, limpando apressadamente as últimas bandejas.

— Encontro importante, hein? — disse Paco.

Josephine sorriu.

— Como é que você sabe?

— Porque você está iluminada. Sua carinha bonita está radiante. Diga a ele por mim que ele é um *hombre* de sorte!

Josephine sorriu e disse:

— Vou dizer. — Impulsivamente, ela se inclinou e deu um beijo no rosto de Paco. Um segundo depois, ouviu o rugido do motor de um carro e em seguida o cantar de pneus. Virou-se a tempo de ver o conversível branco de David amassar o para-choque de outro carro e sair em disparada do *drive-in.* Ficou parada, olhando sem conseguir acreditar, para as luzes das lanternas traseiras que desapareceram na noite.

Às 3 horas da manhã, quando se virava de um lado para outro na cama, Josephine ouviu um carro estacionar lá fora. Correu até a janela para olhar. David estava sentado na direção do automóvel. Estava terrivelmente bêbado. Rapidamente Josephine vestiu um robe sobre a camisola e saiu.

— Entre — disse David.

Josephine abriu a porta do carro e se sentou ao lado dele. Houve um silêncio longo e pesado. Quando David finalmente começou a falar, estava com a voz embargada, mas não apenas pelo uísque que tinha bebido. Havia uma raiva, uma fúria selvagem que fazia com que as palavras saíssem como pequenas explosões.

— Eu não sou seu dono — disse David. — Você é livre para fazer o que quiser. Mas enquanto estiver saindo comigo, não quero que beije nenhum maldito mexicano. Entendeu?

Olhou para ele sem saber o que fazer, depois disse:

— Quando beijei Paco, foi porque... ele tinha dito uma coisa que me deixou feliz. Ele é meu amigo.

David respirou fundo, tentando controlar as emoções que se agitavam no seu íntimo.

— Vou lhe contar uma coisa que nunca contei a ninguém.

Josephine ficou sentada ali, se perguntando o que viria a seguir.

— Eu tenho uma irmã mais velha — disse David. — Beth. E eu a adoro.

Josephine tinha uma vaga lembrança de Beth, uma beldade loura, de pele clara, que Josephine costumava ver quando ia brincar com Mary Lou. Josephine tinha 8 anos quando Beth morreu. David devia estar com 15 anos mais ou menos.

— Eu me lembro de quando Beth morreu.

— Beth está viva.

Olhou para ele com incredulidade.

— Mas, eu... todo mundo pensou...

— Ela está num manicômio.

Virou-se para olhar para ela, a voz inexpressiva.

— Ela foi estuprada por um de nossos jardineiros, um mexicano. O quarto de Beth ficava defronte ao meu, do outro lado do corredor. Ouvi os gritos e corri para o quarto dela. Ele tinha rasgado a camisola de Beth e estava em cima dela e...

A voz de David ficou embargada com a lembrança.

— Lutei com ele até que minha mãe apareceu e chamou a polícia. Eles finalmente chegaram e levaram o homem para a cadeia. Ele se suicidou na cela, naquela noite. Mas Beth tinha enlouquecido. Ela nunca vai sair daquele lugar. Nunca. Eu não posso lhe dizer o quanto a amo, Josie. Sinto tanta falta dela. Desde aquela noite, e-eu e-e-eu não... posso...

Ela pôs a mão sobre a dele e disse:

— Sinto muito, David. Eu compreendo. Estou satisfeita por você ter me contado.

Estranhamente, o incidente serviu para uni-los ainda mais. Começaram a conversar sobre coisas de que nunca tinham falado antes. David sorriu quando Josephine lhe falou sobre o fanatismo religioso de sua mãe.

— Eu tinha um tio que era assim — disse. — Ele foi para um monastério qualquer, no Tibete.

— Vou fazer 24 anos no mês que vem — disse David, um dia. — É uma velha tradição da família Kenyon que os homens se casem aos 24 anos. — E o coração de Josephine deu um salto.

Na noite seguinte, David tinha comprado os bilhetes para uma peça que estava em cartaz no Teatro Globe. Quando chegou para buscar Josephine, ele disse:

— Vamos esquecer a peça. Vamos conversar sobre o nosso futuro.

No momento em que Josephine ouviu aquelas palavras, soube que tudo por que tinha rezado ia se tornar realidade. Ela podia vê-lo escrito nos olhos de David. Estavam cheios de amor e de desejo.

— Vamos até o Lago Dewey — disse ela.

Queria que fosse o pedido de casamento mais romântico do mundo, de forma que um dia se tornasse a história cheia de encanto que contaria a seus filhos. Queria se lembrar de cada minuto daquela noite.

O Lago Dewey era uma pequena extensão de água a cerca de 40 milhas de Odessa. A noite estava bonita e estrelada, com uma lua resplandecente, quase cheia. As estrelas dançavam na água e a atmosfera transbordava com os sons misteriosos de um mundo secreto, um microcosmo do universo, onde milhões de minúsculos seres invisíveis se amavam e matavam e eram mortos e morriam.

Josephine e David ficaram sentados no carro, em silêncio, ouvindo os sons da noite. Josephine o observou, sentado na direção do automóvel, o rosto bonito sério e carregado de intensidade. Ela nunca o amara tanto como naquele momento. Queria fazer alguma coisa maravilhosa para ele, lhe dar alguma coisa capaz de mostrar o quanto o amava. E de repente soube o que iria fazer.

— Vamos nadar um pouco, David — disse ela.

— Não trouxemos as roupas de banho.

— Não faz mal.

Ele se virou para olhar para ela e começou a dizer alguma coisa, mas Josephine já tinha saído do carro e estava correndo para a praia na margem do lago. Quando começava a se despir ela o ouviu vir se aproximando. Josephine mergulhou nas águas mornas do lago, um minuto depois David estava ao seu lado.

— Josie...

Ela se virou para ele, depois o abraçou, seu corpo inteiro ardendo de desejo, ansiando por ele, faminto. Seus corpos se uniram dentro d'água e Josephine sentiu a rigidez do membro ereto de David contra o seu corpo, e ele disse:

— Nós não podemos, Josie.

Sua voz embargada pela intensidade com que a queria. Josephine tomou o pênis de David nas mãos e disse:

— Sim. Sim, David.

Voltaram para a praia e então ele estava em cima dela e dentro dela e formando um todo com ela e eles eram ambos parte das estrelas e da terra e da noite aveludada.

Ficaram deitados lado a lado durante muito tempo, abraçados. Só muito mais tarde, depois de David tê-la deixado em casa, ela se lembrou que ele não havia feito o pedido. Mas aquilo não tinha mais importância. O que tinham partilhado juntos era um elo mais forte do que qualquer cerimônia de casamento. Amanhã ele faria o pedido.

Josephine dormiu até meio-dia, no dia seguinte. Acordou com um sorriso no rosto. Ainda estava sorrindo quando sua mãe entrou no quarto trazendo um lindo vestido de noiva antigo.

— Vá até a Brubaker e me traga 10 metros de tule. A Sra. Topping acabou de me trazer o seu vestido de noiva. Tenho que ajustá-lo na medida de Cissy até sábado. Ela e David Kenyon vão se casar.

David Kenyon tinha ido procurar a mãe logo depois de deixar Josephine em casa. Ela estava na cama, uma mulherzinha frágil, que outrora fora muito bonita.

Ela abriu os olhos quando David entrou no quarto que estava na penumbra. Sorriu quando viu quem era.

— Alô, meu filho. É tarde para você estar acordado.
— Eu saí com Josephine, mamãe.

Ela não disse nada, apenas o observou com os olhos cinzentos inteligentes.

— Vou me casar com ela — disse David.

Ela sacudiu a cabeça lentamente.

— Não posso deixar você cometer um erro desses, David.
— A senhora não conhece Josephine. Ela é...
— Tenho certeza de que ela é uma moça adorável. Mas não serve para ser a esposa de um Kenyon. Cissy Topping faria você feliz. E se você se casasse com ela, me faria muito feliz.

David tomou a mão frágil nas suas e disse:

— Eu a amo muito mamãe, mas posso decidir isto por mim mesmo.
— Pode mesmo? — perguntou ela num tom suave. — Você faz sempre a coisa certa?

David olhou para ela surpreendido, e ela prosseguiu:

— Pode-se realmente confiar em você, ter certeza de que vai agir adequadamente, David? De que não vai perder a cabeça? De que não vai fazer coisas terríveis...

Ele puxou a mão com violência.

— Você sempre sabe o que está fazendo, meu filho? — A voz dela estava ainda mais suave.

— Mãe, pelo amor de Deus!

— Você já fez bastante mal a esta família, David. Não me sobrecarregue ainda mais. Não creio que pudesse suportá-lo.

O rosto dele estava de uma palidez doentia.

— Você sabe que eu não quis... eu não pude...

— Você já está muito grande para ser mandado para longe outra vez. Agora você é um homem. Quero que você aja como um homem.

A voz dele estava angustiada.

— E-e-eu a amo...

Ela teve uma crise, e David chamou o médico. Mais tarde, o médico e ele tiveram uma conversa.

— Creio que sua mãe não terá muito mais tempo de vida, David.

E assim a decisão foi tomada por ele.

Foi ver Cissy Topping.

— Estou apaixonado por uma outra pessoa — disse David. — Minha mãe sempre pensou que você e eu...

— E eu também, querido.

— Eu sei que é uma coisa terrível de se pedir, mas... você estaria disposta a se casar comigo até... até que minha mãe morra, e então me daria o divórcio?

Cissy olhou para ele e disse baixinho:

— Se isso é o que você quer, David.

Teve a sensação de que um peso insustentável havia sido tirado de seus ombros.

— Obrigado, Cissy, não posso lhe dizer o quanto...

Ela sorriu e disse:

— Para que servem os velhos amigos?

No momento em que David saiu, Cissy Topping telefonou para a mãe dele. Tudo o que disse foi:

— Está tudo arranjado.

A única coisa que David Kenyon não havia antecipado era que Josephine fosse ouvir a notícia do casamento antes que ele pudesse lhe explicar tudo. Quando David chegou à casa de Josephine, foi recebido pela Sra. Czinski.

— Eu gostaria de ver Josephine — disse ele.

Ela lhe lançou um olhar furioso, os olhos cheios de um triunfo maligno.

— O Senhor Jesus vencerá e aniquilará os Seus inimigos e os maus estarão condenados à danação eterna.

David repetiu pacientemente:

— Eu gostaria de falar com Josephine.

— Ela foi embora — disse a Sra. Czinski. — Ela foi embora!

Capítulo 18

O ÔNIBUS EMPOEIRADO da linha Odessa-El Paso-San Bernardino-Los Angeles entrou na estação rodoviária de Vine Street às 7 horas da manhã, e em algum lugar, durante a viagem de 14 mil quilômetros e dois dias, Josephine Czinski se tornara Jill Castle. Na aparência exterior, ela era a mesma pessoa. Por dentro é que ela tinha mudado. Alguma coisa nela havia desaparecido. O riso tinha morrido.

No momento em que ouviu a notícia, Josephine soube que tinha que fugir. Começou a atirar as roupas dentro da mala, sem pensar. Não tinha ideia de para onde iria ou o que iria fazer quando chegasse lá. Sabia apenas que tinha que sair daquele lugar imediatamente.

Foi quando estava saindo do quarto e viu as fotografias dos artistas de cinema na parede que soube de repente para onde iria. Duas horas depois, estava no ônibus, a caminho de Hollywood. Odessa e todas as pessoas foram ficando para trás em sua mente, desaparecendo cada vez mais depressa à medida que o ônibus a levava rapidamente para o seu novo destino. Tentou se obrigar a esquecer a terrível dor de cabeça. Talvez devesse ter consultado um médico para ver o que eram aquelas violentas dores em sua cabeça. Mas agora não se importava mais. Aquilo era parte do seu passado, e tinha certeza de que desapareceriam. De agora em diante a vida ia ser maravilhosa. Josephine Czinski estava morta.

Longa vida para Jill Castle.

LIVRO SEGUNDO

Capítulo 19

Toby Temple se tornou um superastro por causa da improvável justaposição de uma ação de reconhecimento de paternidade, um apêndice supurado e o presidente dos Estados Unidos.

O Clube da Imprensa de Washington estava oferecendo seu jantar anual, e o convidado de honra era o presidente. Ia ser um evento de grande importância, com a presença do vice-presidente, dos senadores, membros do Gabinete, juízes do Supremo e de quem quer que pudesse comprar, pedir ou roubar um convite. Como aquele evento sempre recebia cobertura da imprensa internacional, a função de mestre de cerimônias havia se tornado uma láurea muito disputada. Naquele ano, um dos maiores comediantes da América havia sido escolhido para ser o mestre de cerimônias do *show*. Uma semana depois de ele ter aceito, foi citado como réu numa ação de reconhecimento de paternidade envolvendo uma menina de 15 anos de idade. A conselho de seu advogado, o comediante imediatamente deixou o país para férias por tempo indefinido. O comitê organizador do jantar voltou-se então para a sua escolha número dois, um astro de cinema e televisão de grande popularidade. Ele chegou a Washington na noite anterior ao jantar. Na tarde seguinte, no dia do banquete, seu agente telefonou para avisar que o ator principal estava no hospital, sendo submetido a uma operação de emergência de apêndice supurado.

Só faltavam seis horas para o jantar. O comitê examinou freneticamente uma lista de possíveis substitutos. Os nomes importantes estavam ocupados, uns filmando, outros fazendo *shows* para a televisão, ou então estavam longe demais para chegar a Washington a tempo. Um por um, os candidatos foram sendo eliminados e finalmente, quase no final da lista, apareceu o nome de Toby Temple. Um dos membros do comitê balançou a cabeça.

— Temple é um cômico de cabaré. Não tem nenhuma moderação. Não podemos nem sonhar em soltá-lo diante do presidente.

— Ele até que serviria se conseguíssemos dar uma burilada no seu material.

O presidente do comitê olhou em volta e disse:

— Vou dizer a vocês o que é fantástico nele, amigos. Ele está em Nova York e pode estar aqui dentro de uma hora. O maldito jantar é hoje à noite!

Foi assim que o comitê escolheu Toby Temple.

Quando Toby olhou em volta no grande salão de banquetes, pensou que se uma bomba fosse lançada ali dentro, naquela noite, o governo federal dos Estados Unidos estaria sem líderes.

O presidente estava sentado no centro da mesa dos oradores na plataforma. Meia dúzia de homens do Serviço Secreto estavam postados atrás dele. Na correria de último minuto para organizar tudo, ninguém tinha se lembrado de apresentar Toby ao presidente, mas Toby não se importou. *O presidente vai se lembrar de mim,* pensou Toby. Recordou o seu encontro com Downey, o presidente do comitê organizador do jantar. Downey havia dito:

— Nós adoramos as suas piadas, Toby. Você é engraçadíssimo quando ridiculariza as pessoas. Entretanto... — fez uma pausa para pigarrear. — Temos um grupo de pessoas muito er-ah muito sensíveis aqui, hoje à noite. Não me compreenda mal. Não é que não possam suportar uma piadinha, mas tudo que for dito aqui hoje à noite será repetido pela imprensa no mundo inteiro. Naturalmente, nenhum de nós quer que seja dita alguma coisa capaz de expor ao ridículo o presidente dos Estados Unidos ou os membros do Congresso. Em outras palavras, queremos que você seja engraçado, mas não queremos que faça ninguém ficar zangado.

— Pode confiar em mim.

E Toby havia sorrido.

As travessas do jantar estavam sendo retiradas, e Downey estava de pé diante do microfone.

— Sr. presidente, ilustres convidados, tenho o prazer de lhes apresentar nosso mestre de cerimônias, um de nossos mais brilhantes jovens comediantes, o Sr. Toby Temple!

O público aplaudiu polidamente quando Toby se levantou e foi andando em direção ao microfone. Olhou para a audiência, depois se virou para o presidente dos Estados Unidos.

O presidente era um homem simples e caseiro. Não acreditava no que chamava de diplomacia de cartola.

— De pessoa para pessoa — havia dito num pronunciamento à nação —, é desse tipo de diálogo que precisamos. Temos que acabar com esta história de viver na dependência de computadores e começar a confiar nos nossos instintos de novo. Quando me sento para conversar com os líderes de potências estrangeiras, gosto de negociar com os fundilhos das minhas calças.

Esta frase tinha se tornado um dito popular.

Naquele momento Toby olhou para o presidente dos Estados Unidos e disse, com a voz embargada de orgulho:

— Sr. Presidente, não posso nem lhe dizer que emoção é para mim estar aqui no mesmo palco que o homem que tem o mundo inteiro diretamente ligado ao seu rabo.

Um murmúrio de horror percorreu a sala por um longo momento, então, o presidente sorriu, depois deu uma gargalhada, e a plateia explodiu de repente, rindo e aplaudindo. Daquele momento em diante, nada que Toby fizesse poderia ter maus resultados. Ele atacou os senadores presentes, a Suprema Corte, a imprensa. Eles adoraram. Gritavam, davam vivas e aplaudiam porque sabiam que Toby não estava falando sério nem por um segundo. Era extremamente engraçado ouvir aqueles insultos da boca daquele rapaz de rosto inocente e infantil. Havia representantes de países estrangeiros presentes, ali, naquela noite. Toby se dirigiu a eles num arremedo incoerente de seus idiomas, mas cujo som e ritmo eram tão plausíveis e verdadeiros que balançavam a cabeça, concordando. Ele era um sábio idiota, fazendo um discurso de insultos que os engrandecia, os repreendia, e o significado daquele louco linguajar inarticulado era tão claro que todas as pessoas presentes naquela sala compreendiam o que Toby estava dizendo.

O público o aplaudiu de pé. O presidente foi até junto dele e disse:

— Foi brilhante, realmente brilhante. Vamos oferecer um jantar na Casa Branca, na segunda-feira à noite, Toby, e eu ficaria encantado...

No dia seguinte, todos os jornais escreveram a respeito do triunfo de Toby. Seus comentários foram repetidos por toda parte. Foi convidado a se apresentar na Casa Branca. Lá, causou ainda maior sensação. Convites importantes começaram a chover, vindos do mundo inteiro.

Toby se apresentou no Paladium de Londres, deu um espetáculo particular para a Rainha, foi convidado para ser mestre de cerimônias em concertos de caridade e para fazer parte do Comitê Nacional de Arte. Jogava golfe frequentemente com o presidente e era convidado para jantar na Casa Branca com regularidade. Toby conheceu legisladores, governadores e os homens que comandavam as maiores empresas americanas. Insultou todos eles, e quanto mais os atacava, mais encantados ficavam. Adoravam ter Toby presente em suas reuniões, lançando o seu humor cáustico sobre os seus convidados. A amizade de Toby se tornou um símbolo de prestígio.

As ofertas que surgiam eram fenomenais. Clifton Lawrence estava tão entusiasmado com elas quanto Toby, e seu entusiasmo não tinha nada a ver com negócios ou dinheiro. Toby havia sido a coisa mais maravilhosa que lhe acontecera em anos, pois para ele era como se Toby fosse seu filho. Tinha consagrado mais tempo à carreira de Toby do que à de qualquer outro cliente, mas valera a pena. Toby havia trabalhado seriamente, aperfeiçoado o seu talento até que brilhasse como um diamante. E era reconhecido e generoso, coisa rara naquele ramo de negócios.

— Todos os grandes hotéis de Las Vegas estão atrás de você — disse Clifton Lawrence a Toby. — Dinheiro não é problema. Eles querem você e ponto final. Tenho uma série de roteiros na minha escrivaninha, da Fox, da Universal, da Pan-Pacific... todos para papel principal. Você pode fazer uma turnê pela Europa, ou pode ter o seu programa de televisão em qualquer uma das cadeias. Isto ainda lhe daria tempo para fazer a temporada de Las Vegas e fazer um filme por ano.

— Quanto é que eu poderia ganhar com um programa na televisão, Clifton?

— Acho que posso fazê-lo subir até 10 mil por semana por uma hora de espetáculo de variedades. Terão que nos dar um contrato de dois anos, talvez três. Se realmente quiserem você, aceitarão.

Toby se recostou no sofá, exultante. Dez mil por programa, digamos, quarenta programas por ano. Em três anos aquilo lhe renderia mais de 1 milhão de dólares, só para dizer ao mundo o que achava dele! Olhou para Clifton. O homenzinho estava tentando manter uma fachada impassível, mas Toby podia ver que ele estava ansioso. Queria que Toby fizesse o negócio com a televisão. Por que não? Clifton receberia uma comissão de 120 mil dólares à custa do talento e do suor de Toby. Será que Clifton merecia uma quantia daquelas? Nunca tivera que trabalhar como um louco em boatezinhas imundas ou aguentar plateias de bêbados atirando garrafas de cerveja vazias, ou então procurar curandeiros gananciosos para se tratar de gonorreia, porque as únicas mulheres disponíveis eram as prostitutas ordinárias e doentes do Circuito dos Banheiros. Que é que Clifton Lawrence sabia dos quartinhos cheios de baratas, da comida gordurosa e da procissão interminável de viagens noturnas de ônibus, indo de um buraco infernal para outro? Ele nunca poderia compreender. Um crítico havia chamado Toby de sucesso passageiro, e Toby achara graça. Agora, sentado no escritório de Clifton Lawrence, ele disse:

— Quero o meu programa de televisão.

SEIS SEMANAS DEPOIS, o contrato foi assinado com a Consolidated Broadcasting.

— A rede de TV quer que um estúdio faça o financiamento dos custos da produção — disse Clifton Lawrence a Toby. — Gosto dessa ideia porque posso aproveitar a oportunidade para ver se negocio um contrato para um filme.

— Qual é o estúdio?

— Pan-Pacific.

Toby franziu o cenho.

— Sam Winters?

— Isso mesmo. Para mim, ele é o melhor executivo do ramo. Além disso, ele tem um negócio que eu quero ver se consigo para você, o roteiro de *The Kid Goes West*.

Toby disse:

— Servi o exército com Winters. Está bem. Mas ele fez uma sujeira comigo. Seja duro com ele!

CLIFTON LAWRENCE e Sam Winters estavam na sauna da Pan-Pacific Studios, respirando a essência de eucalipto do ar aquecido.

— Isto é que é vida — suspirou o empresário baixinho. — Quem quer saber de dinheiro?

Sam sorriu:

— Por que é que você não fala assim quando estamos tratando de negócios, Clifton?

— Não quero mimar você, meu caro rapaz.

— Ouvi dizer que você fechou um contrato para Toby Temple com a Consolidated Broadcasting.

— Pois é. Foi o maior contrato que eles já fizeram.

— Onde é que você vai fazer o financiamento da produção do *show*?

— Por quê, Sam?

— Isto poderia nos interessar. Eu poderia até juntar uma proposta de contrato de filmagem. Acabei de comprar uma comédia chamada *The Kid Goes West*. Ainda não foi anunciada. Acho que Toby seria perfeito para o papel.

Clifton Lawrence franziu o cenho e disse:

— Merda! Gostaria de ter sabido disso antes, Sam. Já negociei o contrato com a MGM.

— Mas você já fechou?

— Bem, praticamente. Eu dei a minha palavra...

Vinte minutos depois, Clifton Lawrence tinha negociado um contrato muito lucrativo para Toby Temple segundo o qual a Pan-Pacific produziria o *Toby Temple Show,* dando-lhe o papel principal no filme *The Kid Goes West*.

As negociações poderiam ter durado mais, mas a sala de vapor tinha se tornado insuportavelmente quente.

Uma das cláusulas do contrato de Toby Temple estabelecia que ele não teria que estar presente aos ensaios. Um substituto de Toby ensaiava os quadros cômicos e os números de dança com os astros convidados e Toby só aparecia para o ensaio final e para a gravação. Desta maneira, Toby fazia com que o seu número se mantivesse interessante e divertido.

Na tarde da estreia do programa, em setembro de 1956, Toby entrou no teatro da Vine Street, onde o programa seria gravado, e se sentou para assistir ao ensaio. Quando terminou, Toby tomou o lugar do seu substituto. De repente o teatro se encheu de eletricidade. O programa ganhou vida, crepitou e soltou fagulhas. E quando depois de gravado foi para o ar, naquela noite, 40 milhões de pessoas o assistiram. Era como se a televisão tivesse sido inventada especialmente para Toby Temple. Em *close-up*, ele era ainda mais adorável, e todo mundo o queria presente em sua sala. O programa foi um sucesso imediato. Saltou direto para o primeiro lugar nos índices de audiência e ali ficou firmemente estabelecido. Toby Temple não era mais um astro.

Ele tinha se tornado um superastro.

Capítulo 20

Hollywood era muito mais cheia de vida e de animação do que Jill Castle jamais pudera imaginar. Ela fez excursões turísticas e viu as casas de alguns artistas. Sabia que um dia teria uma casa bonita em Bel Air ou em Beverly Hills. Enquanto isso não acontecia, Jill morava numa velha pensão, um horrendo prédio de madeira que havia sido convertido numa casa de 12 quartos, ainda mais horrenda, com quartinhos minúsculos. O quarto era barato, o que significava que ela poderia fazer render os 200 dólares que tinha economizado. A casa ficava no bairro de Bronson, a alguns minutos de Hollywood e Vine Street, o coração de Hollywood, e era conveniente para os estúdios de cinema.

Havia um outro aspecto na casa que atraía Jill. Havia uma dúzia de pensionistas, e todos eles estavam tentando trabalhar em cinema ou já trabalhavam como extras ou atores de papéis secundários, ou então tinham se aposentado. Os mais antigos vagavam pela casa com robes amarelados e rolinhos nos cabelos, ternos puídos e sapatos tão arranhados que nenhuma graxa daria jeito. Os pensionistas tinham uma aparência acabada, cansada, mais do que a velhice. Havia um salão comum a todos, com a mobília gasta e quebrada, onde todos se reuniam durante a noite para tagarelar e falar mal da vida alheia. Todos davam conselhos a Jill, a maioria deles contraditórios.

— Querida, a melhor maneira de conseguir um papel num filme é arranjar um AD que goste de você — este ela ouviu de uma senhora de rosto azedo que havia sido recentemente dispensada de uma série de televisão.

— O que é um AD? — perguntou Jill.

— Um assistente de direção — respondeu num tom que lamentava a ignorância de Jill. — É quem contrata os figurantes.

Jill estava embaraçada demais para perguntar o que eram figurantes.

— Se você quiser ouvir o *meu* conselho, trate de arranjar um escalador. Um AD só poderá encaixar você no filme *dele*. Um escalador pode encaixar você em *tudo* — disse uma velha desdentada que devia estar com cerca de 80 anos.

— Ah, é? A maioria deles é bicha — disse um ator calvo.

— Qual é a diferença? Isto é, se dá um empurrão na gente? — disse um rapazinho de óculos que ansiava desesperadamente por ser escritor.

— E que tal começar como extra? — perguntou Jill. — A Central de Escalamento...

— Esqueça. Os livros da Central de Escalamento estão fechados. Eles nem ao menos inscrevem você a menos que seja uma especialidade.

— D-des-desculpe, mas o que é uma especialidade?

— Se, por exemplo, você tiver um membro amputado. Isto paga 33,58 dólares em vez dos 21,50 dólares habituais. Ou se você tem trajes a rigor, ou sabe montar a cavalo, você recebe vinte e oito e trinta e três. Se você souber manipular bem as cartas ou os dados, isto paga 33,58... a mesma coisa que um membro amputado. Se você souber jogar futebol americano ou beisebol, paga 28,33 dólares. Se souber montar um camelo ou um elefante, são 58,94 dólares. Ouça o meu conselho, esqueça essa história de ser extra. Tente conseguir uma ponta.

— Não sei muito bem qual é a diferença — admitiu Jill.

— Numa ponta você tem pelo menos uma frase para dizer. Os extras não têm direito de falar, exceto os onipresentes.

— Os quê?

— Os onipresentes... os que fazem os ruídos de fundo.

— A primeira coisa que você tem que fazer é arranjar um empresário.

— Como é que eu arranjo um?

— Há uma lista com o nome de todos eles na *Screen Actor*. É a revista do Sindicato dos Artistas de Cinema. Tenho um exemplar no meu quarto. Vou buscar.

Todos examinaram a lista com Jill, e finalmente a limitaram a uma dúzia dos empresários de menor porte. A opinião unânime era que Jill não teria nenhuma chance numa agência maior.

Armada com a lista, Jill começou a fazer as rondas. Os seis primeiros empresários não quiseram nem recebê-la. Ela encontrou o sétimo quando este ia saindo do escritório.

— Com licença — disse Jill. — Estou procurando um empresário.

Ele a examinou um momento e disse:

— Deixe-me ver seu *portfólio*.

Ela olhou para ele sem compreender.

— Meu quê?

— Você deve ter acabado de descer do ônibus. Não vai conseguir nada nesta cidade sem portfólio. Trate de tirar algumas fotografias. Em poses diferentes e atraentes. Mostrando os peitos e o traseiro.

JILL ARRANJOU UM fotógrafo em Culver City, perto dos Estúdios David Selznick, que fez seu portfólio por 35 dólares. Foi apanhar as fotografias uma semana depois e ficou muito satisfeita com elas. Estava bonita, todos os seus estados de espírito haviam sido capturados pela câmera. Estava pensativa... zangada... apaixonada... *sexy*. O fotógrafo havia reunido as fotos num livro, intercaladas com páginas de celofane.

— Aqui na frente — explicou — você põe os trabalhos que já fez, sua experiência.

Experiência profissional. Aquele era o próximo passo.

Ao fim das duas semanas que se seguiram, Jill já tinha visto ou tentado ver todos os empresários da sua lista. Nenhum deles estava nem remotamente interessado. Um deles lhe disse:

— Você esteve aqui ontem, querida.

Ela sacudiu a cabeça.

— Não, não estive não.

— Bem, ela era igualzinha a você. Este é que é o problema. Vocês são todas parecidas com Elizabeth Taylor ou com Lana Turner ou com Ava Gardner. Se estivesse em qualquer outra cidade, tentando arranjar qualquer outro tipo de emprego, qualquer um logo contrataria você. É bonita, atraente e tem um belo corpo. Mas, em Hollywood, a beleza é como um remédio qualquer à venda nas farmácias. Moças bonitas vêm para cá de todas as partes do mundo. Fizeram o papel principal na peça da escola secundária ou ganharam um concurso de beleza ou o namorado disse que deveria estar fazendo cinema... e pimba! Cá estão elas aos milhares, e são todas a mesma garota. Acredite-me querida, você esteve aqui ontem.

OS PENSIONISTAS AJUDARAM Jill a fazer uma outra lista de empresários. Os escritórios eram menores e suas localizações eram nos bairros de aluguéis mais baratos, mas os resultados foram os mesmos.

— Volte quando tiver alguma experiência, menina. Você tem estampa, e no que me diz respeito poderia ser o maior acontecimento desde a descoberta de Garbo, mas não posso perder meu tempo tentando descobrir. Trate de arranjar alguma experiência na tela e serei seu empresário.

— Como é que vou arranjar alguma experiência na tela se ninguém me dá um emprego?

Ele balançou a cabeça.

— É isso aí. É este o problema. Boa sorte.

Só restava uma agência na lista de Jill. Havia sido recomendada por uma garota ao lado de quem havia se sentado na Cafeteria Mayflower no Hollywood Boulevard. A Agência Dunning ficava situada num bangalozinho na altura de La Cienega, numa área residencial. Jill havia telefonado marcando uma entrevista e uma mulher lhe havia dito que fosse às 6 horas.

Jill entrou num pequeno escritório que fora outrora a sala de visitas de alguém. Havia uma velha escrivaninha toda arranhada e cheia de papéis, um sofá forrado com uma imitação de couro, remendado com linha cirúrgica branca e três cadeiras espalhadas pelo aposento. Uma mulher alta, corpulenta, de rosto marcado pela varíola, saiu de um outro aposento e disse:

— Alô. Em que posso ajudá-la?

— Sou Jill Castle. Tenho uma hora marcada para ver o Sr. Dunning.

— *Senhorita* Dunning — disse a mulher. — Sou eu.

— Oh! — exclamou Jill, surpreendida. — Desculpe-me, eu pensei...

A mulher riu de maneira simpática e amistosa.

— Não tem importância.

Mas tem importância, pensou Jill, cheia de uma animação repentina. Por que é que não lhe havia ocorrido antes? *Uma empresária!* Alguém que passara por todos os traumas, alguém que compreendesse o que significava ser uma jovem querendo começar. Ela seria mais simpática ao seu caso do que qualquer homem poderia ser.

— Estou vendo que você trouxe seu portfólio — disse a Srta. Dunning. — Posso examiná-lo?

— É claro — disse Jill, entregando-o.

A mulher se sentou, abriu o portfólio e começou a virar as páginas balançando a cabeça de maneira aprovadora.

— A câmera gosta de você.

Jill não sabia o que dizer.

— Obrigada.

A empresária examinou as fotografias de Jill em roupa de banho.

— Você tem um ótimo corpo. Isto é importante. De onde você é?

— Do Texas — disse Jill. — Odessa.

— Há quanto tempo está em Hollywood, Jill?

— Há cerca de dois meses.

— Quantos empresários já procurou?

Por um instante, Jill se sentiu tentada a mentir, mas só havia compaixão e compreensão nos olhos da mulher.

— Cerca de uns trinta, acho.

A empresária riu.

— Então você finalmente veio procurar Rose Dunning. Bem, poderia ter sido pior. Não sou MCA ou William Morris, mas a minha gente tem sempre trabalho.

— Não tenho nenhuma experiência.

A mulher concordou, sem demonstrar surpresa.

— Se você tivesse, estaria na MCA ou com William Morris. Eu sou uma espécie de posto de entrada. Dou o empurrão inicial nos jovens de talento e então as grandes agências os tomam de mim.

Pela primeira vez em semanas, Jill começou a sentir alguma esperança.

— A-a-acha que estaria interessada em ser minha empresária? — perguntou.

A mulher sorriu.

— Tenho clientes trabalhando que não têm nem a metade da sua beleza. Acho que posso conseguir trabalho para você. É a única maneira de conseguir um pouco de experiência, certo?

Jill sentiu-se tomada pela gratidão.

— O problema desta maldita cidade é que eles não dão uma oportunidade a gente jovem como você. Todos os estúdios vivem alardeando que estão loucos atrás de novos talentos, e depois levantam um paredão e não deixam ninguém entrar. Bem, nós os enganaremos. Conheço três coisas para as quais acho que você serviria. Um programa cômico vespertino, uma ponta no filme de Toby Temple e um papel secundário no novo filme de Tessie Brand.

A cabeça de Jill estava girando.

— Mas acha que eles...

— Se *eu* recomendar você, eles aceitarão. Eu não mando clientes que não servem. São apenas pontas, mas será um começo.

— Não posso nem lhe dizer como eu lhe seria grata — disse Jill.

— Acho que tenho o roteiro.

Rose Dunning se levantou com esforço e se dirigiu para o outro aposento, fazendo sinal a Jill para segui-la.

O aposento era um quarto, com uma cama de casal num canto, sob a janela e um arquivo de metal do lado oposto. Rose Dunning foi até o arquivo, abriu uma gaveta, tirou o roteiro e o levou até Jill.

— Aqui está. O escalador é um bom amigo meu e se você se sair bem nisso, ele a manterá ocupada.

— Eu me sairei bem — prometeu Jill com fervor. A mulher sorriu e disse:

— É claro que não posso mandar o que não conheço. Você se importa de ler isto para mim?

— Não, é claro que não.

A empresária abriu a pasta com o roteiro e se sentou na cama.

— Vamos ler esta cena.

Jill se sentou na cama ao lado dela e olhou para o roteiro.

— Seu personagem é Natalie. É uma moça rica, casada com um fracote. Decidiu se divorciar dele, mas ele não concorda. Você entra *aqui*.

Jill passou os olhos pela cena rapidamente, gostaria de ter tido a oportunidade de estudar o roteiro durante a noite ou pelo menos por uma hora. Estava desesperadamente ansiosa para causar boa impressão.

— Pronta?

— E-eu acho que sim — disse Jill.

Fechou os olhos e tentou pensar como o personagem. Uma mulher rica. Como as mães das amigas com quem tinha crescido, pessoas que achavam natural ter tudo que quisessem na vida, achando que as outras pessoas estavam ali para atender às suas conveniências. As Cissy Topping do mundo. Ela abriu os olhos, olhou para o roteiro e começou a ler.

— Quero falar com você, Peter.

— Não pode esperar? — era Rose Dunning, dando-lhe a deixa.

— Acho que já esperei tempo demais. Vou apanhar o avião para Reno esta tarde.

— Assim, sem mais nem menos?

— Não, tenho tentado apanhar este avião há cinco anos, Peter. Desta vez vou conseguir.

Jill sentiu a mão de Rose Dunning batendo de leve em sua coxa.

— Está muito bom — disse ela em tom aprovador. — Continue lendo. — E deixou a mão ficar na perna de Jill.

— Seu problema é que você ainda não cresceu. Ainda vive brincando. Bem, de agora em diante, vai ter que brincar sozinha.

A mão de Rose Dunning acariciava sua coxa, era desconcertante.

— Ótimo. Continue — disse ela.

— E-eu não quero que você tente entrar em contato comigo nunca mais. Estou sendo *bastante* clara.

A mão acariciava mais rápido, subindo em direção à virilha de Jill. Ela baixou o roteiro e olhou para Rose Dunning. O rosto da mulher estava corado e os olhos estavam vidrados.

— Continue lendo — disse ela com a voz rouca.

— E-e-eu não posso — disse Jill. — Se você...

A mão da mulher começou a se mover mais depressa.

— Isto é para que você entre no estado de espírito certo. É uma briga ligada a sexo, sabe. Quero que você sinta o sexo em você.

Agora a mão dela estava pressionando com mais força, movendo-se entre as pernas de Jill.

— Não! — Jill se levantou, tremendo dos pés à cabeça. A saliva estava escorrendo pelo canto da boca da mulher.

— Seja boazinha comigo e eu serei com você. — A voz dela implorava. — Venha cá, querida. — Estendeu os braços, tentando agarrá-la, e Jill fugiu correndo.

Na rua, ela vomitou. Mesmo depois que os terríveis espasmos passaram e o estômago se acalmou, não se sentiu melhor. A dor de cabeça tinha começado de novo.

Não era justo. As dores de cabeça não lhe pertenciam.

Pertenciam a Josephine Czinski.

DURANTE OS 15 MESES seguintes, Jill Castle se tornou um membro efetivo dos Sobreviventes, a tribo de pessoas que vivia às margens do mundo dos espetáculos, que passava anos e às vezes uma vida inteira tentando entrar no Negócio, trabalhando temporariamente em outros empregos. O fato de que os empregos temporários às vezes duravam 10 ou 15 anos não os desencorajava.

Como as tribos antigas que outrora se sentavam em volta da fogueira para contar e repetir sagas de feitos e atos de bravura, os Sobreviventes se sentavam no Schwab's Drugstore, sempre repetindo os contos heroicos do mundo dos espetáculos, fazendo render xícaras de café frio enquanto trocavam as últimas fofocas e dicas de cocheira. Estavam fora do Negócio e, no entanto, de alguma maneira misteriosa, estavam bem no âmago de tudo. Sabiam qual era a estrela que ia ser substituída, que produtor tinha sido apanhado dormindo com o diretor, que executivo ia ser promovido. Sabiam destas coisas antes de qualquer outra pessoa, através do seu próprio tipo de tambores de selva. Pois o Negócio *era* uma selva. Não tinham ilusões a respeito disso. As ilusões que tinham estavam voltadas para um outro rumo. Achavam que poderiam encontrar uma maneira de passar pelos portões dos estúdios, escalar seus muros. Eram artistas, eram os Escolhidos. Hollywood era Jericó para eles, e Josué faria soar sua trombeta de ouro e os poderosos portões tombariam diante deles e seus inimigos seriam aniquilados, e vejam, a varinha de condão de Sam Winters se moveria e eles, de repente, estariam vestindo roupas de seda e seriam Astros de Cinema e seriam adorados para todo o sempre por um público agradecido, Amém. O café do Schwab's era um inebriante vinho sacramental, e eles eram os Discípulos do futuro, aconchegando-se uns aos outros em busca de conforto, aquecendo uns aos outros com seus sonhos, prestes a realmente *conseguir*. Tinham conhecido um assistente de direção que lhes havia falado de um produtor que tinha dito que um escalador havia prometido e agora a qualquer segundo, e a realidade estaria ao alcance deles.

Nesse meio-tempo, trabalhavam em supermercados, garagens, salões de beleza e oficina para lavagens de automóveis. Viviam uns com os outros e se casavam entre si e se divorciavam, e nunca percebiam como o tempo os estava traindo. Não se davam conta das novas rugas que surgiam e das têmporas ficando grisalhas, e do fato de que era preciso mais meia hora, toda manhã, para fazer a maquilagem. Tinham ficado gastos sem terem sido usados, envelhecido sem ter amadurecido, velhos demais para uma carreira de vendedor de potes plásticos, velhos demais para ter filhos, velhos demais para aqueles papéis mais jovens, outrora tão cobiçados.

Agora eram atores que representavam personalidades típicas. Mas ainda sonhavam.

As moças mais jovens e mais bonitas estavam ganhando o que chamavam dinheiro de colchão.

— Por que se esgotar num empreguinho qualquer das 9 às 5 horas quando tudo o que se tem de fazer é deitar alguns minutos e ganhar 20 dólares fáceis? É só até o empresário telefonar.

Jill não estava interessada. Seu único interesse na vida era a sua carreira. Uma garota polonesa sem dinheiro nunca poderia se casar com um David Kenyon. Agora ela sabia disso. Mas Jill Castle, a estrela de cinema, poderia ter qualquer pessoa e qualquer coisa que quisesse. A menos que conseguisse alcançar aquilo, voltaria a ser Josephine Czinski de novo.

Nunca deixaria que isso acontecesse.

O PRIMEIRO TRABALHO de Jill como atriz veio através de Harriet Marcus, uma Sobrevivente que tinha um primo em terceiro grau cujo ex-cunhado era subassistente de direção num seriado de televisão sobre médicos que estava sendo filmado na Universal Studios. Ele concordou em dar uma oportunidade a Jill. O papel consistia de uma única linha, pela qual Jill receberia 57 dólares, menos as deduções para o Seguro Social, impostos e contribuição para a Casa dos Artistas de Cinema. Jill ia desempenhar o papel de uma enfermeira. De acordo com o roteiro, ela estava num quarto de hospital ao lado de um paciente, tomando-lhe o pulso quando o médico entrava.

MÉDICO: — Como vai ele, enfermeira?
ENFERMEIRA: — Acho que nada bem, doutor.
E isto era tudo.

Jill recebeu uma única folha mimeografada do roteiro, numa segunda-feira de tarde, e disseram-lhe que deveria se apresentar para fazer a maquiagem às 6 horas da manhã seguinte. Ela ensaiou a cena uma centena de vezes. Desejava que o estúdio tivesse lhe mandado o roteiro inteiro. Como é que esperavam que ela descobrisse como era o personagem através de apenas *uma página*? Jill tentou analisar que tipo de mulher a enfermeira poderia ser. Será que ela era casada? Solteira? Poderia estar secretamente apaixonada pelo médico. Ou quem sabe eles tenham tido um caso que havia chegado ao fim? Que é que ela sentia com relação ao paciente? Será que ela detestava a ideia de que ele fosse morrer? Ou isto seria uma bênção?

— Acho que nada bem, doutor. — Ela tentou dar uma nota de preocupação à sua voz.

Tentou de novo:

— Nada bem, doutor. *Acho.* — Assustada. Ele ia morrer.

— Acho que *nada* bem, doutor. — Acusadora. Era culpa do médico. Se ele não tivesse saído com a amante...

Jill passou a noite inteira acordada, preparando o papel, tensa demais para dormir, mas pela manhã, quando se apresentou no estúdio, sentia-se feliz e cheia de vida. Ainda estava escuro quando chegou à guarita do vigia à direita do Lankershim Boulevard, num carro emprestado pela sua amiga Harriet. Jill deu seu nome ao vigia, ele verificou na lista e fez sinal para que ela entrasse.

— Cenário 7 — disse ele. — Siga em frente, depois de dois quarteirões vire à direita.

O nome *dela* estava na lista de escalação. A Universal Studios estava esperando por *ela*. Era como um sonho maravilhoso. Enquanto ia dirigindo até o cenário, decidiu que discutiria o seu papel com o diretor, deixaria que ele soubesse que era capaz de lhe dar a interpretação que quisesse. Jill entrou no grande estacionamento e foi para o Cenário 7.

O Cenário estava cheio de gente apressada cuidando da iluminação, carregando equipamento elétrico, preparando as câmaras, dando ordens numa língua estrangeira que ela não compreendia.

"Mete o malho que eu não quero nem um furo aqui... Aqui eu vou querer um rebu pra valer... Pode matar a criança..."

Jill ficou parada ali olhando, saboreando as imagens, os odores e os ruídos do mundo dos espetáculos. Aquele era o seu mundo, o seu futuro. Arranjaria uma maneira de impressionar o diretor, de mostrar-lhe que ela era alguém especial. Ele a conheceria como pessoa, não apenas como uma outra atriz.

O subassistente de direção levou Jill e mais uma dúzia de outras atrizes para o local onde ficavam as roupas. Lá ela recebeu um uniforme de enfermeira e a mandaram de volta para o cenário, onde foi maquilada junto com todos os outros figurantes e pontas num canto do cenário de gravação. Assim que acabaram, o assistente de direção chamou o seu nome. Jill saiu apressada para o cenário de quarto de hospital onde o diretor estava de pé junto da câmara, falando com o astro da série. O nome do astro era Rod Hanson, e fazia o papel de um cirurgião cheio de compaixão e sabedoria. Quando Jill se aproximou deles, Rod Hanson estava dizendo:

— Tenho um pastor-alemão capaz de peidar um diálogo melhor do que esta merda. Por que é que os escritores nunca me dão um pouquinho mais de personalidade, pelo amor de Deus?

— Rod, estamos no ar há cinco anos. Não se melhora um sucesso. O público o adora como você é.

O câmera se aproximou do diretor.

— A iluminação está pronta, chefe.

— Obrigado, Hal — disse o diretor, e virou-se para Rod Hanson. — Podemos fazer isso, amigo? Acabaremos esta discussão mais tarde.

— Um dia desses, vou limpar a bunda com este estúdio — replicou Hanson, afastando-se furioso.

Jill se virou para o diretor, que agora estava sozinho. Era a sua oportunidade de discutir a interpretação do personagem, de mostrar a ele que compreendia os seus problemas e que estava ali para ajudar a fazer com que aquela cena fosse magnífica. Abriu um sorriso terno e amistoso.

— Sou Jill Castle — disse ela. — Faço o papel da enfermeira. Acho que realmente ela pode ser muito interessante e tenho algumas ideias sobre...

Ele balançou a cabeça de maneira distraída e disse:

— Vá para junto da cama. — E se afastou para ir falar com o câmera.

Jill ficou parada olhando para ele, estupefata. O subassistente de direção, ex-cunhado do primo em terceiro grau de Harriet, aproximou-se depressa de Jill e disse em voz baixa:

— Pelo amor de Deus, não ouviu o que ele disse? Vá para junto da cama!

— Queria perguntar a ele...

— Não estrague tudo! — murmurou num tom furioso. — Vá para lá!

Jill foi para junto da cama do paciente.

— Muito bem, vamos fazer silêncio, todo mundo.

O assistente de direção olhou para o diretor.

— Quer um ensaio da cena, chefe?

— Para isto? Vamos gravar logo.

— Dê sinal com o sino. Todo mundo quieto. Isso, direitinho. Estamos rodando. Agora!

Sem conseguir acreditar, Jill ouviu o sino. Olhou agoniada para o diretor, querendo perguntar como gostaria que ela interpretasse a cena, qual era o seu relacionamento com o homem moribundo, o que ela deveria...

Uma voz gritou:

— Ação!

Estavam todos olhando para Jill cheios de expectativa. Ela se perguntou se teria coragem de pedir que parassem as câmeras só por um segundo, de forma que ela pudesse discutir a cena e...

O diretor berrou:

— Jesus Cristo! Enfermeira! Isto não é um necrotério... é um hospital. Tome o pulso dele antes que ele morra de velhice!

Jill olhou cheia de ansiedade para o círculo de luzes brilhantes à sua volta. Respirou fundo e ergueu a mão do paciente para lhe tomar o pulso. Uma vez que não queriam ajudá-la, teria que interpretar a cena à sua maneira. O paciente era o pai do médico, os dois tinham brigado. O pai tinha sofrido um acidente e o médico acabara de saber do ocorrido. Jill olhou para cima e viu Rod Hanson vir se aproximando. Chegou junto dela e perguntou:

— Como está ele, enfermeira?

Jill olhou bem nos olhos do médico e viu a preocupação presente neles. Queria dizer a verdade a ele, que seu pai estava morrendo, que era tarde demais para fazerem as pazes. Entretanto, tinha que fazê-lo de uma maneira que não fosse destruí-lo e...

O diretor estava gritando:

— Corta! Corta! Corta! Que merda, esta idiota só tem *uma* fala e não consegue se lembrar. Onde foi que você a encontrou... nas páginas amarelas?

Jill se virou para a voz que gritava na escuridão, enrubescida de constrangimento.

— E-eu sei a minha fala — disse trêmula. — Eu estava tentando...

— Bem, pelo amor de Deus, se você sabe, será que se *importaria de dizê-la*? Dava para ter passado um trem naquela pausa que você fez. Quando ele lhe *fizer* a porra da *pergunta, responda*. O.k.?

— Eu só estava querendo saber se...

— Vamos lá outra vez, agora mesmo. Dê o sinal com o sino.
— La vai o sino. Um momento. Estamos rodando.
— Câmera.
— Ação.

As pernas de Jill estavam tremendo. Era como se ela fosse a única pessoa ali que se importasse com aquela cena. Tudo que quisera fazer fora criar alguma coisa bonita. As luzes quentes dos refletores estavam fazendo com que ficasse tonta, e podia sentir a transpiração lhe escorrendo pelos braços abaixo, estragando o uniforme impecável e bem engomado.

— Ação! Enfermeira!

Jill se inclinou sobre o paciente e pôs a mão no pulso dele. Se errasse a cena de novo, eles nunca mais lhe dariam uma oportunidade. Pensou em Harriet e nos seus amigos da pensão e no que eles diriam.

O médico entrou e veio até junto dela.

— Como está ele, enfermeira?

Ela não seria mais um deles. Seria motivo de piadas.

Hollywood era uma cidade pequena. Sabia-se de tudo muito depressa.

— Acho que nada bem, doutor.

Nenhum outro estúdio quereria tocá-la. Aquele seria seu último trabalho. Seria o fim de tudo, de todo o seu mundo.

O médico disse:

— Quero que ponham este homem na unidade de tratamento intensivo imediatamente.

— Ótimo! — exclamou o diretor. — Corte e mande para o laboratório.

Jill mal se deu conta das pessoas passando apressadas à sua volta, começando a desmontar o *set* para dar lugar ao seguinte. Tinha feito a sua primeira filmagem — e estivera pensando numa outra coisa o tempo todo. Não podia acreditar que tinha acabado.

Perguntou-se se deveria procurar o diretor para agradecer pela oportunidade, mas ele estava do outro lado, conversando com um grupo de pessoas. O subassistente de direção veio até junto dela, apertou-lhe o braço e disse:

— Você se saiu muito bem, menina. Só que da próxima vez veja se aprende suas falas.

Tinha participado de uma filmagem; tinha a sua primeira experiência profissional.

De agora em diante, pensou Jill, *terei trabalho o tempo todo.*

O trabalho seguinte para representar só apareceu 13 meses depois, quando fez uma ponta para a MGM. Nesse meio-tempo, teve uma série de empregos. Foi vendedora da Avon, trabalhou num balcão de bar e — durante um curto espaço de tempo — foi motorista de táxi.

Começando a ficar sem dinheiro, Jill decidiu dividir um apartamento com Harriet Marcus. Era um apartamento de dois quartos e Harriet mantinha o seu em funcionamento ininterrupto. Trabalhava numa loja no centro da cidade como modelo; era uma moça atraente, de cabelos negros curtos, olhos negros, o corpo de adolescente e muito senso de humor.

— Quando se vem de um lugar como Hoboken — disse ela a Jill — é *melhor* ter *muito* senso de humor.

No início, Jill tinha ficado um pouco intimidada com a fria autossuficiência de Harriet, mas logo descobriu que debaixo daquela fachada sofisticada Harriet era uma criança terna e assustada. Estava sempre apaixonada. No dia em que Jill a conhecera, Harriet dissera:

— Quero que você conheça o Ralph. Vamos nos casar no mês que vem.

Uma semana depois Ralph havia partido para destino desconhecido, levando consigo o carro de Harriet.

Alguns dias depois de Ralph ter partido, Harriet conheceu Tony. Trabalhava em importação e exportação e Harriet se apaixonou perdidamente por ele.

— Ele é muito importante — confidenciou Harriet.

Mas alguém obviamente não pensava assim, pois um mês depois Tony foi encontrado flutuando no rio Los Angeles, com uma maçã enfiada na boca.

Alex foi a paixão seguinte de Harriet.

— É a coisa mais bonita que você já viu — contou Harriet a Jill.

Alex *era* bonito. Vestia-se com roupas caras, dirigia um conversível vistoso e passava muito tempo nas corridas de cavalos. O romance durou até Harriet começar a ficar sem dinheiro. Jill ficava furiosa com a falta de bom-senso de Harriet no que dizia respeito aos homens com quem se relacionava.

— Não posso fazer nada — confessou Harriet. — Sinto-me atraída por homens com problemas. Acho que é o meu instinto maternal.

Sorriu e acrescentou:

— Minha mãe era uma idiota.

Jill observava a procissão de noivos de Harriet ir e vir. Houve Nick, Bobby, John e Raymond, até que finalmente Jill não conseguia mais distingui-los.

Alguns meses depois de terem começado a viver juntas, Harriet anunciou que estava grávida.

— Acho que é de Leonard — disse em tom de galhofa —, mas sabe... eles são todos parecidos no escuro.

— Onde está Leonard?

— Ele deve estar em Omaha ou então em Okinawa. Eu sempre fui péssima em geografia.

— Que é que você vai fazer?

— Vou ter o bebê.

Por causa do seu corpo esguio, a gravidez de Harriet tornou-se evidente em poucas semanas e ela teve que desistir do emprego de modelo. Jill arranjou um emprego num supermercado de maneira a poder sustentar Harriet e a si mesma.

Uma tarde, quando Jill voltou para casa do trabalho, encontrou um bilhete de Harriet, dizendo: "Sempre quis que meu bebê nascesse em Hoboken. Estou voltando para a casa dos meus pais e para a minha terra. Tenho certeza de que há um cara maravilhoso por lá, esperando por mim. Muito obrigada por tudo." Estava assinado: "Harriet, A Freira."

O apartamento tinha se tornado, de repente, um lugar muito solitário.

Capítulo 21

Era um período inebriante para Toby Temple. Estava com 42 anos e era dono do mundo. Trocava piadas com reis e jogava golfe com presidentes, mas seus milhões de fãs apreciadores de cerveja não se importavam, porque sabiam que Toby era um deles, o paladino que ordenhava todas as vacas sagradas, ridicularizava os grandes e poderosos e arrasava as fundações do Sistema. Eles amavam Toby da mesma maneira que sabiam que Toby os amava.

Toby lhes falava sobre sua mãe em todas as entrevistas, e ela ia ficando cada vez mais parecida com uma santa. Era a única maneira que Toby tinha de dividir o seu sucesso com ela.

Toby adquiriu uma bela propriedade em Bel Air. A casa era estilo Tudor, com oito quartos e uma enorme escadaria e arcadas em madeira entalhada à mão vinda da Inglaterra. Tinha uma sala de projeção, uma sala de jogos, uma adega e, no terreno que a rodeava, havia uma enorme piscina, um quarto para o caseiro e dois chalés para hóspedes. Comprou uma casa muito luxuosa em Palm Springs, cavalos de corrida e um trio de criados. Toby chamava a todos de "Mac" e eles o adoravam. Faziam todo tipo de serviço, eram motoristas, arranjavam garotas a qualquer hora do dia ou da noite, faziam viagens com ele, e lhe faziam massagens. O que quer que o patrão desejasse, os três Macs estavam sempre ali para atendê-lo. Eram os bobos da corte do Bobo da Corte do País. Toby tinha quatro secretárias, duas apenas para atender ao enorme fluxo de correspondência dos fãs. A secretária particular era uma loura bonita, de 21 anos, chamada Sherry. Seu corpo havia sido desenhado por um maníaco sexual, e Toby insistia que usasse saias curtas sem nada embaixo. Poupava um bocado de tempo a ambos.

A ESTREIA DO PRIMEIRO filme de Toby tivera um sucesso extraordinário. Sam Winters e Clifton Lawrence haviam estado presentes e depois do filme todos eles tinham ido ao Chasen's para conversar a respeito do filme.

Toby tinha gostado desse primeiro encontro com Sam depois do contrato ter sido assinado.

— Teria sido mais barato se você tivesse retornado meus telefonemas — disse Toby, e contou a Sam como havia tentado entrar em contato com ele.

— Que falta de sorte a minha — disse Sam, com pesar.

Então, ainda sentados no Chasen's, Sam virou-se para Clifton Lawrence.

— Se você não me tomar um braço e uma perna, gostaria de fazer um novo contrato para três filmes com Toby.

— Só um braço. Eu lhe telefono amanhã de manhã — disse o empresário a Sam e olhou o relógio. — Tenho que ir embora.

— Onde é que você vai? — perguntou Toby.

— Vou ver um outro cliente. Eu *tenho* outros clientes, meu caro rapaz.

Toby lançou-lhe um olhar estranho, depois disse:

— Claro.

Os jornais estavam delirantes na manhã seguinte. Todos os críticos prediziam que Toby seria um grande astro no cinema, como já o era na televisão.

Toby leu todas as críticas, depois telefonou para Clifton Lawrence.

— Meus parabéns, meu rapaz — disse o empresário. — Viu o *Reporter* e o *Variety*? Aquelas críticas eram cartas de amor.

— Pois é. É um mundo de queijo fresco e eu sou um grande rato gordo. Será que ainda posso me divertir mais do que isso?

— Eu lhe disse que um dia você seria dono do mundo, Toby, e agora você é. É todo seu. — Havia uma profunda satisfação na voz do empresário.

— Clifton, gostaria de falar com você. Poderia vir até aqui?

— Claro, estarei livre por volta das 5 horas e...

— Quero dizer agora mesmo.

Houve uma breve hesitação, então Clifton disse:

— Tenho compromissos até...

— Oh, se você está muito ocupado, esqueça — e Toby desligou o telefone.

Um minuto depois a secretária de Clifton Lawrence telefonou e disse:

— O Sr. Lawrence está a caminho para vê-lo, Sr. Temple.

Clifton Lawrence estava sentado no sofá da sala de Toby.

— Pelo amor de Deus, Toby, você sabe que eu nunca estou ocupado demais para você. Não imaginava que fosse querer me ver hoje, senão não teria assumido outros compromissos.

Toby ficou sentado ali, olhando para ele, deixando que ele suasse no seu desconforto. Clifton pigarreou e disse:

— Ora, vamos! Você é o meu cliente favorito. Não sabia disso?

E era verdade, pensou Clifton. *Eu o fiz. Ele é criação minha. Estou gozando tanto o seu sucesso quanto ele mesmo.*

Toby sorriu.

— Sou mesmo, Clifton?

Podia ver a tensão ir deixando o corpo do pequeno empresário.

— Estava começando a ter dúvidas.

— Que é que está querendo dizer?

— Você tem tantos clientes que às vezes eu acho que não me dá atenção suficiente.

— Isto não é verdade. Passo mais tempo...

— Eu gostaria que você só se ocupasse de mim, Clifton.

Clifton sorriu.

— Você está brincando.

— Não, estou falando sério. — Observou o sorriso deixar o rosto de Clifton. — Acho que sou suficientemente importante para ter o meu próprio empresário... e quando digo o meu próprio empresário, não quero dizer alguém que está ocupado demais para mim porque tem que se ocupar de mais uma dúzia de pessoas. É como sexo em grupo, Clifton. Sempre sobra um que fica de pau duro.

Clifton observou-o por um momento, então disse:

— Prepare-nos um drinque.

Enquanto Toby ia até o bar, Clifton ficou sentado ali, pensando. Sabia qual era o verdadeiro problema, e não era o ego de Toby, ou o seu sentimento de importância.

Tinha a ver com a solidão de Toby. Toby era o homem mais sozinho que Clifton jamais conhecera. Clifton tinha visto Toby comprar mulheres às dúzias e tentar comprar amigos com presentes caros. Ninguém podia pagar uma conta quando Toby estava por perto. Uma vez Clifton ouvira um músico dizer a Toby: "Você não precisa *comprar* amor, Toby. Todo mundo ama você sem precisar de nada disso." E Toby havia piscado o olho e dito: "Por que correr o risco?"

O músico nunca mais trabalhou no *show* de Toby.

Toby queria *tudo* de todo mundo. Tinha uma carência insaciável, e quanto mais obtinha, mais sua carência crescia.

Clifton tinha ouvido dizer que Toby às vezes chegava a ir para a cama com meia dúzia de garotas ao mesmo tempo, tentando saciar a ânsia que o roía. Mas, é claro, não adiantava. O que Toby precisava era de *uma* garota, e ele ainda não a encontrara. Assim continuava jogando com números.

Tinha uma necessidade desesperada de ter gente a sua volta o tempo todo.

Solidão. O único momento em que ela não estava presente era quando Toby estava diante de uma plateia, quando podia ouvir os aplausos e sentir a adoração. *Era tudo realmente muito simples,* pensou Clifton. Quando Toby não estava no palco, levava uma plateia consigo. Estava sempre rodeado por músicos, empregados, coristas, cômicos de todos os tipos, e qualquer outro tipo de pessoas que pudesse atrair para a sua órbita.

E agora ele queria Clifton Lawrence. *Exclusivamente* para si.

Clifton se ocupava de uma dúzia de clientes, mas o total da renda de todos eles reunidos não chegava a muito mais do que o total que Toby recebia de clubes noturnos, televisão e cinema: pois os contratos que Clifton conseguira obter para Toby eram fenomenais. Não obstante, Clifton não tomou sua decisão com base no dinheiro. Ele a tomou porque amava Toby Temple, e Toby precisava dele. Da mesma forma que ele precisava de Toby. Clifton se lembrava da monotonia de sua vida antes que Toby passasse a fazer parte dela: durante anos, não houvera nenhum novo desafio e ele se limitara a desfrutar dos antigos sucessos. Agora, pensava no entusiasmo elétrico que circundava Toby, no divertimento, nos risos e na profunda camaradagem que os dois partilhavam.

Quando Toby voltou e entregou o drinque a Clifton, este levantou o copo num brinde e disse:

— A nós dois, meu caro rapaz.

Era a temporada dos sucessos, diversões e festas e Toby estava sempre "na moda". As pessoas esperavam que ele as divertisse. Um ator sempre pode se esconder por trás das palavras de Shakespeare, Shaw ou Molière; um cantor pode contar com a ajuda de Gershwin, Rodgers e Hart ou Cole Porter mas um comediante está sempre despojado. Sua única arma é o humor.

As tiradas de Toby Temple logo se tornaram famosas em Hollywood. Durante uma festa em homenagem ao idoso fundador de certo estúdio, alguém perguntou a Toby:

— É verdade que ele tem mesmo 92 anos?

— No duro — respondeu ele. — Quando chegar aos cem, vão dividi-lo em dois.

Num jantar, certa noite, um famoso médico que tinha muitas estrelas entre seus clientes contou a um grupo de comediantes uma longa e complicada piada.

— Doutor — implorou Toby. — Não nos divirta, poupe-nos!

Em certa ocasião o estúdio usou leões num filme e ao vê-los passar num caminhão, Toby berrou:

— Cristãos! Dez minutos!

As brincadeiras de Toby tornaram-se lendárias. Um de seus amigos, católico, internou-se para uma pequena cirurgia. Quando estava convalescendo, certa vez uma freira jovem e bonita parou ao lado de sua cama e passou-lhe a mão pela testa.

— Você parece estar bem, descansado... Sua pele é tão macia.

— Obrigado, Irmã.

Ela se debruçou e começou a ajeitar os travesseiros, os seios roçando no rosto do homem. Involuntariamente, o pobre coitado começou a ter uma ereção. Quando a freira passou a arrumar os cobertores, a mão dela tocou no membro; o homem estava numa agonia de padecimento.

— Santo Deus — disse a freira. — O que é isso aqui?

Ela afastou as cobertas, deixando à mostra o pênis duro como pedra.

— Eu... sinto... sinto muito, Irmã — gaguejou o homem. — Eu...

— Não peça desculpas. É um pau formidável — respondeu ela, enquanto se inclinava sobre o corpo dele.

Passaram-se seis meses até o homem ficar sabendo que fora Toby quem lhe mandara a mulher.

Certo dia, quando Toby saía de um elevador, virou-se para um solene executivo de certa rede de televisão e disse:

— A propósito, Will, como foi que você se saiu daquela acusação de atentado ao pudor?

A porta do elevador se fechou, deixando o homem entre meia dúzia de pessoas a encará-lo com olhares desconfiados.

Por ocasião da negociação de um novo contrato, Toby encomendou uma pantera treinada, a ser-lhe entregue no estúdio. Depois, abriu a porta do escritório de Sam Winters quando este se encontrava no meio de uma reunião e disse:

— Meu agente quer falar com você. — Empurrou a pantera para dentro do escritório e fechou a porta.

Ao contar a história mais tarde, Toby disse:

— Três dos caras que estavam lá dentro quase tiveram um enfarte. O pessoal levou um mês para livrar a sala do cheiro do mijo da pantera.

Havia uma equipe de dez redatores trabalhando para Toby, sob a direção de O'Hanlon e Rainger. Ele se queixava frequentemente do material produzido por esse pessoal. Certa vez, incluiu uma prostituta na equipe e quando soube que os redatores estavam passando a maior parte do tempo no quarto, teve de despedi-la. Noutra ocasião, levou um tocador de realejo e seu mico para uma reunião sobre temas; foi uma situação humilhante e aviltante, mas os redatores aguentaram porque Toby transformou o material que haviam preparado em puro ouro. Ele era o melhor em seu gênero.

A generosidade de Toby era pródiga. Presenteava seus empregados e amigos com relógios e isqueiros de ouro, guarda-roupas completos e viagens à Europa. Andava sempre com enorme quantidade de dinheiro e pagava tudo em espécie, inclusive dois Rolls-Royces. Era um mão-aberta. Toda sexta-feira uma dúzia de parasitas da indústria cinematográfica fazia fila para uma distribuição de ajuda. Certa vez, Toby disse a um dos habituais frequentadores:

— Ei, que é que você está fazendo aqui hoje? Acabei de ler na *Variety* que você arranjou trabalho num filme.

O homem olhou para Toby e disse:

— Droga, então não tenho aviso prévio de duas semanas?

HAVIA MILHARES DE histórias sobre Toby e quase todas eram verdadeiras. Certo dia, durante uma reunião sobre temas, um dos redatores chegou atrasado, pecado imperdoável.

— Perdão pelo atraso — desculpou-se ele. — Meu filho foi atropelado por um carro esta manhã.

Toby olhou para o homem e perguntou:

— Você trouxe as piadas?

Todos os presentes ficaram chocados. Após a reunião, um dos redatores falou para O'Hanlon:

— Ele é o maior filho da puta deste mundo. Se você estivesse pegando fogo, ele lhe venderia água.

Toby mandou buscar um grande especialista em cirurgia cerebral para operar o menino e pagou todas as despesas do hospital. Ao pai do garoto, ele disse:

— Se você contar isso a alguém, está no olho da rua.

O TRABALHO ERA a única coisa que fazia Toby esquecer sua solidão, a única coisa que lhe proporcionava alegria genuína. Se um espetáculo fazia sucesso, Toby era a companhia mais divertida do mundo; mas se a coisa corria mal, transformava-se num demônio, atacando todo alvo a seu alcance com o selvagem humor de que era dotado.

Era um possessivo. Certa vez, durante uma reunião sobre temas, segurou a cabeça de Rainger com as duas mãos e proclamou para os presentes:

— Isso aqui é meu. Isso me pertence.

Ao mesmo tempo, passou a odiar os redatores, porque precisava deles e não queria precisar de ninguém. Por isso, tratava-os com desprezo. No dia do pagamento, Toby fazia gaivota com os cheques deles e lançava-os no ar. Despedia-os pelas infrações mais insignificantes. Certo dia um deles apareceu queimado de sol e Toby mandou que fosse imediatamente dispensado.

— Por que fez isso? — perguntou O'Hanlon. — Ele é um de nossos melhores redatores.

— Se estivesse trabalhando — respondeu Toby —, não teria tido tempo de pegar aquela cor.

Um novo redator apresentou uma piada sobre mães e foi despedido.

Se um dos convidados em seu programa provocasse grandes gargalhadas, Toby exclamava:

— Você é genial! Quero você no programa toda semana.

Olhava para o produtor e dizia:

— Está me ouvindo? — e o produtor sabia que aquele ator jamais deveria participar do programa outra vez.

Toby era um conjunto de contradições. Tinha ciúme do sucesso de outros cômicos, mas certa vez aconteceu o seguinte. Um dia, quando Toby saía do palco de ensaios, passou pelo camarim do antigo astro da comédia, Vinnie Turkel, cuja carreira há muito entrara em declínio. Vinnie fora contratado para seu primeiro papel dramático numa peça ao vivo de televisão, e tinha esperança de que isso viesse a marcar seu retorno. Nessa ocasião, espiando para dentro do camarim, Toby viu Vinnie no sofá, bêbado. O diretor do programa se aproximou e disse:

— Deixe-o, Toby. Ele está acabado.

— Que aconteceu?

— Bom, você sabe que a marca registrada de Vinnie sempre foi a voz aguda e trêmula. Ele começou os ensaios e cada vez que abria a boca e tentava parecer sério, todo mundo caía na gargalhada. Isso destruiu o velho.

— Ele estava contando com esse papel, não estava? — perguntou Toby.

— Todo ator sempre conta com todo papel — disse o diretor, dando de ombros.

Toby levou Vinnie Turkel para sua casa e fez-lhe companhia, obrigando-o a ficar sóbrio.

— Esse é o melhor papel que você já teve na vida. Será que vai estragar tudo?

Vinnie abanou a cabeça, deprimido:

— Já estraguei, Toby. Não posso fazê-lo,

— Quem falou que não? — pressionou Toby. — Você pode fazer aquele papel melhor do que ninguém.

O velho sacudiu a cabeça:

— Eles riram de mim.

— Claro que riram. E sabe por quê? Porque você passou a vida fazendo-os rir. Eles esperavam que você fosse engraçado. Mas se continuar tentando, acabará convencendo-os. Você os liquidará.

Toby passou o resto da tarde restaurando a confiança de Vinnie. Nessa noite, telefonou para a casa do diretor.

— Turkel está bem agora — disse Toby. — Você não precisa se preocupar.

— Sei disso — retrucou o diretor. — Já o substituí.

— Cancele a substituição — falou Toby. — Você tem de dar um estímulo a ele.

— Não posso correr o risco, Toby. Ele vai se embriagar de novo e...

— Sabe, vou fazer o seguinte — propôs Toby. — Ficarei com ele aqui. Se após o ensaio geral você ainda não quiser conservá-lo, assumirei o papel dele e trabalharei sem cobrar nada.

Houve uma pausa e o diretor disse:

— Ei! Você está falando sério?

— Pode apostar.

— Negócio fechado — replicou o diretor, apressadamente. — Diga a Vinnie que o ensaio é amanhã, às nove.

Quando o programa foi ao ar, tornou-se o sucesso da temporada. E o trabalho que os críticos destacaram foi o de Vinnie Turkel. Ele ganhou todos os prêmios da televisão e se lançou numa nova carreira como ator dramático. Quando enviou um presente caro a Toby, para demonstrar sua gratidão, este o devolveu com um bilhete: "Não sou eu o responsável, é *você*." Assim era Toby Temple.

Poucos meses mais tarde, Toby contratou Vinnie Turkel para um esquete em seu programa. Vinnie invadiu uma das piadas de Toby e desse momento em diante Toby passou a lhe dar deixas erradas, destruiu suas piadas e o humilhou diante de 40 milhões de pessoas.

Isso também era Toby Temple.

Alguém perguntou a O'Hanlon como era realmente Toby Temple e a resposta foi:

— Você se lembra do filme em que Charles Chaplin encontra o milionário? Quando o milionário fica bêbado, é amigão de Chaplin; quando está sóbrio, joga-o na rua. Assim é Toby Temple, só que sem a bebida.

Certa vez, numa reunião com os diretores de uma rede de televisão, um dos executivos pouco falou. Mais tarde, Toby disse a Clifton Lawrence:

— Acho que ele não gostou de mim.

— Quem?

— Aquele garoto na reunião,

— Que importância tem isso? Não passa de um assistentezinho qualquer.

— Não me disse uma palavra — comentou Toby, deprimido. — Não gosta mesmo de mim.

Toby ficou tão impressionado que Clifton Lawrence teve de procurar o jovem executivo. Telefonou no meio da noite para o homem estupefato e perguntou:

— Você tem alguma coisa contra Toby Temple?

— *Eu?* Eu acho que ele é o cara mais engraçado do mundo!

— Então, meu caro rapaz, será que você me faria um favor? Telefone para ele e diga isso.

— *Quê?*

— Telefone para Toby e diga que gosta dele.

— Bom, claro. Telefonarei logo de manhã cedo.

— Telefone agora.

— São 3 horas da manhã!

— Não tem importância. Ele está esperando.

Quando o executivo ligou para Toby, este atendeu imediatamente. O rapaz ouviu a voz de Toby dizendo: "Oi". Engoliu em seco e falou:

— Eu... eu queria lhe dizer que acho você genial.

— Obrigado, meu chapa — respondeu Toby e desligou.

O SÉQUITO DE TOBY aumentou. Às vezes ele telefonava para amigos no meio da noite, convidando-os para jogar cartas ou acordava O'Hanlon e Rainger para discutir temas. Muitas vezes passava a noite em claro projetando filmes em casa, na companhia dos três Macs, Clifton Lawrence e meia dúzia de estrelas em ascensão e parasitas.

E quanto mais gente havia à sua volta, mais solitário se sentia Toby.

Capítulo 22

Era novembro de 1963 e o sol do outono cedera lugar a uma luminosidade tênue e fria. As primeiras horas da manhã eram nevoentas e geladas agora; haviam começado as primeiras chuvas do inverno.

Jill Castle ainda aparecia no Schwab's todas as manhãs, mas parecia-lhe que as conversas eram sempre as mesmas. Os Sobreviventes falavam de quem perdera papéis e por quê; eles se deliciavam com as notícias más que apareciam e depreciavam as boas-novas. Era a trenodia dos perdedores e Jill começou a imaginar se não estaria se tornando um deles. Ainda tinha certeza de que seria Alguém, mas ao examinar os rostos familiares à sua volta compreendeu que eles sentiam o mesmo a respeito de si próprios. Seria possível que todos tivessem perdido contato com a realidade, que todos apostassem num sonho que jamais se concretizaria? Ela não podia suportar tal ideia.

Jill se tornara confidente e conselheira do grupo. Os outros lhe traziam seus problemas, ela ouvia e tentava ajudar, com conselhos, uns poucos dólares ou lugar para dormir por uma ou duas semanas. Raramente saía com rapazes porque estava absorvida em sua carreira e não encontrara ninguém que a atraísse.

Sempre que conseguia economizar algum dinheiro, Jill o enviava para a mãe juntamente com longas e brilhantes cartas contando seus sucessos. No começo, a mãe respondera incitando Jill a se arrepender e tornar-se esposa do Senhor. Mas à medida que Jill começou a fazer um ou outro filme e mandar mais dinheiro para casa, sua mãe passou a mostrar um relutante orgulho pela carreira da filha. Já não rejeitava a ideia de vê-la atriz, mais insistia com ela para arranjar papéis em filmes religiosos. "Estou certa de que o Sr. DeMille lhe daria um papel se você lhe explicasse sua formação religiosa" — escreveu ela.

Odessa era uma cidade pequena. A mãe de Jill ainda trabalhava para a Gente do Petróleo e Jill sabia que ela falava a seu respeito, que mais cedo ou mais tarde David Kenyon ficaria sabendo de seu sucesso. E por isso, nas cartas, Jill inventava histórias sobre as estrelas com quem trabalhava, cuidando sempre de usar seus primeiros nomes. Aprendeu o truque típico dos que fazem pontas: fazer com que o fotógrafo do *set* tirasse seu retrato ao lado da estrela. O fotógrafo lhe dava duas cópias: Jill mandava uma para a mãe e guardava a outra. Dava a entender nas cartas que estava a um passo do estrelato.

COMO DE COSTUME, no sul da Califórnia, onde nunca neva, três semanas antes do Natal há uma Parada pelo Hollywood Boulevard e todas as noites seguintes um carro alegórico de Papai Noel faz o mesmo percurso. Os habitantes de Hollywood levam tão a sério a comemoração do nascimento de Cristo quanto seus vizinhos do norte. Não é culpa deles se *Noite Feliz* e outras canções natalinas se derramam dos rádios em lares e carros onde a população está se derretendo numa temperatura de 29 a 32°C. Eles anseiam pelo tradicional Natal Branco, tão ardentemente quanto quaisquer outros norte-americanos patriotas de sangue quente, mas como sabem que Deus não lhes proporcionará isso, aprenderam a criar o próprio Natal. Engalanam as ruas com luzes coloridas e árvores de Natal plásticas, imagens de Papai Noel feitas de papel machê, com trenó e renas. Estrelas e atores disputam o privilégio de participar da Parada Natalina; não porque estejam interessados em alegrar o clima de festa para as milhares de crianças e adultos que vêm assistir ao desfile, mas porque este é sempre televisionado, de modo que seus rostos podem ser vistos de costa a costa.

Jill Castle estava numa esquina, sozinha, assistindo ao longo desfile de carros alegóricos levando as estrelas que acenavam para os fãs a admirá-las lá de baixo. Nesse ano, o mestre de cerimônias do desfile era Toby Temple. A multidão de adoradores aplaudia freneticamente a passagem de seu carro alegórico. Jill viu de relance o rosto exultante e inocente de Toby, que seguiu adiante.

Passou a Banda do Colégio de Hollywood tocando, seguida por um carro alegórico do Templo Maçônico e uma banda do corpo de fuzileiros navais. Depois vieram cavaleiros vestidos de caubói; uma banda do Exército da Salvação, seguida pelos *Shriners;* grupos que cantavam, levando bandeiras e flâmulas; um carro da Fazenda Knott Berry com animais e pássaros feitos de flores; carros de bombeiros; palhaços e bandas de *Jazz*. Talvez não refletisse exatamente o espírito do Natal, mas tratava-se de um espetáculo puramente hollywoodiano.

Jill trabalhara com alguns dos atores que estavam nos carros alegóricos. Um deles acenou e gritou-lhe:

— Ei, Jill! Tudo bem?

Na multidão, várias pessoas se viraram para olhá-la com inveja, o que deu a Jill uma deliciosa sensação de importância pelo fato de as pessoas saberem que ela fazia parte do Negócio. Uma voz profunda e grave a seu lado falou:

— Com licença, você é atriz?

Jill se virou. Era um rapaz alto, louro e bonito, aparentando vinte e poucos anos. Tinha o rosto bronzeado, dentes brancos e regulares. Vestia um *jeans* velho e um paletó de *tweed* azul com reforço de couro nos cotovelos.

— Sou.

— Eu também. Isto é, sou ator. — Ele sorriu e acrescentou: — Dando duro.

Jill apontou para si mesma e disse:

— Dando duro.

O rapaz riu:

— Posso lhe oferecer um café?

Chamava-se Alan Preston e viera de Salt Lake City, onde seu pai era presbítero da Igreja Mórmon.

— Fui criado com excesso de religião e falta de divertimento — confiou a Jill.

É quase profético, Jill pensou. *Temos exatamente o mesmo tipo de formação.*

— Sou um bom ator — disse Alan com mágoa —, mas não resta dúvida de que esta cidade é dura. Na minha terra, todo mundo procura ajudar. Aqui, parece que todos estão dispostos a passar por cima.

Os dois conversaram até a hora de a lanchonete fechar e a essa altura já se haviam tornado velhos amigos. Quando Alan perguntou: "Quer vir até minha casa?" Jill hesitou por um momento apenas antes de responder. "O.k."

Alan Preston vivia numa pensão perto da Avenida Highland, a dois quarteirões de Hollywood Bowl. Ocupava um quarto pequeno nos fundos.

— Este lugar devia se chamar Os Rebotalhos — disse a Jill. — Você devia ver os tipos estranhos que moram aqui. Todos acham que vão vencer no *show business*.

Tal como nós, pensou Jill.

A mobília do quarto de Alan consistia de cama, escrivaninha, cadeira e uma mesinha prestes a se desmontar.

— Estou só esperando até mudar para meu apartamento — explicou Alan.

— É o meu caso também — disse Jill rindo.

Alan tentou abraçá-la e Jill resistiu.

— Não, por favor.

Ele a olhou por um instante e disse gentilmente: "O.k." De súbito, Jill sentiu-se embaraçada. Afinal de contas, que estava ela fazendo no quarto desse homem? Sabia qual era a resposta: estava desesperadamente só. Ansiava por alguém com quem conversar, pela sensação de ser abraçada por um homem que a confortasse e lhe dissesse que tudo daria certo. Fazia tanto tempo. Ela pensou em David Kenyon, mas aquilo fazia parte de outra vida, outro mundo. Queria-o tanto que chegava a doer. Mais tarde, quando Alan Preston tornou a abraçá-la, Jill fechou os olhos: era David que a beijava, que a despia e fazia amor.

Jill passou a noite com Alan e poucos dias depois ele se mudou para o pequeno apartamento em que ela morava.

Alan Preston era o homem menos complicado que Jill jamais conhecera. Era despreocupado e relaxado, vivendo cada dia tal como este se apresentasse, sem qualquer interesse pelo amanhã. Quando Jill argumentava com ele sobre essa maneira de viver, Alan dizia:

— Ei, você lembra de *Encontro em Samarra*? Se tem que acontecer, vai acontecer. O destino virá a seu encontro, não precisa sair à procura dele.

Alan ficava dormindo quando Jill saía para procurar emprego. Ao voltar, ela o encontrava numa poltrona, lendo ou tomando cerveja com amigos. Alan não ajudava nas despesas da casa.

— Você é boba — disse a Jill uma de suas amigas. — Ele está usando a sua cama, comendo sua comida, bebendo sua bebida. Livre-se dele.

Mas Jill não fez nada disso.

Pela primeira vez compreendeu Harriet, compreendeu todas as amigas que se agarravam desesperadamente a homens que não amavam, homens que odiavam.

Era o medo da solidão.

JILL ESTAVA SEM emprego. Faltavam poucos dias para o Natal e ela estava reduzida a seus últimos dólares, mas tinha de mandar um presente para a mãe. Foi Alan quem resolveu o problema. Ele saíra cedo certa manhã, sem dizer aonde ia; ao voltar, falou para Jill:

— Arranjei um emprego.

— Que tipo de emprego?

— De ator, é claro. Nós somos artistas, não somos?

Jill olhou para ele, cheia de uma súbita esperança.

— Você está falando sério?

— Lógico que estou. Encontrei um amigo meu que é diretor. Ele começa uma filmagem amanhã e há papéis para nós dois. Cem dólares para cada um por um dia de trabalho.

— Que maravilha! — exclamou Jill — Cem dólares!

Com isso, poderia comprar uma peça de lã para a mãe fazer um casaco de inverno e ainda sobraria o suficiente para ela comprar uma boa bolsa de couro.

— É um filme meio independente. A filmagem é nos fundos de uma garagem.

— Que é que nós temos a perder? — falou Jill. — É trabalho.

A GARAGEM FICAVA no lado sul de Los Angeles, num bairro que, no espaço de uma geração, passara de exclusivo a classe média e daí a lixo.

Os dois foram recebidos na porta por um sujeito baixo e moreno, que apertou a mão de Alan e disse:

— Parabéns, meu chapa. Genial.

Virou-se para Jill e deu um assobio de admiração.

— Sua descrição foi exata, malandro. Ela é um pedaço.

— Jill, este é Peter Terraglio. Jill Castle — apresentou Alan.

— Como vai? — disse Jill.

— Peter é o diretor — explicou Alan.

— Diretor, produtor, chefe dos lavadores de garrafas. Faço um pouco de tudo. Vamos entrar.

Ele os conduziu através da garagem vazia até uma passagem que levava ao que fora um dia os aposentos da criadagem. Havia dois quartos que davam para o corredor e um deles tinha a porta aberta. À medida que se aproximavam, podiam ouvir vozes lá dentro. Jill espiou da porta e recuou subitamente, chocada, sem conseguir acreditar. No centro do quarto havia uma cama com quatro pessoas despidas: um negro, um mexicano e duas moças, uma branca e uma negra. Um *cameraman* acendia as luzes do cenário enquanto uma das moças praticava felação no mexicano. A garota fez uma pausa para tomar fôlego e disse:

— Anda, pau. Endurece!

Jill sentiu-se tonta. Virou-se para voltar à passagem e sentiu que suas pernas perdiam as forças. Alan passou o braço em volta dela, apoiando-a.

— Você está bem?

Jill não conseguiu responder. Sua cabeça começara a doer terrivelmente e ela sentia pontadas no estômago.

— Espere aqui — ordenou Alan.

Ele voltou num minuto, com um vidro de pílulas vermelhas e um trago de vodca. Pegou duas pílulas e deu-as a Jill.

— Isso vai fazer você melhorar.

Jill pôs as pílulas na boca, sentindo a cabeça latejar.

— Engula isso — disse Alan entregando-lhe a bebida. Ela obedeceu.

— Aqui está — Alan deu-lhe outra pílula, que ela engoliu com vodca. — Você precisa deitar um pouco.

Conduziu Jill ao quarto vazio e ela deitou na cama, movendo-se com lentidão. As pílulas estavam começando a fazer efeito, ela já se sentia melhor. O gosto amargo de bílis desaparecera de sua boca.

Quinze minutos depois, a dor de cabeça começou a passar.

Alan deu-lhe outra pílula e, sem pensar, Jill a engoliu. Tomou outra vodca. Era uma bênção o fato de aquela dor passar. Alan agia de modo estranho, andando em volta da cama.

— Fique quieto.

— Estou quieto.

Jill achou graça e começou a rir. Riu até que as lágrimas lhe rolaram pelo rosto.

— Que... que pílulas são essas?

— Contra dor de cabeça, meu bem.

Terraglio espiou para dentro do quarto e perguntou:

— Como vão as coisas? Todo mundo alegre?

— Todo... todo mundo alegre — balbuciou Jill.

Terraglio acenou com a cabeça para Alan:

— Cinco minutos — e saiu apressadamente.

Alan se inclinou sobre Jill, afagou-lhe os seios e as coxas, levantou-lhe a saia e começou a mexer com os dedos entre suas pernas. Era uma sensação maravilhosamente excitante e de repente Jill quis tê-lo dentro de si.

— Olha, meu bem — disse Alan —, eu não lhe pediria para fazer nada de mau. Você só tem de fazer amor comigo. É o que fazemos mesmo, só que desta vez seremos pagos por isso. Duzentos dólares. E é tudo seu.

Ela abanou a cabeça, mas pareceu-lhe uma eternidade até conseguir movê-la de um lado para outro.

— Não posso fazer isso — falou indistintamente.

— Por que não?

Jill teve de se concentrar para lembrar.

— Porque eu... eu vou ser uma estrela. Não posso fazer filmes pornográficos.

— Quer trepar comigo?

— Oh, sim! Quero você, David.

Alan começou a dizer algo e então sorriu:

— Claro, meu bem. Também quero você. Vamos lá.

Pegou a mão de Jill e ergueu-a da cama. Ela se sentiu como se estivesse voando. Estavam no *hall,* depois entrando no outro quarto.

— O.k. — disse Terraglio ao vê-los. — Mantenham o mesmo cenário. Vamos injetar um pouco de sangue novo.

— Quer que eu troque os lençóis? — perguntou um membro da equipe.

— Que merda acha que nós somos, a Metro?

Jill estava agarrada a Alan.

— David, aqui tem gente.

— Eles vão sair — garantiu Alan. — Tome.

Pegou outra pílula e entregou a Jill; encostou a garrafa de vodca a seus lábios e ela engoliu-a. Desse momento em diante, tudo aconteceu como num nevoeiro. David a estava despindo dizendo palavras de conforto. Seu corpo nu aproximou-se dela. Surgiu uma luz ofuscante, cegando-a.

— Ponha isso na boca — disse ele e era David quem falava.

— Oh, sim.

Ela o afagou carinhosamente e começou a pô-lo na boca, enquanto alguém no quarto dizia alguma coisa que Jill não conseguiu ouvir e David se afastou, de modo que Jill teve de virar o rosto para a luz e apertar os olhos por causa da claridade. Sentiu que a empurravam para que deitasse de costas e de repente David estava dentro dela, fazendo amor, e ao mesmo tempo Jill sentia o pênis dele na boca. Amava-o tanto. As luzes a incomodavam e também as conversas em segundo plano. Queria dizer a David que os fizesse parar, mas estava num êxtase delirante, com um orgasmo após outro, até sentir como se o corpo fosse se romper. David a amava, não a Cissy; voltara para ela e os dois estavam casados. Estavam vivendo uma lua de mel maravilhosa.

— David... — disse ela.

Abriu os olhos e o mexicano estava sobre ela, passando a língua em seu corpo. Tentou perguntar-lhe onde estava David, mas não conseguiu articular as palavras. Fechou os olhos, enquanto o homem fazia coisas deliciosas em seu corpo. Quando tornou a abrir os olhos, o homem havia de algum modo se transformado numa moça de longos cabelos ruivos e seios grandes que se arrastavam sobre o estômago de Jill. Então a mulher começou a fazer algo com a língua e Jill fechou os olhos e perdeu a consciência.

OS DOIS HOMENS, de pé, olhavam para a figura na cama.

— Ela vai ficar bem? — perguntou Terraglio.

— Claro — disse Alan.

— Você arranja umas ótimas — comentou Terraglio com admiração. — Ela é fantástica. A mais bonita de todas.

— O prazer é meu — Alan estendeu a mão.

Terraglio tirou um grande maço de notas do bolso e separou duas.

— Aqui está. Quer aparecer para um jantarzinho de Natal? Stella adoraria ver você.

— Não posso — disse Alan. — Vou passar o Natal com minha mulher e os garotos. Pego o próximo avião para a Flórida.

— Isso aqui vai dar um filmaço. — Terraglio balançou a cabeça em direção à moça inconsciente. — Como é que devemos apresentá-la?

Alan sorriu.

— Por que não usam o verdadeiro nome dela? É Josephine Czinski. Quando o filme passar em Odessa, os amigos dela vão se divertir um bocado.

Capítulo 23

Eles haviam mentido. O tempo não era um amigo que curava todas as feridas, era o inimigo que devastava e mutilava a juventude. As temporadas se sucediam e cada uma trazia nova safra do Produto para Hollywood. A competição pedia carona, chegava de moto, trem e avião. Todos tinham 18 anos, tal como Jill tivera um dia. Tinham pernas longas, eram ágeis, com os rostos jovens frescos e ávidos, sorrisos brilhantes que não precisavam de coroas. E à chegada de cada nova safra, Jill ficava um ano mais velha. Um dia ela olhou no espelho e era 1964, Jill tinha 25 anos.

No começo, a experiência do filme pornográfico deixara-a apavorada. Vivera com o pavor de que algum diretor de elenco ficasse sabendo e lhe desse bilhete azul. Mas à medida que passaram as semanas e os meses, Jill foi esquecendo seus terrores. Contudo, ela mudara. Cada ano que passara deixara-lhe sua marca, uma pátina de dureza, como os anéis que nas árvores marcam a passagem do tempo. Jill começou a odiar as pessoas que não lhe davam oportunidade de representar, que faziam promessas jamais cumpridas.

Havia embarcado numa interminável série de empregos monótonos e nada gratificantes. Foi secretária, recepcionista, cozinheira, *baby-sitter,* modelo, garçonete, telefonista, vendedora. Só enquanto esperava a Chamada.

Mas a Chamada não veio nunca. E a amargura de Jill aumentou. De vez em quando fazia pontas e dizia uma frase, mas isso jamais levava a nada. Olhou no espelho e recebeu a mensagem do Tempo: *Depressa*. Ver sua própria imagem era como examinar camadas de passado: ainda havia sinais da jovem que chegara a Hollywood sete intermináveis anos atrás. Mas a jovem tinha pequenas rugas nos cantos dos olhos e linhas mais fundas das asas do nariz até o queixo, sinais de alerta do tempo que se escoava e do sucesso jamais alcançado, lembranças das incontáveis, terríveis, pequenas derrotas. *Depressa, Jill, depressa!*

E foi assim que quando Fred Kapper, um dos diretores-assistentes da Fox, de 18 anos, disse a ela que lhe daria um bom papel se Jill fosse para a cama com ele, ela chegou à conclusão de que era hora de aceitar.

Encontrou Fred Kapper no estúdio, na hora do almoço dele.

— Só tenho meia hora — disse ele. — Deixe-me pensar onde poderemos ficar à vontade.

Parou um momento, concentrado e então se animou:

— A sala de som. Vamos.

A sala de som era uma pequena câmara de projeção, à prova de som, onde as trilhas sonoras eram reunidas num único carretel.

Fred Kapper examinou a sala vazia e disse:

— Merda! Costumava haver um sofazinho aqui — deu uma olhada no relógio. — Temos de nos arranjar assim mesmo. Tire a roupa, meu anjo. O pessoal do som estará de volta em vinte minutos.

Jill encarou-o por um momento, sentindo-se como uma prostituta. Mas não o demonstrou. Tentara à sua maneira e não dera certo. Agora, agiria à maneira deles. Tirou o vestido e a calcinha. Kapper não se deu ao trabalho de se despir; simplesmente abriu o zíper e expôs o pênis tumescente. Olhou para Jill e sorriu:

— Que beleza de traseiro. Vire de costas.

Jill procurou algo em que se apoiar. Diante dela estava a máquina de gargalhadas, um console sobre rodas com gravações de risos em fita, controladas por botões externos.

— Vamos, incline-se.

Jill hesitou por um instante e então se inclinou, apoiada nas mãos. Kapper se aproximou por trás e Jill sentiu seus dedos abrindo-lhe as nádegas. Um instante depois sentiu a pressão da cabeça do pênis contra seu ânus.

— Espere! — disse ela. — Assim não! Eu... eu não posso...

— Grite para mim, querida!

E ele mergulhou o membro dentro dela, dilacerando-a com uma dor terrível. A cada grito, ele enfiava mais fundo e com mais força. Ela tentou desesperadamente escapar mas Fred segurava-lhe os quadris, mergulhando sucessivamente, apertando-a com firmeza. Jill perdeu o equilíbrio e quando procurou se apoiar, seus dedos tocaram os botões da máquina de gargalhadas e imediatamente a sala ressoou com um riso louco. Enquanto Jill se debatia numa agonia de dor, suas mãos socavam a máquina: uma mulher riu baixinho, um grupo de pessoas gargalhou, uma menina deu um riso idiota, uma centena de vozes grasnaram, cacarejaram e gargalharam, rindo de alguma piada secreta e obscena. O eco ressoou histericamente pelas paredes enquanto Jill gritava de dor.

De repente sentiu uma série de rápidos estremecimentos e um segundo depois a estranha carne foi retirada de dentro dela. Lentamente, os risos cessaram na sala. Jill ficou imóvel, os olhos cerrados, lutando contra a dor. Quando finalmente conseguiu se aprumar e virar-se, deu com Fred Kapper fechando o zíper.

— Você foi sensacional, querida. Aqueles gritos realmente me excitam.

E Jill imaginou que espécie de monstro seria ele quando tivesse 19 anos.

Ao notar que ela sangrava, Fred disse:

— Vá se limpar e venha ao Palco 12. Você começa a trabalhar esta tarde.

Depois daquela primeira experiência, o resto foi fácil. Jill passou a trabalhar regularmente em todos os estúdios: Warner Brothers, Paramount, MGM, Universal, Columbia, Fox. Em toda parte, de fato, menos no estúdio de Disney, onde não havia sexo.

O PAPEL QUE JILL criou na cama era uma fantasia e ela o representava com talento, preparando-se como se estivesse desempenhando um papel. Leu livros sobre erotismo oriental, comprou afrodisíacos e estimulantes numa *sex shop* do Santa Monica Boulevard. Tinha uma loção trazida do Oriente por uma aeromoça, com um levíssimo toque de ervas. Aprendeu a massagear seus amantes, lenta e sensualmente. "Deite-se e pense no que estou fazendo em seu corpo" — murmurava. Passava a loção no peito do homem, pelo estômago e até a virilha, em suaves movimentos circulares. "Feche os olhos e aproveite."

Seu dedo era leve como uma asa de borboleta, movendo-se pelo corpo do homem, acariciando-o. Quando a ereção começava, Jill segurava o pênis e afagava-o delicadamente, passando a língua entre as pernas do homem até fazê-lo torcer-se de prazer; depois continuava lentamente até os dedos dos pés. Em seguida, Jill fazia-o virar-se e começava tudo de novo. Quando o membro de um homem estava flácido, ela punha a ponta entre os lábios da vagina e fazia-o penetrar lentamente, sentindo-o crescer e endurecer. Ensinou aos homens a técnica da cachoeira, como se excitar ao máximo e então parar imediatamente antes do orgasmo, para tornar a se excitar, quando o orgasmo finalmente era atingido, vinha como uma explosão de êxtase. Os homens tinham seu prazer, vestiam-se e iam embora. Ninguém jamais ficava tempo suficiente para proporcionar a ela os mais adoráveis cinco minutos do sexo, o calmo abraço de depois, o pacífico oásis nos braços de um amante.

Dar a Jill pequenos papéis nos filmes era um preço baixo a pagar pelo prazer que ela proporcionava aos homens que selecionavam elencos, aos assistentes de direção, diretores e produtores. Ela passou a ser conhecida na cidade como um "quente pedaço de traseiro" e todo mundo queria abocanhar sua parte. E Jill deixava. A cada vez que o fazia, havia nela menos amor e respeito próprio, mais ódio e amargura.

Não sabia como nem quando, mas tinha certeza de que um dia essa cidade a pagaria por tudo que lhe fizera.

DURANTE OS CINCO anos que se seguiram, Jill apareceu em dúzias de filmes, programas de televisão e comerciais. Era ela a secretária que dizia "Bom-dia, Sr. Stevens"; a *baby-sitter* que assegurava "Não se preocupem, divirtam-se que eu colocarei as crianças para dormir"; a ascensorista que anunciava "Sexto andar" e a moça com roupa de esquiadora que afirmava "Todas as minhas amigas usam Dainties". Mas jamais aconteceu coisa alguma. Ela era um rosto sem nome na multidão. Fazia parte do Negócio mas ao mesmo tempo estava de fora e não podia suportar a ideia de passar o resto da vida dessa maneira.

Em 1969, a mãe de Jill morreu e ela foi a Odessa para o funeral. Era no fim da tarde e havia menos de uma dúzia de pessoas presentes ao serviço fúnebre, dentre as quais não se contava nenhuma das mulheres para quem a mãe de Jill trabalhara durante todos aqueles anos. Havia alguns dos beatos da igreja, aqueles agourentos. Mas fora entre eles que a mãe de Jill encontrara alguma espécie de consolo, o exorcismo dos demônios, fossem lá quais fossem, que a haviam atormentado.

Uma voz conhecida falou suavemente:

— Alô, Josephine.

Ela se virou e deu com ele a seu lado, olhou em seus olhos e foi como se nunca se tivessem separado, como se ainda pertencessem um ao outro. Os anos haviam deixado a marca da maturidade em seu rosto, acrescentando um toque de cinza a suas têmporas. Mas ele não mudara, ainda era David, seu David. Entretanto, eram estranhos.

— Sinto muito sobre sua mãe — dizia ele.

Jill ouviu-se responder:

— Obrigada, David.

Era como se estivessem recitando as falas de uma peça teatral.

— Quero falar com você. Pode se encontrar comigo esta noite?

Havia um toque urgente de súplica na voz dele. Jill pensou na última vez em que haviam estado juntos, no desejo dele, na promessa e nos sonhos e respondeu:

— Está bem, David.

— No lago? Você tem carro?

Ela assentiu.

— Encontrarei você lá, dentro de uma hora.

CISSY ESTAVA DE PÉ diante do espelho, nua, prestes a se vestir para um jantar, quando David chegou em casa. Ele entrou no quarto e ficou de pé olhando para ela. Podia avaliar a esposa com total frieza, pois não sentia qualquer emoção com relação a ela. Cissy era bonita; havia cuidado de seu corpo, mantendo-se em forma com dieta e exercícios. O corpo era seu principal trunfo e David tinha razões para crer que ela era liberal em partilhá-lo com outros, o instrutor de golfe, o professor de esqui, o instrutor de pilotagem. Mas David não podia culpá-la, fazia muito tempo que não ia para a cama com Cissy.

No começo, realmente acreditara que ela lhe daria o divórcio quando Mamãe Kenyon morresse. Mas a mãe de David ainda estava viva e saudável e ele não tinha meios de saber se fora vítima de um truque ou se havia ocorrido um milagre. Um ano após o casamento, David dissera a Cissy:

— Acho que está na hora de conversarmos sobre o divórcio.

— Que divórcio? — respondera ela.

E ao ver a expressão de espanto no rosto dele, começara a rir.

— Eu gosto de ser a Sra. David Kenyon, querido. Você acreditou mesmo que eu iria desistir de você por aquela prostitutazinha polonesa?

David dera-lhe um tapa.

No dia seguinte, fora conversar com seu advogado. Ao terminar o que tinha a dizer, o advogado falou:

— Posso conseguir-lhe o divórcio. Mas se Cissy está disposta a segurar você, David, vai custar tremendamente caro.

— Faça-o.

Quando lhe entregaram os documentos do divórcio, Cissy trancou-se no banheiro e tomou uma dose excessiva de comprimidos para dormir. Foi preciso que David e dois empregados arrombassem a pesada porta. Durante dois dias, ela oscilou no limiar da morte. David visitara-a na clínica particular para onde fora levada.

— Sinto muito, David — dissera ela. — Não quero viver sem você. É simplesmente isso.

Na manhã seguinte, ele suspendeu o processo de divórcio.

ISSO FORA HÁ QUASE dez anos e o casamento de David se transformara numa trégua inquietante. Ele assumira por completo o império Kenyon e devotara todas as suas energias à direção dos negócios. Encontrava alívio físico na série de garotas que tinha nas várias cidades do mundo às quais seus negócios o levavam, mas jamais esquecera Josephine.

David não sabia como Josephine se sentiria a seu respeito. Queria descobrir, mas tinha medo. Ela tinha razões suficientes para odiá-lo. Ao saber da morte da mãe de Josephine, fora ao funeral apenas para vê-la. Quando a avistou, percebeu que nada havia mudado, não para ele. Num instante os anos se dissiparam e ele se viu tão apaixonado quanto antes.

Quero falar com você... encontre-me esta noite...
Está bem, David...
No lago.

CISSY VIROU-SE AO VÊ-LO observando-a pelo espelho alto.

— É melhor se apressar e trocar de roupa, David. Vamos nos atrasar.

— Vou encontrar-me com Josephine. Se ainda me quiser, casarei com ela. Acho que já é tempo de pôr um fim nessa farsa, você concorda?

Ela ficou parada, olhando para David, sua imagem despida refletida no espelho.

— Deixe eu me vestir.

David assentiu e saiu do quarto. Foi para a ampla sala de visitas, andando de um lado para o outro, preparando-se para o confronto. Lógico que, após todos esses anos, Cissy não quereria se agarrar a um casamento que não passava de uma fachada. Ele estava pronto para dar-lhe tudo que ela...

David ouviu o barulho do carro de Cissy sendo ligado e em seguida o ranger dos pneus enquanto o carro girava em direção à rua. Ele correu para a porta da frente e olhou: a Maserati de

Cissy voava para a estrada. David correu para seu próprio carro e acelerou atrás de Cissy.

Ao atingir a estrada, viu o carro dela desaparecendo ao longe. Pressionou o acelerador com força. A Maserati era mais rápida que o Rolls de David. Pisou com mais e mais força: 70... 80... 90. O carro dela desaparecera ao longe.

David atingiu o topo de uma pequena elevação e avistou o carro, como um brinquedo distante, inclinando-se numa curva. A força de torção puxava o carro para o lado enquanto os pneus lutavam para manter a tração no leito da estrada. A Maserati oscilou para a frente e para trás, perdendo a direção na estrada. Então se aprumou e transpôs a curva. E de repente foi de encontro ao acostamento, lançou-se no ar, capotando várias vezes sobre os campos.

David arrastou Cissy, inconsciente, para fora do carro momentos antes que o tanque de gasolina rompido explodisse.

Eram 6 horas da manhã seguinte quando o cirurgião-chefe saiu da sala de operações e disse a David:

— Ela vai sobreviver.

Jill chegou ao lago pouco antes de o sol se pôr. Levou o carro até bem perto da água. Desligando o motor, ficou escutando os ruídos do vento e absorvendo o ar do lugar. *Não me lembro de quando estive tão feliz,* pensou. Mas corrigiu-se em seguida: *Lembro, sim. Foi aqui. Com David.* Recordou a sensação do corpo dele no seu e sentiu-se tonta de desejo. Fosse o que fosse que lhes tinha destruído a felicidade, estava terminado. Sentira-o no momento em que vira David. Ele ainda a amava, Jill sabia.

Contemplou o sol, rubro como sangue, afundando lentamente nas águas ao longe e a chegada da escuridão. Desejou que David chegasse logo.

Passou-se uma hora, depois duas e o ar ficou gelado. Jill ficou no carro, quieta. Observou a enorme lua branca flutuando no céu, ouviu os sons da noite à sua volta e disse a si mesma: "David está chegando."

Jill esperou a noite inteira e pela manhã, quando o sol começou a tingir o horizonte, ligou o carro e partiu para Hollywood.

Capítulo 24

JILL SENTOU-SE DIANTE da penteadeira e estudou seu rosto no espelho. Notou uma ruga quase invisível no canto do olho e fez uma careta. *É injusto*, pensou. *O homem pode relaxar completamente, ficar grisalho, criar barriga e ter o rosto vincado como um mapa rodoviário e ninguém acha nada demais. Mas se uma mulher aparece com uma minúscula ruga...* Começou a aplicar a maquiagem. Bob Schiffer, o maior maquiador de Hollywood, ensinara-lhe algumas de suas técnicas. Jill passou uma base cremosa, em vez do pó que usara antigamente; a base em pó resseca a pele, enquanto que a cremosa conserva a umidade. Em seguida concentrou-se nos olhos, usando sob as pálpebras inferiores uma maquiagem três ou quatro tons mais clara que a outra para atenuar as sombras. Passou um pouco de sombra nos olhos para colori-los e colocou cuidadosamente os cílios postiços sobre os seus próprios, inclinando-os nos cantos externos num ângulo de 45 graus. Passou um pouco de adesivo Duo na face externa de seus cílios naturais e ligou-os aos postiços, fazendo os olhos parecerem maiores. Para aumentar a aparência de volume dos cílios, fez pequenos pontinhos na pálpebra inferior, sob seus próprios cílios. Depois passou o batom, pôs pó nos lábios e aplicou uma segunda camada de batom. Passou *blush nas* faces e espalhou pó no rosto, evitando a região em torno dos olhos, onde o pó acentuaria as pequenas rugas.

Jill recostou-se na cadeira e estudou o efeito no espelho. Estava linda. Algum dia teria de recorrer ao truque da fita adesiva mas graças a Deus ainda faltava muito tempo para que isso fosse preciso. Conhecia algumas velhas atrizes que usavam esse truque: prendiam pedacinhos de fita adesiva à pele, logo abaixo da linha de implantação dos cabelos; presos às fitas havia fios que elas amarravam em torno da cabeça e escondiam sob o cabelo. Dessa forma, a pele flácida do rosto ficava repuxada e produzia-se um efeito de *lifting* sem a despesa e a dor da cirurgia. Uma variação do truque servia para disfarçar seios caídos, um pedaço de fita adesiva preso ao seio e à pele mais firme acima do busto proporcionava uma solução temporária simples para o problema. Os seios de Jill ainda estavam firmes.

Ela terminou de pentear os cabelos negros e sedosos, deu uma última olhada ao espelho, consultou o relógio e verificou que teria de se apressar.

Tinha uma entrevista marcada para o *Toby Temple Show*.

Capítulo 25

Eddie Berrigan, diretor de elenco do programa de Toby, era um homem casado. Tomara providências para usar o apartamento de um amigo três tardes por semana; uma das tardes ficava reservada para sua amante e as outras duas para o que ele chamava de "velhos talentos" e "novos talentos".

Jill Castle era um novo talento. Vários amigos haviam dito a Eddie que ela proporcionava uma fantástica "volta ao mundo" e Eddie estivera ansioso por experimentá-la. Agora, aparecera um papel num quadro que se prestava perfeitamente para ela: tudo que o personagem tinha de fazer era manter uma aparência *sexy*, dizer algumas linhas e sair de cena.

Jill fez a leitura para Eddie e este ficou satisfeito. Não era nenhuma Kate Hepburn, mas o papel não exigia isso.

— O papel é seu — disse ele.

— Obrigada, Eddie.

— Aqui está seu roteiro. Os ensaios começam amanhã pela manhã às 10 em ponto. Seja pontual e decore suas falas.

— Claro. — Jill esperou.

— Humm... que acha de nos encontrarmos esta tarde para um café?

Jill assentiu.

— Um amigo meu tem um apartamento na Argyle 9513. O Allerton.

— Sei onde fica — disse Jill.

— Apartamento seis. Às três horas.

Os ensaios correram sem problemas. Seria um bom programa. Os talentos da semana incluíam uma espetacular equipe de dança argentina, um famoso grupo de *rock and roll,* uma mágico que fazia tudo desaparecer e um cantor de sucesso. O único ausente era Toby Temple. Jill perguntou a Eddie Berrigan o que havia.

— Ele está doente?

Eddie deu um muxoxo:

— Doente coisa nenhuma. Os trabalhadores ensaiam enquanto o velho Toby se diverte. No sábado ele aparece para gravar o programa e depois some.

Toby Temple apareceu na manhã de sábado, irrompendo no estúdio como um rei. De um canto do palco, Jill observou sua entrada em companhia de seus três "bobos", Clifton Lawrence e uma dupla de antigos comediantes. O espetáculo deixou Jill cheia de desprezo. Sabia tudo sobre Toby Temple, era um egomaníaco que, segundo os boatos, alardeava que já fora para a cama com todas as atrizes bonitas de Hollywood. Ninguém lhe dizia não. Sim, Jill sabia sobre o Grande Toby Temple.

O diretor, um homem baixo e nervoso chamado Harry Durkin, apresentou o elenco a Toby, que já trabalhara com a maioria deles. Hollywood era uma cidade pequena e logo os rostos se tornavam familiares. Toby não conhecia Jill Castle. Ela estava maravilhosa num vestido de linho bege, distinta e elegante.

— Qual é o seu papel, meu bem?

— Estou no quadro do astronauta, Sr. Temple.

Ele lhe lançou um sorriso amável.

— Meus amigos me chamam de Toby.

O ELENCO COMEÇOU a trabalhar. O ensaio correu estranhamente bem e Durkin logo compreendeu por que Toby estava se mostrando para Jill. Já trepara com todas as outras moças do programa e ela representava um novo desafio.

O quadro que Toby faria com Jill era o ponto alto do programa. Ele lhe deu algumas linhas a mais e uma boa demonstração. Terminado o ensaio, disse a ela:

— Que acha de um drinquezinho em meu camarim?

— Obrigada, eu não bebo.

Jill sorriu e se afastou. Tinha um encontro com outro diretor de elenco e isso era mais importante do que Toby Temple, este não passava de um "bico", enquanto que o diretor significava trabalho regular.

Ao ser gravado naquela noite, o programa provou-se um enorme sucesso, um dos melhores jamais feitos por Toby.

— Mais um estouro — disse Clifton a Toby. — Aquele quadro do astronauta foi de primeira.

Toby sorriu.

— É, eu gosto daquela garota. Ela tem alguma coisa.

— Ela é bonita — disse Clifton.

Cada semana era uma garota diferente. Todas tinham alguma coisa, todas iam para a cama com Toby e se transformavam no assunto de ontem.

— Arranje para ela vir cear conosco, Clifton.

Não se tratava de um pedido e sim de uma ordem. Há alguns anos, Clifton teria dito a Toby para fazê-lo, ele mesmo, mas agora, se Toby lhe mandasse fazer alguma coisa, ele faria. Toby era um rei e este o seu reino; quem não quisesse ser exilado tinha de conservar-lhe as boas graças.

— Claro, Toby — disse Clifton. — Vou cuidar disso.

Clifton atravessou o *hall* até o vestiário das dançarinas e artistas femininas da equipe. Bateu uma vez na porta e entrou; na sala havia uma dúzia de moças em diferentes estágios de nudez, que não lhe deram a menor atenção, senão para cumprimentá-lo. Jill removera a maquiagem e estava trocando de roupa. Clifton aproximou-se.

— Você esteve muito bem — disse.

Jill deu uma olhada nele pelo espelho, desinteressada.

— Obrigada.

Noutros tempos, teria ficado entusiasmada ao ver Clifton Lawrence tão de perto. Ele lhe poderia ter aberto todas as portas de Hollywood. Agora, todo mundo sabia que Lawrence nada mais era que o bobo de Toby Temple.

— Tenho boas notícias para você. O Sr. Temple deseja sua companhia para a ceia.

Jill ajeitou ligeiramente o cabelo com as pontas dos dedos e disse:

— Diga-lhe que estou cansada. Vou dormir.

E saiu.

A CEIA DAQUELA NOITE foi infeliz. Toby, Clifton Lawrence e Durkin, o diretor, foram ao La Rue. Durkin sugerira convidar umas duas coristas, mas Toby rejeitara furiosamente a ideia. O *maître* perguntava:

— Está pronto para pedir, Sr. Temple?

Toby apontou para Clifton e disse:

— Estou. Para esse idiota aqui, traga capim.

Clifton riu junto com os outros, fingindo que Toby estava apenas brincando. Toby falou com raiva:

— Pedi-lhe que fizesse algo muito simples: convidar uma garota para jantar. Quem lhe mandou assustá-la?

— Ela estava cansada — explicou Clifton. — Disse que...

— Nenhuma garota pode estar cansada demais para jantar comigo. Você deve ter dito alguma coisa que a chateou.

Toby levantara a voz e as pessoas ao lado se voltaram para ele. Toby lançou-lhes seu sorriso de garoto e disse:

— Sabe, pessoal, aqui é um jantar de despedida — apontou para Clifton. — Ele doou seu cérebro para o zoológico.

Houve risos na outra mesa. Clifton forçou um sorriso, mas sob a mesa suas mãos estavam cerradas.

— Querem saber até que ponto ele é idiota? — Toby perguntou às pessoas vizinhas. — Na Polônia, fazem piada sobre ele.

Os risos aumentaram. Clifton tinha vontade de levantar e sair, mas não ousava. Durkin estava quieto, experiente demais para se intrometer. Toby atraíra a atenção de várias pessoas em volta; elevou novamente a voz, distribuindo seu sorriso cheio de charme.

— Clifton Lawrence carrega a burrice honestamente. Quando ele nasceu, os pais tiveram uma briga por causa dele. A mãe jurava que o bebê não era dela.

Felizmente a noite acabou, mas no dia seguinte toda a cidade estaria comentando as histórias sobre Clifton Lawrence.

Clifton ficou deitado na cama aquela noite, sem conseguir dormir. Perguntava a si mesmo por que permitia que Toby o humilhasse, e a resposta era simples: por dinheiro. A renda gerada por Toby Temple trazia-lhe mais de um quarto de milhão de dólares por ano. Clifton levava uma vida cara e abundante; não economizara um só centavo. Sem os outros clientes, precisava de Toby. Esse era o problema. Toby sabia disso e a brincadeira de atormentar Clifton se transformara num esporte sangrento. Clifton tinha de escapar antes que fosse tarde demais.

Mas sabia que já era tarde demais.

Caíra na armadilha dessa situação por causa de sua afeição por Toby: gostava realmente dele. Vira Toby destruir outras pessoas, mulheres que se apaixonaram por ele, comediantes que tentavam competir, críticos que emitiam opiniões negativas a seu respeito. Mas esses eram os outros. Clifton jamais acreditara que Toby se voltaria para ele. Os dois eram íntimos demais, Clifton fizera demais por ele.

Tinha horror de pensar no que o futuro traria.

O NATURAL PARA TOBY seria não olhar duas vezes para Jill Castle. Mas não estava habituado a ter nenhum de seus desejos negado e a recusa de Jill serviu apenas como estimulante. Ele a convidou para jantar novamente e ante a recusa, Toby afastou a ideia, acreditando tratar-se de algum jogo idiota que ela estivesse fazendo e resolveu esquecê-la. A ironia estava no fato de que se fosse um jogo, Jill não poderia enganar Toby porque este compreendia demais as mulheres. Não, ele sentiu que Jill realmente não queria sair em sua companhia e a ideia o atormentava. Não conseguia parar de pensar nela.

De maneira casual, disse a Eddie Berrigan que talvez fosse boa ideia usar Jill no programa outra vez. Eddie telefonou para ela e Jill respondeu que estava ocupada fazendo uma ponta num faroeste. Quando Eddie deu a notícia a Toby, este ficou furioso.

— Diga-lhe para cancelar seja lá o que for que estiver fazendo. Pagaremos mais. Santo Deus, este é o programa de maior sucesso na televisão. Que é que há com aquela garota doida?

Eddie tornou a ligar para Jill e contou-lhe sobre a atitude de Toby.

— Ele realmente quer tê-la de novo no programa, Jill. Pode dar um jeito?

— Sinto muito — disse Jill. — Tenho um papel na Universal, não posso abandoná-lo.

Nem tentaria. Nenhuma atriz progredia em Hollywood se abandonasse um estúdio. Toby Temple nada significava para

Jill além de um dia de trabalho. Na noite seguinte, o Grande Homem em pessoa ligou para ela. No telefone, sua voz soava cálida e atraente.

— Jill? Aqui é seu velho companheiro de cena, Toby.

— Oi, Sr. Temple.

— Ei, que é isso? Por que o "senhor"?

Não houve resposta.

— Você gosta de beisebol? Tenho cadeiras de camarote para assistir ao...

— Não, não gosto.

— Nem eu. — Toby riu. — Estava testando você. Ouça, que tal jantar comigo no sábado à noite? Roubei meu chefe de cozinha do Maxim's de Paris. Ele...

— Sinto muito, tenho um compromisso, Sr. Temple — não havia a menor nota de interesse na voz dela.

Toby sentiu que segurava o fone com mais força.

— Quando é que você está livre?

— Sou uma moça que trabalha muito. Não saio muito. Mas obrigada pelo convite.

E a linha emudeceu. A cadela batera o telefone, uma puta atrizinha de pontas batera-lhe o telefone! Toby jamais conhecera nenhuma mulher que não fosse capaz de dar um ano de vida para passar uma noite com ele, e essa idiota fodida lhe dera um fora! Estava estourando de raiva e descarregou em todos que o cercavam. Nada estava direito. O roteiro era uma droga, o diretor um idiota, a música horrível e os atores podres. Ordenou que Eddie Berrigan, o diretor de elenco, viesse a seu camarim.

— Que é que você sabe sobre Jill Castle? — perguntou.

— Nada — disse Eddie imediatamente.

Não era bobo. Tal como todo o resto do pessoal do programa, sabia exatamente o que estava acontecendo. Fossem quais fossem as consequências, Eddie não tinha a menor intenção de se envolver.

— Ela anda trepando por aí?

— Não, senhor — disse Eddie com firmeza. — Se andasse, eu saberia.

— Quero que você a investigue — ordenou Toby. — Descubra se tem namorado, aonde vai, o que faz. Você sabe o que eu quero.

— Sim, senhor — respondeu Eddie gravemente.

Às 3 horas da manhã seguinte Eddie foi acordado pelo telefone da mesinha de cabeceira.

— Que foi que você descobriu? — perguntou uma voz.

Eddie sentou na cama, piscando, tentando acordar.

— Diabos, quem é que...

De súbito compreendeu quem estava ao telefone.

— Eu verifiquei — disse, apressadamente. — A ficha de saúde dela é limpa.

— Não lhe pedi a merda do atestado de saúde dela — falou Toby irritado. — Ela anda trepando com alguém?

— Não, senhor. Não há ninguém. Conversei com meus amigos por aí; todo mundo gosta de Jill e lhe dão papéis porque ela é boa atriz.

Eddie falava depressa, ansioso por convencer o homem do outro lado da linha. Se Toby Temple viesse a saber que Jill fora para a cama com ele, que o preferia a Toby Temple!, Eddie jamais tornaria a trabalhar naquela cidade. De fato falara com seus amigos diretores de elenco e todos se encontravam na mesma posição. Ninguém queria ter Toby Temple como inimigo e assim combinaram uma conspiração de silêncio.

— Ela não anda com ninguém.

A voz de Toby se acalmou.

— Entendo. Imagino que seja uma garota meio doida, hein?

— Acho que sim — respondeu Eddie, aliviado.

— Ei! Espero não tê-lo acordado.

— Não, não, tudo bem, Sr. Temple.

Mas Eddie ficou acordado por muito tempo, imaginando o que poderia acontecer-lhe caso a verdade um dia viesse à luz.

Porque aquela cidade pertencia a Toby Temple.

TOBY E CLIFTON LAWRENCE estavam almoçando no Hillcrest Country Club, que fora criado porque poucos clubes campestres elegantes de Los Angeles permitiam a entrada de judeus. Essa política era tão rigidamente cumprida que Melinda, de dez anos, filha de Groucho Marx, fora expulsa da piscina de um clube ao qual fora levada por uma amiga não judia. Quando Groucho ficou sabendo do fato, telefonou para o gerente do clube e disse:

— Ouça, minha filha é apenas meio judia. Será que você a deixaria entrar na piscina até a cintura?

Em consequência de incidentes desse tipo, um grupo de judeus ricos apreciadores de golfe, tênis, baralho e "malhação" de antissemitas se reuniu e fundou um clube próprio, cujos títulos só podiam ser comprados por judeus. O Hillcrest foi construído num belo parque, a poucas milhas do centro de Beverly Hills e logo se tornou famoso por ter o melhor bufê e as conversas mais interessantes da cidade. Os gentios queriam por força ser admitidos e, num gesto de tolerância, a diretoria determinou que uns poucos não judeus teriam permissão para se filiar ao clube.

Toby sempre se sentava na mesa dos comediantes, onde as inteligências de Hollywood se reuniam para trocar piadas e competir umas com as outras. Mas nesse dia Toby pensava em outras coisas. Levou Clifton para uma mesa de canto e disse:

— Preciso de seus conselhos, Clifton.

O pequeno agente levantou os olhos para ele, surpreso. Fazia muito tempo que Toby não lhe pedia conselhos.

— É claro, meu rapaz.

— Trata-se dessa moça — começou Toby e imediatamente Clifton entendeu tudo.

Metade da cidade já estava sabendo da história. Era a maior piada do momento em Hollywood; um colunista chegara mesmo a dar a notícia sem citar nomes. Toby lera e comentara:

— Quem será o palhaço?

O grande amante estava amarrado numa garota da cidade que lhe dera um fora. Só havia uma maneira de abordar essa situação.

— Jill Castle — dizia Toby. — Lembra-se dela? Aquela garota que participou do programa?

— Ah, sim, uma moça muito atraente. Qual é o problema?

— Não tenho a menor ideia — admitiu Toby. — É como se ela tivesse alguma coisa contra mim. Cada vez que a convido para um programa, levo um fora. Faz com que me sinta um lixo qualquer de Iowa.

Clifton arriscou:

— Por que não para de convidá-la?

— Aí é que entra a parte mais louca, meu chapa. Não consigo. Aqui entre nós e o meu pau, nunca na vida desejei tanto uma garota. Está ficando de um jeito que não consigo pensar em outra coisa.

Sorriu embaraçado, e acrescentou:

— Eu lhe disse que era loucura. Você tem experiência, Clifton. Que devo fazer?

Por um temerário momento, Clifton sentiu-se tentado a dizer a verdade. Mas não podia contar a Toby que a garota com quem sonhava trepava pela cidade com qualquer assistente de direção de elenco que lhe proporcionasse um dia de trabalho. Não se quisesse conservar Toby como cliente.

— Tenho uma ideia — sugeriu. — Ela encara a carreira com seriedade?

— Encara. É ambiciosa.

— Muito bem; nesse caso faça-lhe um convite que ela *tenha* de aceitar.

— Que quer dizer?

— Dê uma festa em sua casa.
— Mas acabei de lhe dizer que ela simplesmente não...
— Deixe-me terminar. Convide chefes de estúdio, produtores, diretores: gente que de algum modo poderia ajudá-la. Se ela está mesmo interessada em se tornar uma atriz, morrerá de vontade de conhecer todos eles.

Toby discou o número de Jill.
— Alô, Jill?
— Quem fala? — perguntou ela.
O país inteiro conhecia sua voz e ela perguntava quem fala!
— Toby. Toby Temple.
— Oh! — foi um som que poderia significar qualquer coisa.
— Ouça, Jill, vou dar uma pequena festa em minha casa na quarta-feira e... — ouviu-a começar a recusar e se apressou: — estou convidando Sam Winters, chefe da Pan-Pacific, e mais alguns outros chefes de estúdio, além de uns produtores e diretores. Pensei que talvez fosse bom para você conhecê-los. Poderia ir?
Houve uma pausa mínima e Jill Castle falou:
— Quarta-feira à noite. Sim, posso ir. Obrigada, Toby.
E nenhum dos dois sabia que se tratava de um encontro em Samarra.

No terraço uma orquestra tocava, enquanto garçons de libré faziam circular bandejas de *hors d'oeuvres* e taças de champanhe.
Quando Jill chegou, com 45 minutos de atraso, Toby correu nervosamente até a porta para cumprimentá-la. Ela usava um vestido simples de seda branca e o cabelo negro batia-lhe suavemente nos ombros. Estava deslumbrante. Toby não conseguia tirar os olhos dela. Jill sabia que estava maravilhosa; tinha lavado o cabelo e penteara-se com cuidado, além de gastar um tempo enorme com a maquiagem.

— Há uma porção de gente aqui que quero lhe apresentar.

Toby pegou-a pela mão e a conduziu através do grande saguão até a sala de visitas. Jill parou na porta, olhando os convidados. Conhecia quase todos os rostos ali presentes; vira-os nas capas de *Time, Life, Newsweek, Paris-Match, OGGI* ou na tela. Esta era a *verdadeira* Hollywood. Eram estes os fabricantes de filmes. Jill imaginara mil vezes esse momento, estar com essas pessoas, conversar com elas. Agora que a realidade a defrontava, tinha dificuldade para aceitar que estava mesmo acontecendo.

Toby entregou-lhe uma taça de champanhe. Tomou-lhe o braço e levou-a até um homem cercado por um grupo de pessoas.

— Sam, quero lhe apresentar Jill Castle.

Sam se virou e disse amavelmente:

— Olá, Jill Castle.

— Jill, este é Sam Winters, chefe da Pan-Pacific Studios.

— Sei quem é o Sr. Winters — disse Jill.

— Jill é atriz, Sam, uma ótima atriz. Você poderia dar-lhe um papel — um pouco de classe para sua espelunca.

— Lembrarei disso — falou Sam, polidamente.

Toby pegou a mão de Jill, segurando-a com firmeza.

— Venha, meu bem. Quero apresentá-la a todos.

Antes do fim da noite, Jill conheceu três chefes de estúdios, meia dúzia de produtores importantes, três diretores, alguns autores, vários colunistas de jornais e televisão e uma dúzia de estrelas. No jantar, sentou-se à direita de Toby. Ficou ouvindo as conversas, saboreando a sensação de estar por dentro pela primeira vez.

— ... o problema com esses filmes épicos é que se um fracassa, pode acabar com o estúdio. A Fox está na corda bamba à espera do resultado de *Cleópatra*.

— ... você já viu o último filme de Billy Wilder? Sensacional.

— É mesmo? Gostava mais dele enquanto trabalhava com Brackett. Brackett tem classe.

— Billy tem talento.

— ... então, mandei o roteiro do filme de mistério para o Peck na semana passada e ele adorou. Disse que me dará uma resposta definitiva dentro de um ou dois dias.

— ... recebi o convite para conhecer esse novo guru, Krishi Pramananada. Bom, meu caro, acontece que eu já o conhecia; fui ao *bar mitzvah* dele.

— ... o problema quanto a calcular o orçamento de um filme em 2 milhões é que, quando você põe a resposta no papel, o custo da inflação, mais os malditos sindicatos, já o fizeram subir para três ou quatro.

Milhões, pensou Jill excitada. *Três ou 4 milhões.* Recordou as intermináveis e pobres conversas no Schwab's, quando os parasitas, os sobreviventes, lançavam avidamente uns para os outros migalhas de informação sobre o que faziam os estúdios. Bem, as pessoas nestas mesas eram os *verdadeiros* sobreviventes, os responsáveis por tudo que acontecia em Hollywood.

Eram essas as pessoas que haviam mantido os portões fechados para ela, que se haviam recusado a lhe dar uma chance. Qualquer um dos presentes à mesa poderia tê-la ajudado, poderia ter modificado sua vida, mas nenhum dispusera de cinco minutos para gastar com Jill Castle. Ela deu uma olhada para o produtor que estava fazendo sucesso com um grande e novo filme musical: ele se recusara a uma entrevista com Jill.

Na outra extremidade da mesa um famoso diretor de comédias conversava animadamente com a estrela de seu último filme. Ele se recusara a receber Jill.

Sam Winters conversava com o chefe de outro estúdio. Jill lhe mandara um telegrama pedindo que observasse seu trabalho num programa de televisão. Ele jamais se dignara a responder.

Eles pagariam pelas humilhações e insultos, eles e todo mundo nessa cidade que a tratara com desprezo. Agora, ela nada significava para as pessoas presentes, mas iria significar. Ah, sim. Um dia significaria muito.

A comida estava magnífica, mas Jill estava preocupada demais para reparar no que comia. Terminado o jantar, Toby se levantou e disse:

— É melhor nos apressarmos senão eles começam o filme sem nós.

Segurando Jill pelo braço, abriu caminho em direção à grande sala de projeção onde seria exibido o filme.

A sala estava preparada para que sessenta pessoas pudessem assistir ao filme confortavelmente instaladas em sofás e poltronas. Num dos lados da entrada havia um compartimento aberto cheio de doces e do outro uma máquina de pipocas.

Toby sentou-se ao lado de Jill. Ela percebeu que durante toda a projeção seus olhos se voltavam mais para ela do que para o filme. Terminada a sessão, as luzes foram acesas e servidos café e bolos. Meia hora mais tarde os convidados começaram a se despedir. A maioria tinha compromissos cedo na manhã seguinte, com os estúdios.

Toby estava junto à porta da frente despedindo-se de Sam Winters, quando Jill se aproximou, de casaco.

— Aonde vai? — perguntou Toby. — Vou levar você para casa.

— Eu estou de carro — respondeu Jill com delicadeza. — Obrigada pela noite encantadora, Toby. — E saiu.

Toby ficou lá parado, sem poder acreditar, olhando-a afastar-se. Fizera planos fantásticos para o resto da noite. Levaria Jill para cima, até o quarto e... chegara mesmo a escolher os *tapes* que tocaria! *Qualquer uma das mulheres que estiveram aqui esta noite agradeceria a oportunidade de deitar na minha cama,* pensou ele. E eram estrelas, não faziam pontas mudas. Jill Castle era burra demais para saber o que estava recusando. Pelo que dizia respeito a Toby, estava tudo terminado. Aprendera a lição.

Jamais voltaria a falar com ela.

Toby ligou para Jill às 9 horas da manhã seguinte. Uma voz gravada atendeu o telefone: "Alô, aqui fala Jill Castle. Sinto muito não estar em casa no momento. Se deixar seu nome e telefone, ligarei quando voltar. Aguarde, por favor, até ouvir o sinal. Obrigada." Seguiu-se um som agudo.

Toby ficou parado com o fone na mão e depois desligou com força, sem deixar nenhum recado. Claro que não iria conversar com uma voz mecânica. Um minuto depois tornou a ligar. Ouviu de novo a gravação e então falou: "Você tem a voz mais bonita da cidade. Devia embalá-la e vender. Não costumo telefonar novamente para garotas que jantam e vão embora mas no seu caso resolvi fazer uma exceção. Quais são seus planos para o jantar desta..." O fone emudeceu. Ele falara demais para o maldito gravador. Ficou imóvel, sem saber o que fazer, sentindo-se um idiota. Estava furioso por ter de ligar novamente, mas discou pela terceira vez e disse: "Como dizia antes de o rabino me cortar, que tal jantarmos esta noite? Espero seu telefonema." Disse seu número e desligou.

Toby esperou inquieto o dia inteiro mas Jill não ligou. Às 7 da noite, ele pensou: *Vá para o inferno. Foi sua última chance,* baby. E dessa vez estava falando sério. Pegou o caderno de endereços e começou a folheá-lo. Não havia ninguém que o interessasse.

Capítulo 26

Foi o papel mais tremendo da vida de Jill.

Não fazia a menor ideia da razão pela qual Toby a queria tanto, já que podia ter qualquer moça em Hollywood, mas a razão não importava. O fato é que ele a queria. Durante vários dias, ela não conseguiu pensar em outra coisa senão no jantar e no jeito como as pessoas, toda aquela gente importante, paparicavam Toby. Fariam qualquer coisa por ele. De algum modo, Jill tinha de dar um jeito para que Toby fizesse qualquer coisa por *ela*. Sabia que teria de ser muito esperta: a reputação de Toby era de homem que levava uma garota para a cama e depois perdia totalmente o interesse por ela. Gostava da caça, do desafio. Jill pensou muito em Toby e na maneira como o trataria.

Ele telefonava diariamente e Jill deixou passar uma semana até concordar com um jantar. Toby ficou tão eufórico que todo o pessoal do elenco e da equipe comentou a respeito.

— Se esse bicho existisse — disse Toby a Clifton —, eu diria que é amor. Cada vez que penso em Jill, tenho uma ereção.

Riu e acrescentou:

— E quando tenho uma ereção, meu chapa, é como colocar um cartaz no Hollywood Boulevard.

Na noite em que saíram pela primeira vez, Toby pegou Jill em casa e disse:

— Temos uma mesa reservada no Chasen.

Estava certo de que seria uma aventura para ela.

— Oh?

Havia uma nota de desapontamento na voz de Jill. Ele piscou.

— Você prefere ir a outro lugar?

Era sábado, mas Toby sabia que poderia conseguir mesa em qualquer lugar: no Perino's, no Ambassador, no Derby.

— É só dizer.

Jill hesitou e disse:

— Você vai rir.

— Não, não vou.

— O Tommy's.

Toby submetia-se a uma massagem ao lado da piscina, sob os cuidados de um dos Macs, enquanto Clifton Lawrence lhe fazia companhia.

— Você não acreditaria — contava Toby entusiasmado. — Ficamos vinte minutos naquela espelunca de lanchonete. Sabe onde é o Tommy's? No centro de Los Angeles. Só bêbados vão ao centro de Los Angeles. Ela é louca. Eu pronto a torrar cem dólares de champanhe e tudo o mais com ela e a noite acaba me custando 2 dólares e 40 centavos. Queria levá-la ao Pip's depois, sabe onde fomos? Fomos andar pela praia em Santa Monica. Meu Gucci ficou cheio de areia. Ninguém passeia pela praia à noite, os mergulhadores assaltam a gente — sacudiu a cabeça, admirado. — Jill Castle. Você acredita nela?

— Não — respondeu Clifton, secamente.

— Não quis vir à minha casa para um cochilo, de modo que pensei em dar a trepada no apartamento dela, certo?

— Certo.

— Errado. Nem me deixa passar da porta. Ganho um beijo no rosto e vou para casa sozinho. Agora, que espécie de noite é essa para *Charlie-superstar*?

— Vai vê-la de novo?

— Ficou demente? Pode apostar seu doce traseiro como vou!

DESDE ENTÃO, Toby e Jill se encontraram quase todas as noites. Quando ela se recusava a vê-lo porque estava ocupada ou tinha compromisso cedo na manhã seguinte, Toby ficava desesperado. Telefonava-lhe uma dúzia de vezes por dia.

Levou-a aos mais elegantes restaurantes e aos clubes particulares mais exclusivos da cidade. Por sua vez, Jill levou-o ao velho passeio de tábuas na praia de Santa Monica, ao Trancas Inn, ao pequeno restaurante pertencente a uma família francesa, o Taix, ao Papa De Carlos e a todos os lugares escondidos frequentados por uma aspirante a atriz sem dinheiro. Toby não se importava com os lugares, desde que Jill estivesse junto.

Era a primeira pessoa que conhecera capaz de fazer desaparecer seu sentimento de solidão.

TOBY QUASE TEMIA ir para a cama com Jill agora, receando que isso destruísse a mágica. Contudo, desejava-a mais do que nunca na vida desejara uma mulher. Certa vez, ao fim de uma noite, enquanto Jill lhe dava um leve beijo de boa-noite, Toby passou a mão entre suas pernas e disse:

— Por Deus, Jill, vou enlouquecer se não tiver você.

Ela se afastou e disse com frieza:

— Se é isso que você quer, pode comprar em qualquer parte da cidade por 20 dólares.

Bateu a porta no rosto dele. Mais tarde, encostou-se na porta tremendo, com medo de ter ido longe demais. Passou a noite em claro, preocupada.

No dia seguinte, Toby lhe enviou uma pulseira de diamantes e Jill percebeu que estava tudo bem. Devolveu o presente com um bilhete cuidadosamente pensado: "Seja como for, obrigada. Você faz com que eu me sinta maravilhosa."

— Custou-me 3 mil — disse Toby a Clifton com orgulho. — E ela me devolve! — Balançou a cabeça incrédulo. — Que se pode pensar de uma garota assim?

Clifton poderia ter dito exatamente o que pensava, mas limitou-se a comentar:

— Não resta dúvida de que ela é fora do comum, caro rapaz.

— Fora do comum! — exclamou Toby. — Toda garota desta cidade agarra o que pode deitar as mãos em cima. Jill é a primeira moça que conheço que não dá a mínima para coisas materiais. Você me culpa por estar louco por ela?

— Não — disse Clifton.

Mas começava a se preocupar. Sabia tudo sobre Jill e imaginava se não deveria ter falado antes.

— Eu não me oporia se você quisesse aceitar Jill como cliente — falou Toby. — Aposto que ela poderia se tornar uma grande estrela.

Clifton escapou com habilidade, mas firmemente:

— Não, obrigado, Toby. Uma superestrela nas mãos é suficiente — respondeu, rindo.

Naquela noite, Toby repetiu esse comentário para Jill.

DEPOIS DA FRACASSADA tentativa com Jill, Toby teve o cuidado de não abordar mais aquele assunto. Na realidade, orgulhava-se de Jill por recusá-lo; todas as outras moças com quem saíra haviam-se comportado como capachos. Jill não. Quando Toby fazia algo que ela achava fora da linha, Jill falava. Certa noite ele ofendeu um homem que o aborrecia pedindo autógrafo. Mais tarde, Jill disse:

— Quando você é sarcástico no palco é engraçado, Toby, mas aquele homem ficou ofendido.

Toby voltou e pediu desculpas ao homem.

JILL DISSE ACHAR que Toby bebia demais e que isso não lhe fazia bem. Toby passou a beber menos. Ela fez um comentário casual sobre suas roupas e ele mudou de alfaiate. Toby permitia que Jill dissesse coisas que ele não toleraria de ninguém no mundo, ninguém jamais ousara dar-lhe ordens ou criticá-lo.

Com exceção, é claro, de sua mãe.

JILL RECUSAVA-SE a aceitar dinheiro ou presentes caros de Toby, mas este sabia que ela não podia ter muito dinheiro e seu comportamento corajoso fez com que Toby sentisse ainda maior orgulho dela. Certa noite, no apartamento de Jill, enquanto Toby esperava que ela acabasse de se preparar para jantar, notou uma pilha de contas na sala. Toby pôs todas no bolso e no dia seguinte mandou que Clifton as pagasse. Sentiu-se vitorioso, mas queria fazer algo de grande por Jill, algo importante.

E de súbito compreendeu o que seria.

— Sam, vou lhe fazer um tremendo favor!

Cuidado com estrelas que trazem presentes, pensou Sam Winters maldosamente.

— Você tem andado louco à procura de uma garota para o filme de Keller, certo? — perguntou Toby. — Bom, arranjei a garota para você.

— Alguém que eu conheça? — perguntou Sam.

— Você a conheceu na minha casa. Jill Castle.

Sam lembrava-se de Jill, rosto e corpo lindos, cabelos negros. Velha demais para o papel da adolescente no filme de Keller. Mas se Toby Temple queria que fosse testada para o papel, Sam faria sua vontade.

— Mande-a vir falar comigo esta tarde — disse.

Sam cuidou para que o teste de Jill Castle fosse bem trabalhado. Designou um dos melhores *cameraman* do estúdio e encarregou o próprio Keller da direção do teste.

No dia seguinte. Sam examinou o copião. Como pensara, Jill era madura demais para o papel da adolescente. Fora isso, não era má, mas faltava-lhe carisma, a magia que emana da tela.

Ligou para Toby Temple.

— Examinei o teste de Jill esta manhã, Toby. Ela fotografa bem e sabe dizer as falas, mas não é grande atriz. Poderia ganhar bom dinheiro em papéis secundários, mas se está decidida a ser estrela, acho que está no negócio errado.

Naquela noite Toby apanhou Jill para levá-la a um jantar em homenagem a um famoso diretor inglês recém-chegado a Hollywood. Jill queria muito ir.

Ela abriu a porta para Toby e no momento que ele entrou Jill percebeu que havia algo errado.

— Você tem notícias do meu teste — disse ela.

Ele assentiu, hesitante.

— Conversei com Sam Winters.

Disse a ela a opinião de Sam, tentando suavizar o choque. Jill ficou parada ouvindo, sem dizer uma palavra. Estivera *tão* certa. O papel parecera tão *bom*. Vinda de lugar nenhum, surgiu-lhe a lembrança da taça de ouro na vitrina da loja de departamentos. A garotinha sofrera com a dor do desejo e da perda; agora, Jill experimentava a mesma sensação de desespero.

— Olhe, querida, não se preocupe com isso. Winters não sabe do que está falando — dizia Toby.

Mas acontece que Winters sabia. Ela jamais conseguiria. Toda a agonia, a dor e a esperança haviam sido em vão. Era como se sua mãe estivesse com a razão: um Deus vingativo parecia estar punindo Jill por algo que ela desconhecia. Podia ouvir a voz do pregador gritando: *Veem aquela menina? Ela arderá no Inferno por seus pecados se não entregar a alma a Deus e pedir perdão.* Jill chegara a Hollywood com amor e sonhos mas a cidade a degradara.

Foi tomada por um insuportável sentimento de tristeza e só percebeu que estava soluçando quando sentiu o braço de Toby a enlaçá-la.

— Shh! Tudo bem — disse ele e seu carinho fê-la chorar mais ainda.

Jill ficou parada nos braços de Toby e contou-lhe sobre o pai que morrera na hora do seu nascimento, sobre a taça de ouro, os *Holy Rollers,* as dores de cabeça e as noites cheias de terror enquanto ela esperava que Deus lhe enviasse a morte. Contou sobre os intermináveis e deprimentes empregos que tivera para conseguir tornar-se atriz, sobre a série de fracassos. Algum instinto profundamente enraizado impediu-a de mencionar os homens de sua vida. Embora tivesse começado fazendo um jogo com Toby, agora já não podia mais fingir. Foi nesse momento de total vulnerabilidade que ela o alcançou: tocou numa profunda fibra de seu ser, jamais antes atingida por ninguém.

Ele pegou o lenço no bolso e secou-lhe as lágrimas.

— Ei, se acha que *sua* vida foi dura — falou — escute só isso. Meu velho era açougueiro e...

Conversaram até às 3 da manhã. Pela primeira vez na vida, Toby conversou com uma garota como ser humano. Ele a compreendia, como não compreender, se era ele próprio?

Nenhum dos dois jamais soube quem deu o primeiro passo. O que começara como um conforto suave e cheio de compreensão transformou-se lentamente num desejo sensual, primitivo. Beijaram-se com sofreguidão, Toby abraçava-a fortemente. Jill sentiu a pressão do membro contra seu corpo. Precisava dele e ele se despia, ela o ajudava e de repente lá estava ele nu a seu lado, na escuridão e havia uma sensação de urgência nos dois. Deitaram-se no chão. Toby a penetrou e Jill soltou um gemido ao sentir o tamanho do membro; Toby começou a se afastar e ela o puxou para mais perto de si, segurando-o tenazmente. Então ele começou, penetrando-a, completando-a, fazendo de seu corpo um todo. Foi delicado e, cheio de amor, foi aumentando, tornou-se desenfreado e exigente e de súbito viram-se além disso. Foi um êxtase, um arrebatamento insuportável, um acasalamento animal, inconsciente e Jill gritava: "Ame-me, Toby! Ame-me, ame-me!" Seu corpo resfolegante estava sobre ela, dentro dela, era parte dela e os dois se transformaram numa só pessoa.

Amaram-se a noite inteira e conversaram e riram e foi como se sempre houvessem pertencido um ao outro.

Se Toby pensava, antes, que gostava de Jill, agora ficara absolutamente louco por ela. Deitaram-se na cama e ele a abraçou, protegendo-a, enquanto pensava, admirado: *É isso que é amor*. Virou-se para olhá-la: Jill parecia cálida, desarrumada e surpreendentemente bonita. Toby jamais amara alguém tanto assim e disse:

— Quero me casar com você.

Era a coisa mais natural do mundo. Ela o abraçou com força e respondeu:

— Oh, sim, Toby!

Amava-o e ia casar-se com ele.

E foi somente horas depois que Jill se lembrou do porquê de tudo isso. Ela havia desejado o poder de Toby. Quisera dar a retribuição a todos que a haviam usado, ferido, degradado. Queria vingança.

E agora a teria.

Capítulo 27

Clifton Lawrence estava numa encrenca. De certa forma, supunha, a culpa era sua por ter deixado que as coisas chegassem a esse ponto. Estava sentado no bar de Toby e este dizia:

— Pedi-a em casamento esta manhã, Clifton, e ela aceitou. Sinto-me como um garoto de 16 anos.

Clifton tentou impedir que seu rosto traísse o choque. Teria de ser extremamente cuidadoso na maneira de enfrentar esse assunto. De uma coisa estava certo: não podia deixar a vagabundazinha casar com Toby Temple. No momento em que o casamento fosse anunciado, todos os machões de Hollywood viriam à luz para proclamar que já tinham provado a sua parte. Era um milagre que Toby ainda não tivesse descoberto a verdade sobre Jill, mas isso teria de acontecer um dia. Quando ficasse sabendo, Toby mataria alguém. Descarregaria sobre todo mundo à sua volta, todos que tinham deixado que tal coisa lhe acontecesse e Clifton Lawrence seria o primeiro a sentir o ímpeto da ira de Toby. Não, Clifton não podia deixar esse casamento acontecer. Sentiu-se tentado a frisar que Toby era vinte anos mais velho que Jill, mas controlou-se; olhou para Toby e falou cautelosamente:

— Talvez seja um erro apressar as coisas. Leva muito tempo para se conhecer realmente uma pessoa. É possível que você mude de...

— Você será meu padrinho — disse Toby, sem ligar para o comentário. — Acha que devemos casar aqui ou em Las Vegas?

Clifton sabia que estava perdendo tempo. Só havia um meio de impedir esse desastre: tinha de achar um jeito de deter Jill.

Na mesma tarde, o pequeno agente telefonou para Jill e pediu-lhe que viesse a seu escritório. Ela chegou com uma hora de atraso, deu-lhe um beijo no rosto, sentou-se na ponta do sofá e disse:

— Não disponho de muito tempo, vou-me encontrar com Toby.

— Não demorará muito.

Clifton estudou-a. Era uma Jill diferente. Quase não tinha nenhuma semelhança com a moça que ele encontrara pela primeira vez há alguns meses. Agora, parecia dona de uma confiança, de uma segurança que antes não possuía. Bem, não era a primeira vez que Clifton lidava com garotas dessa espécie.

— Jill, vou ser bem claro. Você é prejudicial para Toby. Quero que saia de Hollywood.

Tirou um envelope branco de uma gaveta.

— Aqui estão 5 mil dólares em dinheiro. Isto é o suficiente para levá-la a qualquer lugar.

Ela ficou olhando por um momento, uma expressão de surpresa na face; depois se recostou no sofá e começou a rir.

— Não estou brincando — disse Clifton Lawrence. — Acha que Toby casaria com você se descobrisse que você já foi para a cama com Hollywood inteira?

Jill encarou Clifton por um longo momento. Queria dizer-lhe que era *ele* o responsável por tudo que lhe acontecera, ele e os outros donos do poder que se haviam recusado a lhe dar uma chance. Eles a fizeram pagar com o corpo, o amor-próprio, a alma.

Mas Jill sabia que seria impossível fazê-lo compreender. Clifton estava blefando; não ousaria contar a Toby sobre ela, seria sua palavra contra a de Jill.

Levantou-se e saiu do escritório.

Uma hora mais tarde Clifton recebeu uma chamada de Toby. Nunca o vira tão excitado.

— Não sei o que você disse a Jill, meu chapa, mas tenho de lhe contar: ela não quer esperar. Estamos a caminho de Las Vegas para nos casarmos!

O LEAR ESTAVA a 35 milhas do Aeroporto Internacional de Los Angeles, voando a 250 nós. David Kenyon fez contato com o controle de pouso LAX e deu sua posição.

Estava eufórico, ia ao encontro de Jill.

Cissy se recuperara da maioria dos ferimentos sofridos no acidente mas seu rosto fora severamente atingido. David a mandara ao maior cirurgião plástico do mundo, um médico brasileiro. Ela partira há seis semanas e, nesse meio-tempo, mandara-lhe notícias entusiasmadas sobre o médico.

Vinte e quatro horas antes, David recebera um telefonema de Cissy, ela não voltaria. Estava apaixonada.

David não podia acreditar em sua sorte.

— Isso é... é maravilhoso — gaguejou. — Espero que você e o doutor sejam felizes.

— Oh, não é o doutor — replicou Cissy. — É o dono de uma pequena plantação. Ele se parece demais com você, David. A única diferença é que me ama.

O som do rádio interrompeu-lhe os pensamentos. "Lear Três Alfa Papa, aqui fala o Controle de Pouso de Los Angeles. Tem permissão para aterrissar na Pista 25 da Esquerda. Quando pousar, por favor, desloque-se para a rampa à sua direita."

— Entendido.

David começou a descer e seu coração disparou. Estava prestes a encontrar Jill, a dizer-lhe que ainda a amava, pedi-la em casamento.

Ao atravessar o terminal, passou por uma banca de jornais e viu a manchete: "TOBY TEMPLE CASA-SE COM ATRIZ." Leu a notícia duas vezes e foi para o bar do aeroporto.

Ficou bêbado durante três dias e depois voou de volta para o Texas.

Capítulo 28

Foi uma lua de mel fantástica. Toby e Jill voaram num jato particular para Las Hadas, onde se hospedaram com os Patiño em sua estância encantada, incrustada entre a selva e a praia mexicana. Os recém-casados ficaram numa villa separada, cercada de cactos, hibiscos e buganvílias de cores brilhantes, onde aves exóticas cantavam a noite inteira. Passaram dez dias entre passeios, iates e festas. Tiveram jantares deliciosos no Legazpi, preparados por chefs especializados, e nadaram em piscinas naturais. Jill fez compras nas sofisticadas butiques da Plaza.

Do México voaram para Biarritz, onde ficaram no Hotel du Palais, a espetacular casa que Napoleão III construiu para a Imperatriz Eugênia. O casal em lua de mel jogou nos cassinos, assistiu a touradas e fez amor noites inteiras.

Da Costa Basca voaram para Gstaad, a 35 mil pés acima do nível do mar, nos Alpes Suíços. Voaram entre os picos das montanhas para apreciar a vista, passando sobre o Mont Blanc e o Matterhorn. Esquiaram pelas estonteantes encostas brancas, andaram de trenó puxado por cães, degustaram *fondues* em várias festas e dançaram. Toby nunca fora tão feliz, achara a mulher que tornava sua vida completa. Já não estava mais solitário.

Por ele, a lua de mel duraria para sempre, mas Jill estava ansiosa por voltar. Não tinha qualquer interesse por aqueles lugares nem aquelas pessoas. Sentia-se como uma rainha recentemente coroada que tivesse sido afastada de seu país. Jill Castle mal podia esperar a volta a Hollywood.

A Sra. Toby Temple tinha contas a acertar.

LIVRO TERCEIRO

Capítulo 29

É POSSÍVEL SENTIR O CHEIRO do fracasso: adere como um miasma. Tal como os cães detectam o odor do medo numa pessoa, pode-se sentir quando um homem começa a cair.

Sobretudo em Hollywood.

Todo mundo no Negócio sabia que Clifton Lawrence estava acabado, antes mesmo de ele próprio saber. Podia-se sentir o cheiro no ar à sua volta.

Clifton não tivera qualquer notícia de Toby ou Jill na semana que se passara desde a volta do casal da lua de mel. Ele mandara um presente caro e três recados telefônicos, que não foram respondidos. Jill, de algum modo, conseguira pôr Toby contra ele. Clifton sabia que precisava conseguir uma trégua. Ele e Toby significavam demais um para o outro, não podiam deixar que alguém se intrometesse.

Clifton foi até a casa numa manhã em que sabia que Toby estaria no estúdio. Jill viu-o chegar e abriu a porta para ele. Estava maravilhosa e Clifton lhe disse isso. Ela foi amável. Sentaram-se no jardim e tomaram café; Jill contou-lhe sobre a lua de mel e os lugares que visitara.

— Sinto muito por Toby não ter respondido a seus telefonemas, Clifton. Você não imagina como ele tem andado atarefado por aqui.

Ela sorriu, desculpando-se, e Clifton compreendeu que se enganara. Jill não era sua inimiga.

— Gostaria de começar tudo de novo: vamos ser amigos.

— Concordo, Clifton. Obrigada.

Clifton teve uma imensa sensação de alívio.

— Quero dar uma festa para você e Toby. Alugarei o salão privado do Bistrô no outro sábado. *Black-tie.* Cem convidados, seus amigos mais íntimos. Que acha?

— Ótimo. Toby ficará satisfeito.

JILL ESPEROU ATÉ a tarde antes da festa para telefonar.

— Sinto muito, Clifton. Receio não poder ir esta noite. Estou um pouco cansada. Toby acha que devo ficar em casa e descansar.

Clifton deu um jeito de esconder o que sentia.

— Lamento, Jill, mas compreendo. Toby virá, não?

Ouviu-se um suspiro:

— Receio que não, meu caro. Ele não vai a lugar nenhum sem mim. Mas espero que a festa corra bem. — E desligou.

Era tarde demais para cancelar a festa. A conta foi de 3 mil dólares, mas custou bem mais do que isso a Clifton. Seu convidado de honra lhe dera um fora, seu único cliente e todo mundo, chefes de estúdios, estrelas, diretores, todo mundo importante de Hollywood, percebeu isso. Clifton tentou disfarçar dizendo que Toby não estava passando bem. Foi a pior coisa que poderia ter feito. Ao pegar um exemplar do *Herald Examiner* na tarde seguinte, deu com a foto do Sr. e Sra. Toby Temple tirada no Estádio Dodgers, na noite anterior.

CLIFTON LAWRENCE sabia agora que lutava por sua própria vida. Se Toby o abandonasse, não haveria ninguém para lhe dar a mão. Nenhuma das grandes agências o admitiria porque ele não lhes poderia trazer clientes importantes; e Clifton não tolerava a ideia de começar tudo de novo sozinho. Era tarde demais para isso. *Tinha* de achar um meio de conseguir a paz com Jill. Telefonou para ela e disse que gostaria de visitá-la para conversar.

— É claro — disse ela. — Eu disse a Toby ontem à noite que não temos visto você ultimamente.

— Chego aí dentro de 15 minutos — falou Clifton.

Foi até o bar e preparou um uísque duplo. Isso vinha acontecendo com frequência nos últimos tempos. Era um mau hábito beber durante um dia de trabalho, mas a quem estava enganando? Que trabalho? Recebia diariamente ofertas importantes para Toby, mas não conseguia fazer com que o grande homem sentasse para discuti-las com ele. Antigamente, costumavam conversar sobre tudo. Recordou os bons tempos do passado, as viagens que haviam feito, as festas, os risos, as garotas. Os dois eram unidos como irmãos gêmeos. Toby precisara dele, contara com ele. E agora... Clifton preparou mais um drinque e ficou satisfeito ao constatar que suas mãos não estavam tremendo demais.

Quando Clifton chegou à casa dos Temple, encontrou Jill no terraço tomando café. Ela ergueu os olhos e sorriu ao vê-lo aproximar-se. *Você é um vendedor,* ele disse para si mesmo. *Convença-a.*

— É bom ver você, Clifton. Sente-se.

— Obrigado, Jill.

Sentou-se diante dela, do outro lado de uma grande mesa de ferro forjado, e examinou-a. Jill usava um vestido branco de verão e o contraste deste com o cabelo negro e a pele dourada, queimada de sol, era fabuloso. Ela parecia mais jovem e, única palavra que ocorreu a Clifton, inocente. Observava-o com um olhar afetuoso e amável.

— Quer tomar café, Clifton?

— Não, obrigado. Comi há horas.

— Toby não está.

— Eu sei. Queria conversar com você a sós.

— Que posso fazer por você?

— Aceitar meu pedido de desculpas — disse ele apressadamente.

Jamais implorara nada a ninguém em sua vida; seria a primeira vez.

— Nós... eu comecei com o pé esquerdo. Talvez tenha sido culpa minha, provavelmente foi. Toby tem sido meu cliente e amigo por tanto tempo que eu... eu queria protegê-lo. Você compreende?

— Claro, Clifton — disse Jill, com os olhos castanhos fixos nele. Clifton respirou fundo.

— Não sei se ele lhe contou a história, mas fui eu que lancei Toby. Soube que se tornaria um grande astro desde a primeira vez que o vi.

Percebeu que Jill estava prestando o máximo de atenção.

— Naquela época, Jill, eu cuidava de uma porção de clientes. Desfiz-me de todos para poder concentrar-me na carreira de Toby.

— Toby me falou do muito que você fez por ele — disse ela.

— Ele falou? — Clifton odiou a ânsia que percebeu na própria voz.

Jill sorriu.

— Contou-me sobre aquela vez em que fingiu que Sam Goldwyn havia telefonado para você e como você foi vê-lo assim mesmo. Foi simpático aquilo.

Clifton inclinou-se e falou:

— Não quero que nada aconteça a meu relacionamento com Toby. Preciso ter você do meu lado. Peço-lhe que esqueça de tudo que aconteceu entre nós. Peço desculpas por ter agido daquela maneira. Pensei que estivesse protegendo Toby. Bem, enganei-me; acho que você vai fazer muito bem a ele.

— É o que quero. Muito.

— Se Toby me abandonar, eu... acho que me mataria. Não me refiro apenas aos negócios. Eu e ele temos... ele tem sido como um filho para mim. Gosto muito dele.

Desprezou-se por fazê-lo, mas voltou a implorar:

— Por favor, Jill, pelo amor de Deus... — calou-se, com a voz embargada.

Observou-o por um longo momento com aqueles profundos olhos castanhos e depois estendeu a mão.

— Não guardo ressentimentos — disse. — Pode vir jantar conosco amanhã à noite?

Clifton respirou fundo e sorriu satisfeito, dizendo:

— Obrigado. — Percebeu que de repente seus olhos ficaram úmidos. — Eu... eu não vou esquecer isto. Nunca.

Na manhã seguinte, quando Clifton chegou ao escritório, deu com uma carta registrada notificando-o de que seus serviços haviam sido encerrados e que já não tinha mais autoridade para atuar como agente de Toby Temple.

Capítulo 30

Jill Castle Temple foi a coisa mais sensacional a atingir Hollywood desde o aparecimento do cinemascope. Numa cidade em que todos participavam do jogo de elogiar as roupas do imperador, Jill usava a língua como uma foice. Numa cidade em que a adulação era a moeda corrente das conversas, Jill dizia o que pensava, destemidamente. Tinha Toby a seu lado e brandia seu poder como uma arma, atacando todos os importantes executivos dos estúdios. Eles não ousavam ofendê-la porque não queriam ofender Toby, era o astro mais lucrativo de Hollywood e todos o queriam, precisavam dele.

Toby fazia mais sucesso do que nunca. Seu programa de televisão ainda ocupava o primeiro lugar nos índices semanais, seus filmes davam enorme lucro e quando ia a Las Vegas, a renda dos cassinos duplicava. Toby era o produto mais quente do *show business*. Queriam-no como convidado, para álbuns de discos, em aparições pessoais, para promoções, benefícios, filmes, queriam-no, queriam-no, queriam-no.

As pessoas mais importantes da cidade se desdobravam para agradar Toby. Logo aprenderam que a maneira de agradá-lo era satisfazendo Jill. Ela passou a se encarregar pessoalmente da programação dos compromissos de Toby, organizando a vida dele de maneira que só comportasse lugar para as pessoas que ela aprovava. Ergueu uma barricada intransponível em torno dele e só os ricos, os famosos e os poderosos tinham permissão para atravessá-la. Jill era a guardiã da chama. A garotinha polonesa de Odessa, no Texas, recebia e era recebida por governantes, embaixadores, artistas de renome mundial e o presidente dos Estados Unidos. Essa cidade lhe fizera coisas terríveis, mas jamais tornaria a fazê-las. Não enquanto ela tivesse Toby Temple.

A LISTA DE ÓDIO de Jill era integrada por aqueles que estivessem realmente em dificuldades.

Ela se deitava na cama com Toby e amava-o sensualmente. Quando via Toby relaxado e exausto, aninhava-se em seus braços e dizia:

— Querido, já lhe contei sobre a época em que estava procurando um agente e fui ver aquela mulher... Como era mesmo o nome dela? Ah, sim, Rose Dunning. Ela disse que tinha um papel para mim e sentou na cama para ler as falas junto comigo.

Toby virou-se para olhá-la, franzindo o cenho:

— Que aconteceu?

Jill sorriu.

— Inocente e estúpida como eu era, comecei a ler e senti a mão dela subindo pela minha coxa.

Jill inclinou a cabeça para trás e riu:

— Fiquei apavorada. Nunca corri tanto na vida.

Dez dias depois, a licença de agente de Rose Dunning foi revogada em caráter definitivo pela Comissão de Licenciamento da Cidade.

NO FIM DE SEMANA seguinte, Toby e Jill foram para sua casa de Palm Springs. Toby estava deitado numa mesa de massagens no pátio, sobre uma pesada toalha turca, enquanto Jill ministrava-lhe uma longa e relaxante massagem. Ele estava deitado de costas, com chumaços de algodão protegendo-lhe os olhos do sol forte. Jill massageava-lhe os pés usando uma suave loção cremosa.

— Você me abriu mesmo os olhos com relação a Clifton — disse ele. — Não passava de um parasita, sugando-me. Ouvi dizer que ele anda pela cidade tentando encontrar um sócio mas ninguém o quer. Sem mim, ele não consegue nem ser preso.

Jill fez uma pausa e falou:

— Tenho pena de Clifton.

— Esse é o seu maldito problema, querida. Você pensa com o coração e não com a cabeça. Precisa aprender a ser mais dura.

Ela sorriu tranquilamente:

— Não posso evitar. Sou como sou.

Começou a massagear as pernas de Toby, passando as mãos lentamente em direção às coxas com movimentos leves e sensuais. Ele começou a ter uma ereção.

— Jesus... — gemeu.

As mãos dela estavam mais acima, movendo-se em direção à virilha de Toby, fazendo aumentar a rigidez. Ela mergulhou as mãos entre as pernas de Toby, enfiou-lhe um dedo coberto de creme. O enorme pênis estava duro como pedra.

— Rápido, *baby* — disse Toby. — Suba em mim.

Estavam na marina, no veleiro *Jill*, o grande barco a vela e a motor que Toby comprara para ela. O primeiro programa de televisão de Toby para a nova temporada deveria ser gravado no dia seguinte.

— Essas são as melhores férias da minha vida — disse Toby. — Estou com ódio de ter de voltar ao trabalho.

— Mas é um programa tão maravilhoso — disse Jill. — Foi divertido participar dele. Foram todos tão gentis.

Fez uma pausa e acrescentou num tom casual:

— Quase todos.

— O que quer dizer? — A voz de Toby soou aguda. — Quem não foi gentil com você?

— Ninguém, querido. Nem deveria ter tocado no assunto.

Mas acabou por deixar Toby extrair-lhe o nome e no dia seguinte Eddie Berrigan, o diretor de elenco, foi despedido.

Nos meses seguintes, Jill contou a Toby uma série de outras ficções sobre outros diretores de elenco constantes de sua lista, e um por um eles desapareceram. Todos que a haviam usado teriam de pagar. Era, pensou ela, tal como o ritual do acasalamento com a abelha rainha: todos haviam tido seu prazer e agora precisavam ser destruídos.

Desferiu o ataque contra Sam Winters, o homem que dissera a Toby que ela não tinha talento. Jamais disse uma só palavra contra ele; pelo contrário, elogiava-o perante Toby. Mas sempre elogiava um pouquinho mais outros chefes de estúdios... os outros estúdios tinham mais vantagens para Toby... diretores que realmente o compreendiam. Jill acrescentava que não podia deixar de achar que Sam Winters não reconhecia realmente o talento de Toby. Dentro de pouco tempo, este passou a ter a mesma impressão. Sem Clifton Lawrence, Toby não tinha ninguém com quem falar, ninguém para confiar, senão Jill. Quando decidiu passar a filmar em outro estúdio, pensou que a ideia fosse exclusivamente sua. Mas Jill cuidou para que Sam Winters soubesse da verdade.

Retribuição.

Em torno de Toby havia quem achasse que Jill não poderia durar muito, que não passava de uma intrusa passageira, uma mania temporária. Por isso a toleravam ou tratavam-na com um desprezo levemente velado. Foi aí que erraram. Um por um, Jill eliminou todos. Não queria por perto ninguém que tivesse sido importante na vida de Toby ou que pudesse influenciá-lo contra ela. Cuidou para que Toby mudasse de advogado e de firma publicitária; contratou pessoal escolhido por ela própria. Livrou-se dos Macs e da corte de parasitas de Toby. Substituiu todos os empregados: agora, a casa era *sua* e era ela quem dava as ordens.

As festas na casa dos Temple tornaram-se o programa mais quente da cidade. Todo mundo que era alguém estava lá. Atores misturavam-se à gente da alta sociedade, governadores e chefes de poderosas empresas. A imprensa sempre comparecia com força total, de modo que os felizes convidados sempre ficavam recompensados: não apenas frequentavam a casa dos Temple e se divertiam, como todo mundo ficava sabendo que haviam estado na casa dos Temple e se divertido.

Quando não recebiam, os Temple eram convidados. Havia uma avalanche de convites: para pré-estreias, jantares de caridade, eventos políticos, inaugurações de restaurantes e hotéis.

Toby gostaria de ficar em casa a sós com Jill, mas esta adorava sair. Em certas noites, tinham de aparecer em três ou quatro festas e ela impelia Toby de uma para outra.

— Jesus, você deveria ser diretora social da *Grossinger* — dizia Toby rindo.

— Faço isso por você, querido — respondia ela.

Toby estava fazendo um filme para a MGM e tinha um horário exaustivo. Chegou tarde em casa certa noite e deu com seu traje a rigor pronto para ser vestido.

— Não vamos sair de novo, vamos, *baby*? Não ficamos em casa à noite nem uma vez a merda do ano inteiro!

— É a festa de aniversário dos Davis. Ficariam magoadíssimos se não aparecêssemos.

Toby sentou-se pesadamente na cama.

— Eu contava com um bom banho quente e uma noite tranquila. Só nós dois.

Mas foi à festa. E porque sempre tinha de aparecer, sempre ser o centro das atenções, recorreu a seu enorme reservatório de energia até fazer todo mundo rir, aplaudir e comentar como Toby Temple era brilhantemente engraçado. Tarde, naquela noite, Toby não conseguiu dormir, o corpo esgotado mas a mente ativa, revivendo os triunfos da noite frase por frase, riso por riso. Era um homem muito feliz. E tudo graças a Jill. Como sua mãe a teria adorado!

Em março, receberam o convite para o Festival de Cinema de Cannes.

— Impossível — disse Toby quando Jill mostrou-lhe os convites. — O único Cannes que vai me ver é o que está no meu banheiro. Estou cansado, querida. Tenho me matado de trabalhar.

Jerry Guttman, o relações-públicas de Toby, dissera a Jill que o filme de Toby tinha chance de ganhar o Prêmio de Melhor Filme e que a presença de Toby ajudaria muito. Ele achava importante o comparecimento do astro.

Ultimamente, Toby vinha-se queixando de cansaço o tempo todo, dizendo que não conseguia dormir. Tomava soníferos à noite, que o deixavam com uma sensação de torpor na manhã seguinte. Jill combatia o cansaço de Toby dando-lhe benzedrina no café da manhã, para que ele tivesse energia suficiente durante o dia. Agora, o ciclo de estimulantes e depressivos parecia afetá-lo.

— Já aceitei o convite — disse Jill a Toby —, mas vou cancelar. Não há problema, querido.

— Vamos passar um mês em Palm Springs, deitados no sabão.

— Quê? — ela olhou para Toby, que ficou sentado, imóvel.

— Queria dizer *sol*. Não sei como foi sair *sabão*.

Ela riu.

— Porque você é engraçado.

Apertou a mão dele.

— Seja como for, a ideia de Palm Springs é maravilhosa. Adoro ficar sozinha com você.

— Não sei o que há de errado comigo — suspirou Toby. — Simplesmente me falta aquele ânimo. Acho que estou ficando velho.

— Você nunca vai envelhecer, vai acabar comigo.

Ele riu:

— É? Acho que o meu pau viverá por muito tempo depois que eu morrer.

Passou a mão na nuca e falou:

— Acho que vou tirar um cochilo. Para dizer a verdade, não estou me sentindo muito bem. Não temos compromisso para esta noite, temos?

— Nada que eu não possa cancelar. Dispensarei os empregados e prepararei seu jantar eu mesma esta noite. Só nós dois.

— Ei, boa ideia.

Observou-a afastar-se e pensou: *Jesus, sou o sujeito mais sortudo de todos os tempos.*

ESTAVAM NA CAMA, tarde, na mesma noite. Jill dera um banho quente em Toby e fizera-lhe uma massagem relaxante, comprimindo-lhe os músculos cansados, aliviando-lhe as tensões.

— Ah, isso é maravilhoso — murmurou ele. — Como era que eu podia viver sem você?

— Não faço a menor ideia — ela se aninhou junto dele.

— Toby, fale-me do Festival de Cinema de Cannes. Como é? Nunca assisti a nenhum.

— Não passa de uma multidão de "cavadores", que vêm do mundo inteiro vender seus filmes horrorosos uns aos outros. É a maior farsa do mundo.

— Do jeito que você fala, parece excitante.

— É? Bom, imagino que de certa forma seja excitante. O lugar fica cheio de tipos.

Estudou-a por um momento.

— Você quer mesmo ir a esse festival estúpido?

Ela abanou a cabeça rapidamente:

— Não. Nós vamos para Palm Springs.

— Droga, podemos ir a Palm Springs a qualquer hora.

— Francamente, Toby, não importa.

Ele sorriu.

— Sabe por que sou tão louco por você? Qualquer outra mulher estaria me enchendo para levá-la ao festival. Você está morrendo de vontade de ir, mas não diz nada. Não. Você quer ir para Palm Springs comigo? Já cancelou a aceitação do convite?

— Ainda não, mas...

— Não cancele. Nós vamos para a Índia. — Uma expressão de espanto invadiu-lhe a face. — Eu falei Índia? Queria dizer Cannes.

QUANDO O AVIÃO aterrissou em Orly, entregaram um cabograma a Toby: seu pai morrera no hospital. Era tarde demais para voltar e assistir ao enterro. Ele cuidou para que uma nova ala fosse acrescentada à casa de repouso, levando os nomes de seus pais.

O MUNDO INTEIRO estava em Cannes.

Hollywood, Londres e Roma, tudo junto numa Babel, numa gloriosa cacofonia de som e fúria, em *Technicolor* e *Panavision*. De todos os pontos do globo os fabricantes de filmes fluíam para a Riviera Francesa, carregando sonhos enlatados debaixo do braço, rolos de celuloide em inglês, francês, japonês, húngaro, polonês, que os tornariam ricos e famosos da noite para o dia. A *croisette* estava atulhada de profissionais e amadores, veteranos e estreantes, recém-chegados e ultrapassados, todos competindo pelos prestigiosos prêmios. Ganhar um prêmio no Festival de Cannes significava dinheiro no banco; se o vencedor não tivesse acordo para distribuição, poderia conseguir um, e se já o tivesse, poderia melhorá-lo.

Todos os hotéis de Cannes estavam lotados e o excesso se espalhara ao longo da costa, até Antibes, Beaulieu, Saint-Tropez e Menton. Os habitantes das pequenas cidades contemplavam maravilhados os rostos famosos que enchiam suas ruas, restaurantes e bares.

Todos os quartos haviam sido reservados com meses de antecedência, mas Toby Temple não teve a menor dificuldade para conseguir uma grande suíte no Carlton. Toby e Jill eram festejados em toda parte: as câmeras dos fotógrafos espocavam incessantemente e suas imagens eram espalhadas pelo mundo inteiro O Casal de Ouro, o Rei e a Rainha de Hollywood. Os repórteres entrevistavam Jill, perguntando sua opinião sobre tudo, desde vinhos franceses até política africana. Estava muito longe de Josephine Czinski, de Odessa, no Texas.

O filme de Toby não ganhou o prêmio, mas duas noites antes do encerramento do festival a Comissão Julgadora anunciou a concessão de um prêmio especial a Toby Temple por sua contribuição no campo do entretenimento.

Era uma cerimônia em *black-tie* e o grande salão de banquete do Hotel Carlton estava apinhado de convidados. Jill sentava-se sobre uma plataforma, ao lado de Toby, e notou que ele não estava comendo.

— Que há, querido? — perguntou.

Toby sacudiu a cabeça:

— Acho que apanhei sol demais hoje. Sinto-me um pouco tonto.

— Amanhã vou fazê-lo descansar.

Jill programara entrevistas para Toby com o *Paris-Match* e o *Times* de Londres pela manhã, almoço com um grupo de repórteres de televisão e depois um coquetel. Resolveu cancelar o compromisso menos importante.

No fim do jantar, o prefeito de Cannes se levantou e apresentou Toby:

— Minhas senhoras, meus senhores, distintos convidados: é um grande privilégio apresentar-lhes um homem cuja obra proporcionou prazer e felicidade ao mundo inteiro. Tenho a honra de presenteá-lo com esta medalha especial, símbolo de nossa afeição e admiração.

Ergueu uma medalha de ouro presa por uma fita e inclinou-se num cumprimento a Toby.

— *Monsieur* Toby Temple!

Houve uma entusiástica salva de palmas da audiência, enquanto todos se levantavam em ovação. Toby continuou sentado, imóvel.

— Levante-se — sussurrou Jill.

Lentamente, Toby se pôs de pé, pálido e trêmulo. Ficou parado um momento, sorriu e começou a andar para o microfone. A meio caminho, tropeçou e caiu, inconsciente.

TOBY TEMPLE FOI levado de avião a Paris, num jato de transporte da força aérea francesa e encaminhado às pressas ao Hospital Americano, onde foi colocado na enfermaria de tratamento intensivo. Foram convocados os maiores especialistas franceses, enquanto Jill esperava num quarto particular do hospital. Durante 36 horas, recusou-se a comer, beber ou atender aos telefonemas que chegavam aos milhares, de todas as partes do mundo.

Ela ficou só, olhando para as paredes, sem ver nem ouvir a atividade incessante à sua volta. Sua mente concentrava-se numa única ideia: *Toby tinha de ficar bom*. Toby era seu sol e se este se apagasse, a sombra pereceria. Ela não podia deixar que isso acontecesse.

Eram 5 horas da manhã quando o Dr. Duclos, chefe da equipe, entrou no quarto que Jill reservara para si, com o fim de ficar junto de Toby.

— Sra. Temple, receio que não haja razão para tentar atenuar o choque. Seu marido sofreu um profundo derrame cerebral. Tudo indica que não voltará a andar nem a falar.

Capítulo 31

Quando finalmente permitiram que Jill entrasse no quarto de Toby, no hospital de Paris, ela ficou chocada com o aspecto dele. Da noite para o dia, Toby tornara-se velho e dessecado, como se seus fluidos vitais se houvessem esgotado. Perdera em parte o uso dos braços e das pernas e, embora conseguisse emitir sons animais, semelhantes a grunhidos, não podia falar.

Passaram-se seis semanas até os médicos permitirem que Toby fosse removido. Quando Jill e ele chegaram à Califórnia, viram-se recebidos no aeroporto pela imprensa e pela televisão, além de uma multidão de amigos. A notícia da doença de Toby Temple causara grande comoção: havia uma sucessão de telefonemas de amigos perguntando sobre o estado de saúde de Toby e suas melhoras; havia mensagens do presidente e de senadores, além de milhares de cartas e postais dos fãs que amavam Toby e estavam rezando por ele.

Mas os convites haviam cessado, ninguém aparecia para saber como *Jill* se sentia, se gostaria de comparecer a um jantar tranquilo, dar um passeio ou ver um filme. Ninguém em Hollywood se importava nem um pouco com *Jill*.

Ela convocara o médico particular de Toby, Dr. Eli Kaplan, que por sua vez chamara dois grandes neurologistas, um do Centro Médico da Ucla e o outro do Hospital John Hopkins. Seu diagnóstico foi idêntico ao do Dr. Duclos, de Paris.

— É importante compreender — disse o Dr. Kaplan a Jill — que a mente de Toby não sofreu dano algum. Ele ouve e compreende tudo que se diz, mas sua fala e as funções motoras foram lesadas, de modo que ele não pode responder.

— Será que... que ele vai ficar assim para sempre?

O Dr. Kaplan hesitou.

— É impossível dar uma certeza absoluta, evidentemente, mas em nossa opinião o sistema nervoso dele sofreu um dano sério demais para que a terapia produza qualquer efeito observável.

— Mas o senhor não tem certeza.

— Não...

Jill, porém, sabia.

ALÉM DAS TRÊS ENFERMEIRAS que cuidavam de Toby 24 horas por dia, Jill contratou os serviços de um fisioterapeuta que vinha todas as manhãs fazer exercícios com Toby. Carregava-o para a piscina e segurava-o, puxando delicadamente os músculos e tendões enquanto Toby tentava debilmente mexer braços e pernas, na água tépida. Não houve qualquer melhora. Na quarta semana foi chamada uma terapeuta da palavra; durante uma hora, todas as tardes, ela tentava ajudar Toby a reaprender a falar, a formar os sons das palavras.

Depois de dois meses, Jill não conseguiu observar qualquer melhora. Absolutamente nenhuma. Mandou chamar o Dr. Kaplan.

— O senhor tem de fazer alguma coisa por ele — exigiu. — Não pode deixá-lo ficar assim.

O médico olhou para ela, desanimado.

— Sinto muito, Jill. Tentei explicar-lhe...

Jill ficou sentada na biblioteca, sozinha, depois que o Dr. Kaplan se retirou. Sentia os primeiros sinais de uma das terríveis dores de cabeça, mas agora não havia tempo para pensar em si mesma. Ela subiu.

Toby estava recostado na cama, com os olhos perdidos no vácuo. Quando Jill se aproximou, seus profundos olhos azuis se iluminaram e a acompanharam, brilhantes e cheios de vida, enquanto Jill se acercava da cama, observando-o. Seus lábios se moveram, emitindo um som ininteligível. Lágrimas de frustração começaram a invadir-lhe os olhos. Jill recordou as palavras do Dr. Kaplan: *É importante compreender que a mente dele não sofreu dano algum.*

Sentou-se na beira da cama.

— Toby, quero que preste atenção. Você vai sair dessa cama. Você vai andar e vai falar.

As lágrimas rolaram pelas faces de Toby.

— Você vai conseguir — disse Jill. — Você vai conseguir, por mim.

Na manhã seguinte, Jill despediu as enfermeiras, o fisioterapeuta e a terapeuta da palavra. Logo que soube disso, o Dr. Kaplan apressou-se a procurar Jill.

— Concordo quanto ao fisioterapeuta, Jill, mas as *enfermeiras!* Toby precisa de alguém cuidando dele as 24 horas do...

— Eu cuidarei dele.

O médico abanou a cabeça.

— Você não faz ideia do que está arranjando. Uma pessoa só não pode...

— Chamarei se precisar do senhor.

Mandou-o sair.

Começou a provação.

Jill pretendia tentar aquilo que, segundo os médicos, era impossível. Quando pela primeira vez segurou Toby para pô-lo na cadeira de rodas, ficou assustada com seu pouco peso. Levou-o para baixo no elevador que fora instalado na casa e começou a exercitá-lo na piscina, como vira fazer o fisioterapeuta. Mas o que acontecia agora era diferente: enquanto o fisioterapeuta se mostrara delicado e incentivador, Jill era severa e implacável. Quando Toby tentava falar, querendo mostrar que estava cansado e não aguentava mais, Jill dizia:

— Ainda não acabou. Mais uma vez. Por mim, Toby. E obrigava-o a continuar.

E uma e outra vez, até que ele parava, chorando silenciosamente de exaustão.

À tarde, Jill tentava ensinar Toby a falar.

— Oo... ooooooooooooo.

— Aa... aaaaaaaaaaaa.

— Não! Ooooooooooooo. Faça um círculo com os lábios. Toby. Faça com que seus lábios o obedeçam. Ooooooooooo.

— Aaaaaaaaaaaaa...

— Não, droga! Você vai falar! Agora, faça: Ooooooooo!

E ele tentava mais uma vez.

Jill o alimentava todas as noites e depois se deitava a seu lado, enlaçando-o. Fazia as mãos inertes deslizarem sobre seu corpo, lentamente, passando-as pelos seios e pela fenda macia entre suas pernas.

— Sinta isso, Toby — murmurava. — É tudo seu, querido. Pertence a você. Eu quero você. Quero que você fique bom para podermos fazer amor novamente. Quero que você trepe em mim, Toby.

Ele olhava para Jill com aqueles olhos vivos e brilhantes, emitindo sons incoerentes e lamuriosos.

— Logo, Toby, logo.

JILL ERA INCANSÁVEL. Dispensou os empregados porque não queria ninguém por perto e daí em diante passou a cozinhar; fazia todas as compras por telefone e jamais saía de casa. No início andara muito ocupada atendendo os telefonemas, mas logo estes começaram a diminuir e finalmente cessaram. Os noticiários deixaram de informar sobre o estado de Toby Temple, o mundo sabia que ele estava morrendo. Era apenas uma questão de tempo.

Mas Jill não deixaria que Toby morresse. Se isso acontecesse, ela morreria com ele.

OS DIAS SE FUNDIAM numa rotina penosa e interminável. Jill levantava às 6 da manhã. Primeiro, limpava Toby, cuja incontinência era total. Embora usasse sonda e fraldas, sujava-se durante a noite e às vezes era preciso trocar a roupa de cama, bem como o pijama que ele vestia. O cheiro no quarto era quase insuportável. Jill enchia uma bacia de água morna, pegava uma esponja e um pano macio e limpava fezes e urina do corpo de Toby. Depois secava-o, punha-lhe talco, barbeava-o e penteava-lhe o cabelo.

— Pronto. Você está lindo, Toby. Seus fãs deveriam vê-lo agora. Mas logo o verão, vão brigar por uma chance de vê-lo. O presidente estará presente, todo mundo estará lá para ver Toby Temple.

Em seguida, ela preparava o café da manhã de Toby. Fazia mingau de aveia, creme de trigo ou ovos mexidos, comida que podia dar-lhe na boca com uma colher. Alimentava-o como se fosse um bebê, falando o tempo todo, prometendo a ele que iria ficar bom.

— Você é Toby Temple — repetia ela. — Todo mundo gosta de você, todo mundo quer vê-lo de volta. Seus fãs estão lá fora esperando por você, Toby; você tem de ficar bom, por eles.

E tinha início mais um longo e penoso dia.

ELA LEVAVA SEU CORPO inútil e aleijado até a piscina na cadeira de rodas, para os exercícios. Depois disso, fazia-lhe massagens e a terapia da palavra. Nessa altura era hora de preparar o almoço, e, após este, começava tudo de novo. Todo o tempo, Jill repetia para Toby quão maravilhoso ele era, o quanto o amavam. Ele era Toby Temple e o mundo aguardava seu regresso. À noite, ela pegava um dos álbuns de recortes e mostrava-o a Toby.

— Aqui estamos nós com a Rainha. Lembra-se dos aplausos naquela noite? É assim que vai ser outra vez. Você será maior do que nunca, Toby, maior do que nunca.

Punha-o para dormir e arrastava-se para a cama portátil que colocara ao lado da dele, exausta. No meio da noite, acordava com o cheiro fétido das fezes de Toby na cama. Levantava-se penosamente, trocava a fralda de Toby e limpava-o. Já então era hora de começar a preparar o café da manhã e dar início a um outro dia.

E mais outro, numa infinita sucessão de dias.

A cada dia Jill forçava Toby um pouco mais, um pouco além. Seus nervos estavam tão abalados que quando achava que ele não estava se esforçando, dava-lhe um tapa no rosto.

— Vamos derrotá-los — dizia com raiva. — Você vai ficar bom.

O CORPO DE JILL estava exausto da massacrante rotina à qual estava se submetendo, mas quando se deitava à noite o sono lhe escapava. Havia muitas visões rodopiando em sua cabeça, como cenas de filmes antigos. Ela e Toby cercados por repórteres no Festival de Cannes... O presidente na casa deles em Palm Springs, elogiando Jill por sua beleza... Fãs empurrando-se em torno dela e Toby numa pré-estreia... O Casal de Ouro... Toby levantando-se para receber a medalha e caindo... caindo... E finalmente ela adormecia.

Às vezes Jill despertava com uma súbita e violenta dor de cabeça que não passava. Ficava deitada na solidão do quarto escuro, lutando contra a dor, até que o sol nascia e chegava a hora dolorosa de levantar.

E tudo começava de novo. Era como se ela e Toby fossem os únicos e solitários sobreviventes de algum holocausto há muito esquecido. O mundo de Jill se reduzira às dimensões da casa, dos aposentos desse homem. Ela se movia incansavelmente desde o amanhecer até depois da meia-noite.

E impelia Toby, seu Toby prisioneiro do inferno, de um mundo que se limitava a Jill, a quem devia obedecer cegamente.

As semanas, terríveis e dolorosas, se sucederam e transformaram-se em meses. Agora, Toby chorava quando via Jill aproximar-se dele, pois sabia que ia ser castigado. A cada dia ela se tornava mais implacável; forçava os membros frouxos e inúteis de Toby a se moverem, até que o sofrimento se tornasse insuportável para ele. Toby implorava, com horríveis sons gorgolejantes, que ela parasse, mas Jill dizia:

— Ainda não. Não enquanto você não voltar a ser um homem, até mostrarmos a eles.

Continuava a torcer-lhe os músculos exaustos. Ele era um bebê crescido, desprotegido, um vegetal, um nada. Mas quando o olhava, Jill o via tal como iria ser e afirmava:

— Você vai andar!

Fazia-o levantar-se e segurava-o, ao mesmo tempo forçando uma perna após a outra, movendo-o numa grotesca paródia do caminhar, como uma marionete bêbada e desengonçada.

Suas dores de cabeça haviam-se tornado mais frequentes, geradas por luzes brilhantes, um som forte ou um movimento súbito. *Tenho de ir ao médico,* pensou ela. *Mais tarde, quando Toby estiver bom.* Agora não havia tempo nem espaço para ela própria.

Só Toby.

Era como se Jill estivesse possuída. Suas roupas estavam largas, mas não imaginava quanto peso teria perdido ou como estaria sua aparência. Seu rosto tornara-se magro e abatido, os olhos fundos. O outrora maravilhoso cabelo negro estava sem brilho e oleoso. Ela não sabia, nem teria dado importância.

Um dia, Jill achou um telegrama embaixo da porta, pedindo-lhe que telefonasse para o Dr. Kaplan. Não havia tempo, era preciso manter a rotina.

Os dias e noites se transformaram numa indistinta visão kafkiana: levar Toby, fazer os exercícios, trocar Toby, barbeá-lo, alimentá-lo.

E depois começar tudo de novo.

Ela arranjou um andador para Toby; amarrou-lhe os dedos na barra e movia-lhe as pernas, segurando-o, tentando mostrar-lhe os movimentos, fazendo-o andar de um lado para outro pelo quarto até que ele adormecia de pé, sem saber mais onde estava ou quem era, ou o que fazia.

Então, um dia, Jill compreendeu que tudo terminara.

Havia passado metade da noite acordada com Toby e finalmente fora para seu próprio quarto, onde adormecera pouco antes do amanhecer. Ao despertar, Jill viu que o sol estava alto, dormira até depois do meio-dia. Toby não fora alimentado, lavado nem trocado; lá estaria na cama, desamparado, à espera dela, provavelmente em pânico. Jill tentou levantar-se e percebeu que não podia se mover. Estava tomada por um cansaço tão infinito e profundo que seu corpo exausto já não a obedecia mais. Ficou deitada, sem ajuda, compreendendo que havia fracassado, que tudo fora em vão, todos os dias e noites de inferno, os meses de agonia, nada significara coisa alguma. Seu corpo a traíra, tal como Toby a traíra. Jill não tinha mais força para dar a ele e isso lhe deu vontade de chorar. Estava tudo acabado.

Ouviu um som na porta do quarto e levantou os olhos. Toby estava lá, de pé, sozinho, os braços trêmulos segurando o andador, a boca emitindo incompreensíveis ruídos, num esforço para dizer algo.

— Jiiiiigh... Jiiiiiigh...

Ele estava tentando dizer "Jill". Ela se pôs a soluçar incontrolavelmente, sem poder parar.

A PARTIR DESSE DIA, a melhora de Toby foi espetacular. Pela primeira vez, *ele* compreendeu que iria ficar bom; já não reclamava quando Jill o impelia além dos limites de sua resistência, gostava disso. Queria ficar bom por *ela*. Jill se transformara numa deusa; se antes a amava, agora a adorava.

E algo acontecera a Jill. Antes, lutara por sua própria vida; Toby era apenas o instrumento que era obrigada a usar. Mas de algum modo isso mudara; era como se Toby se houvesse tornado parte dela. Os dois eram um só corpo, uma só mente, uma só alma, obcecados pelo mesmo propósito. Haviam atravessado uma terrível purgação, a vida dele estivera nas mãos dela, que lhe dera alimento e forças, que a salvara, e daí nascera uma espécie de amor. Toby pertencia a Jill, tanto quanto ela pertencia a ele.

JILL MODIFICOU A DIETA de Toby, de modo que este começou a recuperar o peso perdido. Todos os dias ficava algum tempo no sol e dava longos passeios pelos jardins, primeiro com o andador e depois com uma bengala, desenvolvendo as forças. Quando finalmente Toby conseguiu andar sem qualquer apoio, os dois celebraram com um jantar à luz de velas, na sala.

Finalmente, Jill achou que Toby estava pronto para ser visto. Telefonou para o Dr. Kaplan e imediatamente a enfermeira lhe passou o aparelho.

— Jill! Fiquei preocupadíssimo. Tentei telefonar para você mas ninguém atendia nunca. Mandei um telegrama e quando não recebi resposta, pensei que você tivesse levado Toby para algum lugar. Ele está... ele...

— Venha ver com seus próprios olhos, Eli.

O Dr. Kaplan não pôde disfarçar seu espanto.

— É inacreditável — disse a Jill. — É... parece um milagre.

— É um milagre — respondeu Jill. *Só que nessa vida a gente faz os próprios milagres, pois Deus está ocupado com outras coisas.*

— As pessoas ainda me procuram perguntando sobre Toby — dizia o Dr. Kaplan. — Parece que ninguém conseguia se comunicar com você. Sam Winters telefona no mínimo uma vez por semana e Clifton Lawrence também tem perguntado.

Jill não deu importância a Clifton Lawrence. Mas Sam Winters! Isso era bom. Tinha de descobrir um meio de dizer ao mundo que Toby Temple ainda era um superastro, que os dois ainda eram o Casal de Ouro.

Na manhã seguinte, telefonou para Sam Winters e perguntou-lhe se gostaria de vir visitar Toby. Sam chegou uma hora depois; Jill abriu a porta da frente para recebê-lo e Sam tentou disfarçar o choque que teve com o aspecto dela. Jill parecia dez anos mais velha em comparação com a última vez em que a vira; seus olhos eram dois fundos poços castanhos e o rosto estava marcado por linhas profundas. Ela emagrecera tanto que parecia quase esquelética.

— Obrigada por ter vindo, Sam. Toby ficará satisfeito em vê-lo.

Sam preparara-se para encontrar Toby na cama, uma sombra do homem que fora, mas teve uma surpresa espantosa. Toby estava deitado numa almofada na beira da piscina e ao ver Sam levantou-se, com certa lentidão mas firmemente e seu aperto de mão foi seguro. Estava bronzeado e parecia saudável, melhor do que antes do derrame. Era como se por alguma alquimia misteriosa a saúde e a vitalidade de Jill houvessem fluído para o corpo de Toby e a doença que o devastara a houvesse atingido também.

— É bom ver você, Sam.

A fala de Toby estava mais lenta e precisa que antes, mas era clara e forte. Não havia sinal da paralisia sobre a qual Sam ouvira falar. Lá estava o mesmo rosto de garoto, com os brilhantes olhos azuis. Sam abraçou Toby e disse:

— Jesus, você nos deu um susto.

Toby riu e falou:

— Não precisa me chamar de "Jesus" quando estivermos a sós.

Sam observou Toby com mais atenção, maravilhado.

— Honestamente, não posso acreditar. Diabos, você está mais jovem. A cidade inteira estava tomando providências para o enterro.

— Só passando por cima do meu cadáver — sorriu Toby.

— É fantástico o que os médicos de hoje... — começou Sam.

— Os médicos, não — Toby voltou-se para Jill e seus olhos brilharam de pura adoração. — Quer saber quem é a responsável? Jill. Ela sozinha. Com as próprias mãos. Botou todo mundo para fora e me pôs de novo em pé.

Sam lançou um olhar para Jill, espantado. Nunca lhe parecera o tipo de moça capaz de um ato de tamanho desprendimento. Talvez a houvesse julgado mal.

— Quais são seus planos? — perguntou a Toby. — Suponho que pretenda descansar e...

— Ele vai voltar ao trabalho — interrompeu Jill. — Toby é talentoso demais para ficar sentado sem fazer nada.

— Estou ansioso para trabalhar — concordou Toby.

— Talvez Sam tenha um projeto para você — sugeriu Jill.

Ambos o observavam. Sam não queria desencorajar Toby, mas também não queria alimentar falsas esperanças. Não era possível fazer um filme com determinado astro a menos que este fosse segurado e nenhuma companhia de seguros cobriria Toby Temple.

— Não há nada disponível no momento — disse Sam cautelosamente. — Mas é claro que ficarei de olhos abertos.

— Você está com medo de usá-lo, não está?

Era como se ela estivesse lendo seus pensamentos.

— É claro que não.

Mas ambos sabiam que ele estava mentindo.

Ninguém em Hollywood se arriscaria a usar Toby Temple outra vez.

TOBY E JILL ASSISTIAM a um jovem comediante na televisão.

— Ele é podre — resmungou Toby. — Droga, gostaria de voltar à televisão. Talvez devesse arranjar um agente. Alguém que pudesse andar por aí e ver o que está se passando.

— Não! — O tom de Jill foi firme. — Não vamos deixar ninguém vender você. Você não é nenhum miserável procurando emprego. Você é Toby Temple. Vamos fazer com que eles venham até você.

Toby sorriu com amargura e disse:

— Eles não estão esmurrando as portas, *baby*.

— Mas esmurrarão — prometeu ela. — Eles não sabem como você está. Você está melhor do que nunca, temos só que mostrar a eles.

— Talvez eu devesse posar nu para uma dessas revistas.

Jill não prestara atenção.

— Tenho uma ideia — disse ela. — Um *one-man show*.

— Hein?

— Um *one-man show*. — Havia um entusiasmo crescente em sua voz. — Vou programar você para o Teatro Huntington Hartford. Todo mundo de Hollywood irá. E depois *disso*, começarão a esmurrar as portas!

E TODO MUNDO FOI: produtores, diretores, estrelas, críticos, todo mundo que era alguém no *show business*. O teatro da Vine Street há muito que estava com a lotação esgotada e centenas de pessoas ficaram impedidas de entrar. Havia uma multidão que aplaudia do lado de fora quando Toby e Jill chegaram numa limusine com chofer. Era *seu* Toby Temple. Voltara para eles, renascido, e o adoravam mais do que nunca.

O público que enchia o teatro em parte estava lá por respeito a um homem que já fora grande, mas a razão principal era curiosidade. Estavam presentes para pagar o tributo final a um herói agonizante, a uma estrela apagada.

A própria Jill planejara o *show*. Procurara O'Hanlon e Rainger, e estes escreveram um material sensacional, que começava com um monólogo criticando a cidade por enterrar Toby enquanto este ainda vivia. Jill procurara uma equipe de compositores premiada com três Oscars, que jamais havia composto material especial para ninguém, mas quando Jill disse:

— Toby insiste que vocês são os únicos compositores do mundo que...

Dick Landry, o diretor, voou de Londres para a montagem do *show*.

Jill reunira os maiores talentos que pôde encontrar para atuarem como coadjuvantes de Toby, mas de fato tudo dependeria dele próprio. E ele estaria sozinho no palco.

O momento finalmente chegou. As luzes se atenuaram e o teatro se encheu daquele silêncio expectante que precede o levantamento do pano, prece silenciosa a implorar que esta noite se fizesse a mágica.

E a mágica se fez.

Quando Toby Temple caminhou para o palco, seu andar firme e seguro, o familiar sorriso travesso iluminando aquele rosto de garoto, houve um momento de silêncio e depois uma selvagem explosão de aplausos, gritos, uma ovação de pé que sacudiu o teatro por uns bons cinco minutos.

Toby ficou parado, esperando que cessasse o pandemônio, e quando finalmente o teatro se acalmou, disse:

— E *isso* é recepção que se preze?

E a assistência gargalhou.

Toby foi sensacional. Contou histórias, cantou e dançou, agrediu todo mundo e foi como se nunca se tivesse afastado. O público mostrou-se insaciável. Ainda era um superastro, mas agora transformara-se em algo mais: era uma lenda viva.

A crítica do *Variety* disse no dia seguinte: "O público compareceu para enterrar Toby Temple, mas ficou para elogiá-lo e aclamá-lo. E como o mereceu! Não há ninguém no *show business* que tenha a mágica do velho mestre. Foi uma noite de ovações e ninguém que tenha tido a sorte de estar presente poderá esquecer aquele memorável..."

A crítica do *Hollywood Reporter* disse: "A plateia foi presenciar o retorno de um grande astro, mas Toby Temple provou que jamais se ausentara."

Todas as outras críticas obedeceram ao mesmo tom. A partir desse momento, os telefones de Toby não pararam de tocar e houve uma avalanche de telegramas contendo convites e propostas.

Estavam esmurrando as portas.

Toby levou seu *show* a Chicago, Washington e Nova York; onde quer que fosse, era uma sensação. O interesse por ele era agora maior do que nunca; numa onda de afetuosa nostalgia, os velhos filmes de Toby foram exibidos em cinemas de arte e universidades. As emissoras de televisão promoveram uma Semana Toby Temple, levando ao ar seus antigos *shows*.

Apareceram os bonecos Toby Temple, os jogos Toby Temple, os quebra-cabeças e as revistas humorísticas Toby Temple, as camisetas Toby Temple. Vieram os comerciais de cigarros, café e dentifrícios.

Toby fez uma aparição especial num filme musical da Universal e foi contratado para aparecer como convidado em todos os grandes espetáculos de variedades. As redes de televisão puseram em ação equipes de redatores, numa competição para a criação de um novo programa Toby Temple.

O sol voltara a brilhar, e brilhava para Jill.

Ressurgiram as festas, recepções, este embaixador, aquele senador, exibições privadas e... Todos os solicitavam, para tudo. Foram homenageados com um jantar na Casa Branca, honra geralmente reservada a chefes de estado. Eram aplaudidos onde quer que fossem.

Mas agora Jill era aplaudida tanto quanto Toby. A magnífica história de sua façanha, cuidar sozinha de Toby até curá-lo, contrariando todas as expectativas, excitara a imaginação do mundo. A imprensa passou a celebrar a história de amor do século: a revista *Time* pôs os dois na capa e a matéria correspondente continha um belo tributo a Jill.

FOI FIRMADO UM contrato de 5 milhões de dólares para Toby estrelar um novo programa semanal de televisão, a começar em setembro, ou seja, dentro de 12 semanas apenas.

— Vamos para Palm Springs e você poderá descansar até setembro — disse Jill.

Toby abanou a cabeça:

— Você passou muito tempo enclausurada. Vamos viver um pouco. — Enlaçou-a e acrescentou: — Não sou muito bom com palavras, *baby,* a não ser para contar piadas. Não sei como lhe dizer o que sinto por você. Eu... só quero que você saiba que minha vida começou no dia em que a conheci.

E se afastou abruptamente para que Jill não visse as lágrimas em seus olhos.

Toby levou seu *one-man show* a Londres, Paris e... o maior lance de todos, Moscou. Todo mundo brigava para contratá-lo. Transformara-se num grande ídolo na Europa, tanto quanto o era na América.

Estavam a bordo do *Jill,* num dia de sol brilhante, a caminho de Catalina. Havia uma dúzia de convidados no barco, dentre os quais Sam Winters, além de O'Hanlon e Rainger, que haviam sido escolhidos para chefiar a equipe de redatores do novo programa de televisão. Estavam todos no salão, jogando e conversando. Jill olhou em volta e reparou na ausência de Toby. Saiu para o convés.

Toby estava de pé na balaustrada, olhando para o mar.

Jill se aproximou e perguntou:

— Você está se sentindo bem?

— Estou apenas olhando a água, *baby.*

— É lindo, não?

— Lindo para os tubarões — ele estremeceu. — Não é assim que eu quero morrer. Sempre tive pavor de afogamento.

Ela pôs sua mão na dele.

— Que é que lhe está preocupando?

Toby olhou para ela.

— Acho que não quero morrer. Tenho medo do que há do outro lado. Aqui, sou um homem importante, todo mundo conhece Toby Temple. Mas lá...? Sabe como acho que seja o inferno? Um lugar onde não há público.

O Friars Club promoveu um jantar que teve Toby Temple como convidado de honra. Havia uma dúzia de grandes cômicos na plataforma, ao lado de Toby, Jill, Sam Winters e o diretor da rede de televisão com a qual Toby firmara contrato. Solicitaram a Jill que se levantasse para ser cumprimentada e aplaudiram-na de pé.

Estão me aplaudindo, pensou ela. *Não a Toby. A mim!*

O mestre de cerimônias era o apresentador de um famoso programa de entrevistas da televisão.

— Não sei como expressar minha felicidade ao ver Toby aqui — disse ele. — Porque se hoje à noite não o estivéssemos homenageando, este banquete estaria sendo realizado no Forest Lawn.

Risos.

— E, podem acreditar, a comida lá é horrível. Vocês já comeram no Forest Lawn? Eles servem restos da Última Ceia.

Risos.

Ele se voltou para Toby.

— Estamos orgulhosos de você, Toby. Estou sendo franco. Sei que você foi solicitado a doar parte de seu corpo à ciência, vão colocá-lo num vidro na Faculdade de Medicina de Harvard. O único problema é que até agora ainda não encontraram um vidro suficientemente grande para contê-lo.

Gargalhadas.

Quando Toby se levantou para revidar, superou-os a todos. Todos acharam que aquele foi o melhor jantar jamais promovido pelo Friars.

Naquela noite, Clifton Lawrence estava na plateia.

Sentara-se numa mesa no fundo da sala, perto da cozinha, junto do resto do pessoal sem importância. Até mesmo para conseguir essa mesa, fora obrigado a recorrer a velhas amizades. Desde que Toby Temple o despedira, Clifton Lawrence passara a usar o distintivo do perdedor: tentara formar uma sociedade com uma grande agência mas, sem clientes, nada tinha a oferecer. Em seguida, tentara as agências menores, mas estas não estavam interessadas num "ex" de meia-idade, queriam jovens agressivos. Finalmente, Clifton se conformara com um cargo assalariado numa pequena agência nova. Ganhava por semana menos do que certa vez gastara numa noite no Romanoff.

Lembrava-se de seu primeiro dia nessa agência. A firma pertencia a três agressivos jovens, não, *garotos,* todos com menos de 30 anos. Seus clientes eram estrelas de *rock.* Dois dos agentes usavam barba; todos usavam *jeans,* camisas esporte e tênis sem meias. Fizeram com que Clifton se sentisse um velho de mil anos de idade. Falavam uma língua que ele não entendia, chamavam-no de "Papai" e "Velho", e Clifton pensou no respeito que outrora despertara nessa cidade e teve vontade de chorar.

Aquele homem, outrora animado e alegre, era agora uma pessoa abatida e amargurada. Toby Temple fora sua vida e Clifton falava compulsivamente sobre aqueles dias. Só pensava nisso. Nisso e em Jill. Culpava-a por tudo que lhe acontecera. Toby não era responsável, fora influenciado por aquela cadela. Ah, como Clifton odiava Jill.

Estava sentado no fundo da sala, observando a multidão que aplaudia Jill, quando um dos homens na mesa disse:

— O Toby é mesmo um bastardo de sorte. Eu bem que gostaria de provar um pedaço daquilo. Ela é genial na cama.

— É? — perguntou alguém cinicamente. — Como é que você sabe?

— Ela trabalha naquele filme pornô que está no Pussycat Theatre. Diabos, eu pensei que ela ia arrancar o fígado do cara de tanto sugá-lo.

Clifton de repente sentiu a boca tão seca que mal pôde proferir as palavras.

— Você... você tem certeza de que era ela? — perguntou. O estranho se voltou para ele.

— Tenho, tenho certeza sim. Ela usou um nome diferente, Josephine qualquer coisa. Um nome polaco doido.

O homem encarou Clifton e falou:

— Ei! Você não era Clifton Lawrence?

EXISTE UMA ÁREA no Santa Monica Boulevard, entre Fairfax e La Cienega, que está sob jurisdição municipal. Parte de uma ilha cercada pela cidade de Los Angeles, a área opera sob leis municipais, menos severas que as da cidade. Num conjunto de seis quarteirões, há quatro cinemas que só exibem pornografia pesada, meia dúzia de livrarias onde os compradores podem ocupar cabines privadas e assistir a filmes através de visores individuais e uma dúzia de salões de massagens equipados com jovens adolescentes, especialistas em tudo menos massagem. O Pussycat Theatre fica no meio de tudo isso.

Havia talvez cerca de duas dúzias de pessoas na sala escura, todos homens, com exceção de duas mulheres de mãos dadas. Clifton examinou a assistência e ficou imaginando o que impeliria essas pessoas a cavernas escuras no meio de um dia de sol, para passar horas vendo outras pessoas fornicando num filme.

Começou a principal atração e Clifton esqueceu tudo, menos o que se passava na tela. Inclinou-se para a frente em sua cadeira, concentrando-se nos rostos das atrizes. A história era sobre um jovem professor universitário que levava as alunas para seu quarto, para aulas noturnas. Todas eram jovens, espantosamente atraentes e incrivelmente dotadas. Faziam uma série de exercícios sexuais, orais, vaginais e anais, até o professor ficar satisfeito com o desempenho.

Mas nenhuma das garotas era Jill. *Ela tem de aparecer,* pensou Clifton. Essa era a única chance que jamais teria de se vingar do que ela lhe fizera. Faria com que Toby visse o filme. Isso o magoaria, mas ele acabaria superando. Jill seria destruída. Quando Toby ficasse sabendo sobre o tipo de prostituta que fizera sua esposa, chutá-la-ia para sempre. Jill *tinha* de estar nesse filme.

E de repente, lá estava ela, na ampla tela, em cores maravilhosas, gloriosas, reais. Havia mudado muito, agora era mais magra, mais bonita e sofisticada. Mas era Jill. Clifton ficou lá, contemplando a cena, deliciando-se, deleitando seus sentidos, inundado por uma eletrizante sensação de triunfo e vingança.

Esperou até aparecerem os créditos e lá estava, *Josephine Czinski*. Levantou-se e dirigiu-se à cabine de projeção. Lá encontrou um homem em manga de camisa, lendo uma publicação turística, que levantou os olhos quando Clifton entrou e disse:

— Não é permitido entrar aqui, amigo.

— Quero comprar uma cópia desse filme.

O homem abanou a cabeça.

— Não está à venda — e voltou a ler.

— Dou-lhe 100 dólares para me fazer uma cópia. Ninguém vai ficar sabendo.

O homem nem se dignou a levantar os olhos.

— Duzentos dólares — disse Clifton. O operador virou uma página.

— Trezentos.

Ele ergueu a cabeça e examinou Clifton.

— Em dinheiro?

— Em dinheiro.

Às 10 horas da manhã seguinte Clifton chegou à casa de Toby Temple com uma lata de filme debaixo do braço. *Não, filme não*, pensou ele alegremente. *Dinamite. O bastante para mandar Jill Castle para o inferno.*

A porta foi aberta por um mordomo inglês que Clifton jamais vira antes.

— Diga ao Sr. Temple que Clifton Lawrence quer vê-lo.
— Sinto muito, senhor. O Sr. Temple não está.
— Eu espero — disse Clifton com firmeza.
— Receio que não seja possível — replicou o mordomo. — O Sr. e a Sra. Temple viajaram para a Europa esta manhã.

Capítulo 32

A EUROPA FOI UMA sucessão de triunfos.

Na noite da estreia de Toby no Palladium, em Londres, Oxford Street ficou tomada por uma multidão que tentava desesperadamente avistar Toby e Jill. A polícia metropolitana isolou toda a área em torno de Argyll Street. Quando a multidão se descontrolou, a polícia montada foi chamada às pressas para ajudar. Precisamente às 8 horas a Família Real chegou e o espetáculo começou.

Toby superou as mais desenfreadas expectativas. Com o rosto irradiando inocência, fez ataques brilhantes ao governo britânico e sua presunção antiquada. Explicou como conseguiram tornar-se menos poderosos que Uganda e até que ponto o mereceram. Todos rolaram de rir, pois sabiam que Toby Temple estava brincando. Nada daquilo era sério. Toby os amava.

Tanto quanto eles o amavam.

A RECEPÇÃO EM PARIS foi ainda mais tumultuada. Jill e Toby hospedaram-se no Palácio Presidencial e passaram pela cidade numa limusine oficial. Estavam na primeira página dos jornais todos os dias e quando foram ao teatro foi preciso pedir reforços à polícia para conter a multidão. Terminada a apresentação, o casal se dirigia, sob escolta, para o carro quando de súbito a multidão rompeu a guarda da polícia e centenas de franceses cercaram os dois, gritando:

— Toby, Toby... *on veut Toby!*

A maré humana segurava canetas e livros de autógrafos, empurrando-se para tocar o grande Toby Temple e sua maravilhosa Jill. A polícia não teve condição de detê-los; a multidão afastou os policiais, despedaçando a roupa de Toby, lutando por uma recordação. Toby e Jill quase foram esmagados pelos corpos que se comprimiam, mas Jill não teve medo. A agitação era um tributo a ela; seu esforço fora por eles, ela lhes devolvera Toby.

A ÚLTIMA PARADA era Moscou.

Moscou em junho é uma das cidades mais encantadoras do mundo. Árvores graciosas, *berezka* brancas e *lipa* em canteiros amarelos enfeitam as amplas avenidas onde o povo e os turistas passeiam ao sol. Com exceção dos visitantes oficiais, todos os turistas que vão à Rússia ficam a cargo da Intourist, órgão do governo responsável pelo transporte, hotéis e passeios programados. Mas Toby e Jill foram recebidos no Aeroporto Internacional de Sheremetyevo por uma grande limusine Zil e conduzidos ao Metropole Hotel, geralmente reservado para os *VIPs* dos países-satélites. A suíte fora provida de vodca Stolichnaya e caviar negro.

O General Yuri Romanovitch, alto oficial do partido, veio ao hotel dar-lhes as boas-vindas.

— Não exibimos muitos filmes americanos na Rússia, Sr. Temple, mas os seus já foram vistos várias vezes. O povo russo acha que seu talento transcende todas as fronteiras.

TOBY PROGRAMARA três apresentações no Teatro Bolshoi. Na noite da estreia, Jill participou da ovação. Por causa da barreira da língua, Toby usou quase que exclusivamente pantomima e a audiência adorou. Fez uma crítica falando em seu arremedo de russo e o som do riso e dos aplausos ecoou pelo enorme teatro como uma bênção de amor.

Durante os dois dias seguintes, o General Romanovitch acompanhou Toby e Jill em excursões turísticas particulares. Foram ao Parque Gorky, andaram na enorme roda-gigante e visitaram a histórica Catedral de São Basílio. Foram levados ao Circo Estatal de Moscou e homenageados com um banquete em Aragvi, onde provaram o caviar dourado, a mais rara das oito espécies de caviar, os *zakushki,* que significam, literalmente, "bocadinhos" e o *pashteet,* patê delicado que é servido flambado. Como sobremesa, comeram *yoblochnaya,* o delicioso doce de maçã com molho de abricó.

E mais turismo. Visitaram o Museu de Arte Pushkin, o Mausoléu de Lenin e a Detsky Mir, encantadora loja infantil de Moscou.

Foram levados a lugares desconhecidos pela maioria dos russos. A Rua Granovsko, cheia de automóveis Chaikas e Volgas, todos com motorista; lá, por trás de uma porta simples com a tabuleta "Departamento de Passes Especiais", foram conduzidos a uma loja atulhada de luxuosos produtos alimentícios importados de toda parte do mundo, onde a *Nachalstvo,* a elite da sociedade russa, faz suas privilegiadas compras.

Visitaram uma luxuosa *dacha* onde se exibiam filmes estrangeiros numa sala privada para uns poucos privilegiados. Foi uma visão fascinante do Estado do Povo.

NA TARDE DO DIA em que Toby faria sua última apresentação, o casal se preparava para ir fazer compras quando Toby disse:

— Por que não vai sozinha, *baby?* Acho que vou cochilar um pouco.

Jill estudou-o por um momento.

— Você está se sentindo bem?

— Otimamente. Estou só um pouco cansado. Vá e compre Moscou inteira.

Ela hesitou. Toby estava pálido. Quando essa viagem chegasse ao fim, cuidaria que ele tivesse um bom descanso antes de iniciar o novo programa na televisão.

— Está bem — concordou. — Durma um pouco.

JILL ATRAVESSAVA o saguão em direção à saída quando ouviu uma voz masculina que chamava:

— Josephine! — e ao se voltar já sabia quem era e numa fração de segundo a mágica tornou a acontecer.

David Kenyon caminhava em sua direção, sorrindo e dizendo:

— Estou tão feliz por vê-la.

Jill sentiu como se seu coração fosse parar. *Ele é o único homem que me faz sentir dessa maneira,* pensou.

— Toma um drinque comigo? — perguntou David.

— Sim — disse ela.

O BAR DO HOTEL era grande e estava cheio, mas conseguiram encontrar uma mesa relativamente tranquila num dos cantos, onde poderiam conversar.

— O que está fazendo em Moscou? — perguntou Jill.

— Vim a pedido do governo. Estamos tentando estabelecer um acordo sobre petróleo.

Um garçom entediado aproximou-se da mesa e anotou os pedidos de drinques.

— Como vai Cissy?

David olhou-a por um momento e então falou:

— Divorciamo-nos há alguns anos.

E mudou de assunto deliberadamente.

— Acompanhei tudo que tem acontecido com você. Sou fã de Toby Temple desde que era garoto. — De algum modo, aquilo fazia com que Toby parecesse muito velho. — Fico feliz por saber que ele está recuperado. Quando li sobre o derrame, fiquei preocupado com você.

Nos olhos dele havia uma expressão da qual Jill se lembrava há muito tempo, um desejo, uma necessidade.

— Achei Toby sensacional em Hollywood e em Londres — dizia David.

— Você estava lá? — perguntou Jill, surpresa.

— Estava. — E acrescentou rapidamente: — Tinha alguns negócios a tratar.

— Por que não veio aos bastidores?

Ele hesitou.

— Não queria forçar minha presença a você. Não sabia se quereria me ver.

Os drinques chegaram em copos pesados e curtos.

— A você e Toby — disse David.

E havia algo na maneira dele falar, um substrato de tristeza, uma carência...

— Você costuma ficar no Metropole? — perguntou Jill.

— Não. Para falar a verdade tive um trabalhão para arranjar...
— Percebera a armadilha tarde demais e sorriu com amargura: — Sabia que você estaria aqui. Deveria ter deixado Moscou há cinco dias, mas aguardei, na esperança de encontrar você.

— Por quê, David?

Ele custou muito a responder. Finalmente falou:

— É tarde demais agora, mas de qualquer modo quero contar-lhe. Acho que você tem o direito de saber.

E contou sobre seu casamento com Cissy, como esta o enganara, a tentativa de suicídio e sobre a noite em que convidara Jill a encontrá-lo no lago. Foi um desabafo de emoção que deixou Jill perturbada.

— Sempre amei você.

Ela ficou escutando, uma sensação de felicidade percorrendo-lhe o corpo como um vinho cálido. Era como a concretização de um sonho encantador, era tudo que ela sempre quisera, sempre desejara. Jill examinou o homem sentado à sua frente e recordou suas mãos fortes a tocá-la, a potência de seu corpo ávido, e sentiu-se estremecer. Mas Toby se tornara parte dela, era sua própria carne, enquanto David...

Uma voz a seu lado falou:

— Sra. Temple! Procuramo-la por toda parte! — Era o General Romanovitch.

Jill olhou para David.

— Telefone para mim pela manhã.

A ÚLTIMA APRESENTAÇÃO de Toby no Teatro Bolshoi foi mais fantástica do que tudo jamais visto lá. O público jogou flores, aplaudiu, bateu com os pés no chão, recusou-se a sair. Foi o clímax perfeito para a série de triunfos de Toby. Uma grande festa estava programada para depois do espetáculo, mas Toby disse a Jill:

— Estou estourado, deusa. Por que você não vai? Voltarei para o hotel e dormirei um pouco.

Jill foi sozinha à festa, mas era como se David estivesse a seu lado o tempo todo. Ela conversou com os anfitriões, dançou e agradeceu as homenagens que lhe foram prestadas, mas sua mente não parava de reviver o encontro com David. *Casei com a moça errada. Cissy e eu nos divorciamos. Nunca deixei de amar você.*

Às 2 da manhã o acompanhante de Jill deixou-a no hotel. Ela entrou na suíte e encontrou Toby caído no chão no meio do quarto, inconsciente, sua mão direita estendida em direção ao telefone.

Toby Temple foi levado às pressas numa ambulância para a Policlínica Diplomática, no número 3 do *Sverchkov Prospekt*.

Três grandes especialistas foram chamados no meio da noite para examiná-lo. Todos foram solidários com Jill; o diretor do hospital acompanhou-a a uma sala privada, onde ela ficou a espera de notícias. *É como uma reprise,* pensou Jill. *Tudo isso já aconteceu antes.* Parecia vago, irreal.

Horas mais tarde a porta da sala se abriu e um russo baixo e gordo entrou. Usava um terno que lhe caía mal e parecia um bombeiro malsucedido.

— Sou o Dr. Durov — disse. — Estou encarregado do caso de seu marido.

— Quero saber como ele está.

— Sente-se, Sra. Temple, por favor.

Jill nem mesmo reparara que havia levantado.

— Diga-me!

— Seu marido sofreu um derrame, em termos técnicos, uma trombose cerebral.

— É muito grave?

— É o tipo mais, como se dizem?, mais danoso, mais perigoso. Se ele sobreviver, e é cedo para sabermos, jamais voltará a andar ou falar. Sua mente está bem, mas ele ficou completamente paralisado.

Antes de Jill deixar Moscou, David telefonou-lhe.

— Nem sei como dizer o quanto sinto — disse ele. — Ficarei à sua disposição: a qualquer tempo que precisar de mim, estarei a seu lado. Lembre-se disso.

Foi a única coisa que ajudou Jill a conservar a sanidade no pesadelo que estava prestes a começar.

A volta para casa foi um *déjà-vu* diabólico: a maca de hospital no avião, a ambulância do aeroporto até a casa, o quarto de doente.

Só que dessa vez era diferente; Jill compreendeu isso no momento em que a deixaram ver Toby. Seu coração batia, seus órgãos vitais funcionavam; sob todos os aspectos, era um organismo vivo. E no entanto não era. Era um cadáver que respirava e pulsava, um homem morto numa tenda de oxigênio, com o corpo atravessado por tubos e agulhas, como antenas que o alimentavam com os fluidos vitais necessários para mantê-lo vivo. O rosto estava contorcido num rito pavoroso que dava a impressão de que ele estava sorrindo, os lábios repuxados deixando as gengivas à mostra. *Receio não poder dar-lhe nenhuma esperança,* dissera o médico russo.

Isso fora há semanas atrás. Agora estavam em casa, em Bel Air. Jill chamara imediatamente o Dr. Kaplan e este mandara vir outros especialistas, mas a resposta fora sempre a mesma: um derrame maciço que lesara gravemente ou destruíra os centros nervosos, havendo muito pouca chance de reversão do dano já causado.

Havia enfermeiras trabalhando 24 horas por dia e um fisioterapeuta para os exercícios, mas era tudo em vão.

O objeto de todas essas atenções era grotesco. A pele de Toby tornara-se amarelada e seu cabelo caía aos tufos. Os membros paralisados ficaram enrugados e viscosos e o rosto conservou a horrenda careta que ele não podia controlar. Era uma visão monstruosa, o rosto da morte.

Mas os olhos estavam cheios de vida. E quanta vida! Luziam com a força e a frustração da mente aprisionada naquele invólucro inútil. Sempre que Jill entrava no quarto, os olhos de Toby a seguiam famintos, desesperados, implorando. Pelo quê? Para que ela o fizesse andar outra vez? Voltar a falar? Transformá-lo de novo num homem?

Ela contemplava-o em silêncio, pensando: *Uma parte de mim está deitada naquela cama, sofrendo, aprisionada.* Eles estavam ligados um ao outro. Ela teria dado tudo para salvar Toby, para se salvar a si mesma, mas sabia que era impossível. Dessa vez era.

Os telefones tocavam constantemente, como uma reprise daqueles outros telefonemas, daquelas outras ofertas de solidariedade. Mas um dos telefonemas era diferente, o de David Kenyon. "Só quero que você saiba que tudo que eu puder fazer, seja o que for, estou às ordens."

Jill pensou nele, alto, bonito e forte — e pensou na criatura deformada no quarto ao lado.

— Obrigada, David, fico-lhe grata. Mas não há nada, não por enquanto.

— Há bons médicos em Houston — disse ele. — Dos melhores do mundo. Posso mandá-los para ver Toby.

Jill sentiu um aperto na garganta. Oh, que vontade de pedir a David que viesse para junto dela, que a levasse desse lugar! Mas não podia. Estava ligada a Toby e sabia que jamais poderia deixá-lo.

Não enquanto ele vivesse.

O Dr. Kaplan terminara de examinar Toby e Jill esperava por ele na biblioteca. Virou-se para olhá-lo quando o doutor atravessou a porta. Ele falou, numa tentativa de humor:

— Bem, Jill, tenho boas e más notícias.

— Conte-me primeiro as más.

— Receio que o sistema nervoso de Toby esteja lesado demais para permitir uma reabilitação. Isso está fora de dúvida. Dessa vez não será possível; ele jamais andará ou falará de novo.

Ela o encarou por muito tempo e então perguntou:

— E quais são as boas notícias?

O Dr. Kaplan sorriu:

— O coração de Toby é surpreendentemente forte. Com o cuidado adequado, poderá viver por mais vinte anos.

Jill olhou-o estupefata. *Vinte anos.* Era essa a *boa* notícia! Pensou em si própria, atrelada à horrível gárgula no andar de cima, aprisionada num pesadelo do qual não havia saída. Jamais poderia divorciar-se de Toby. Não enquanto ele vivesse. Porque ninguém compreenderia, ela era a heroína que salvara a vida dele e todos se sentiriam traídos, enganados, se agora o abandonasse. Até mesmo David Kenyon.

Este telefonava todos os dias agora, falando da lealdade e do maravilhoso desprendimento de Jill, e ambos sentiam a profunda corrente emocional que fluía entre eles.

A frase jamais dita era: *quando Toby morrer.*

Capítulo 33

As enfermeiras revezavam-se em turnos, cuidando de Toby 24 horas por dia; eram objetivas e eficientes como máquinas, totalmente impessoais. Jill dava graças pela presença delas, pois não aguentava aproximar-se de Toby. Sentia repulsa à visão daquela pavorosa máscara distorcida. Arranjava desculpas para ficar longe do quarto. Quando se obrigava a chegar perto dele, imediatamente percebia uma mudança em Toby, até mesmo as enfermeiras o notavam. Toby permanecia imóvel, impotente, aprisionado em sua gaiola espástica. Mas no momento em que Jill entrava na sala, aqueles brilhantes olhos azuis punham-se a luzir de vitalidade. Jill podia ler os pensamentos de Toby tão claramente como se ele estivesse falando. *Não me deixe morrer. Ajude-me. Ajude-me!*

Jill ficava olhando o corpo destroçado e pensava: *Não posso ajudar você. Você não quer viver assim. Você quer morrer.*

A ideia começou a tomar corpo em Jill.

Os jornais estavam cheios de histórias sobre maridos desenganados cujas esposas livravam-nos do sofrimento. Até mesmo certos médicos admitiam que às vezes deixavam morrer determinados pacientes. Chamava-se eutanásia. Assassinato por misericórdia. Mas Jill sabia que também podia ser chamado de crime, mesmo se tudo que restava de vida em Toby fossem aqueles malditos olhos que não deixavam de segui-la por toda parte.

Nas semanas que se seguiram, Jill não saiu de casa.

Passou a maior parte do tempo em seu quarto, fechada. As dores de cabeça voltaram e ela não conseguia alívio.

OS JORNAIS E REVISTAS contavam as humanas histórias do astro paralítico e sua devotada esposa, que antes cuidara dele até curá-lo. Todos especulavam sobre a possibilidade de Jill repetir o milagre, mas ela sabia que não haveria mais nenhum milagre. Toby jamais se recuperaria.

Vinte anos, dissera o Dr. Kaplan. E David estava lá fora esperando por ela. Tinha de achar um meio de escapar da prisão.

Tudo começou num sombrio e deprimente domingo. Chovera a manhã toda e a chuva continuara pelo dia afora, batendo no telhado e nas janelas da casa até Jill pensar que iria enlouquecer. Estava em seu quarto, lendo, tentando não ouvir o odioso tamborilar da chuva, quando a enfermeira da noite entrou. Seu nome era Ingrid Johnson, uma mulher formal, de tipo nórdico.

— O fogão lá de cima não está funcionando — avisou ela. — Terei de preparar o jantar do Sr. Temple na cozinha. Poderia ficar com ele alguns minutos?

Jill percebeu a reprovação no tom da enfermeira, que achava estranho uma esposa não se aproximar do marido acamado.

— Cuidarei dele — disse Jill.

Deixou o livro e atravessou o corredor em direção ao quarto de Toby; logo que entrou, suas narinas foram invadidas pelo familiar cheiro de doença. Num instante, todas as fibras de seu ser viram-se invadidas por lembranças daqueles longos e terríveis meses durante os quais lutara para salvar Toby.

Este estava recostado num grande travesseiro. Ao ver Jill, seus olhos se iluminaram, lançando mensagens de desespero. *Onde você esteve? Por que tem ficado longe de mim? Preciso de você. Ajude-me!* Era como se seus olhos fossem dotados de voz. Jill olhou para o repelente corpo deformado, com aquela sorridente máscara da morte, e sentiu-se nauseada. *Você nunca vai ficar bom, maldito! Você tem de morrer! Eu quero que você morra!*

Enquanto olhava para Toby, Jill viu a expressão se alterar em seus olhos: o choque e a perplexidade foram gradualmente substituídos por tamanho ódio, tamanha malevolência, que ela involuntariamente recuou um passo. Então compreendeu o que acontecera, expressara seus pensamentos em voz alta.

Virou-se e saiu correndo do quarto.

PELA MANHÃ, A chuva parou. A velha cadeira de rodas de Toby fora trazida do porão e a enfermeira do dia, Frances Gordon, estava levando o doente para o jardim, onde poderia ficar um pouco no sol. Jill ouviu o som da cadeira de rodas no corredor, em direção ao elevador; esperou alguns minutos e então desceu. Estava atravessando a biblioteca quando o telefone tocou; era David, falando de Washington.

— Como está você hoje? — perguntou numa voz afetuosa e interessada. Jill nunca se sentira tão satisfeita por ouvi-lo quanto nesse momento.

— Estou bem, David.

— Gostaria que você estivesse a meu lado, querida.

— Eu também. Amo-o tanto. E quero você. Quero me sentir novamente em seus braços. Oh, David...

Um instinto qualquer fez com que Jill se virasse: Toby estava no corredor, amarrado à sua cadeira de rodas, onde a enfermeira o deixara por um momento. Os olhos azuis luziam em direção a Jill com tanto ódio, tanta malignidade, que foi como um golpe físico. A mente dele falava com Jill através dos olhos, gritando para ela: *Eu vou matar você!* Em pânico, ela deixou cair o telefone.

Jill fugiu da sala e subiu, sentindo atrás de si o ódio de Toby, como uma força violenta e maléfica. Ficou o dia todo no quarto, recusando-se a comer. Sentada numa cadeira, num estado quase de transe, sua mente repassando continuamente a cena ao telefone. Toby sabia. Ele sabia. Jamais poderia olhá-lo de frente.

Finalmente a noite chegou. Era meados de julho e o ar ainda conservara o calor do dia. Jill abriu as janelas do quarto para aproveitar qualquer tênue brisa que porventura houvesse.

No quarto de Toby, a enfermeira Gallagher estava de serviço. Nas pontas dos pés, foi dar uma olhada em seu paciente. Gostaria de poder ler a mente dele, assim talvez pudesse ajudar o pobre homem. Ajeitou as cobertas em torno de Toby.

— Agora durma um bom sono — disse ela, animadamente.
— Voltarei para ver como está.

Não houve qualquer reação; ele nem mesmo moveu os olhos em direção à enfermeira.

Talvez seja melhor mesmo eu não poder ler sua mente, pensou a enfermeira Gallagher. Deu uma última olhada e foi para sua saleta assistir a algum programa tardio de televisão. Ela gostava de entrevistas, adorava ver estrelas de cinema conversando sobre si mesmas. Isso as tornava tão terrivelmente *humanas,* iguais às pessoas comuns. Procurou manter o volume reduzido para não incomodar o doente. Mas de qualquer maneira Toby Temple não teria ouvido. Seus pensamentos estavam em outro lugar.

A CASA ESTAVA adormecida, a salvo na segurança dos bosques de Bel Air. Uns poucos e atenuados ruídos de trânsito subiam do Sunset Boulevard lá embaixo. A enfermeira Gallagher assistia a um filme na televisão; gostaria que passassem um dos velhos filmes de Toby Temple, seria excitante assisti-lo na televisão sabendo que o Sr. Temple em pessoa estava ali, a poucos metros de distância.

Às 4 da manhã a enfermeira cochilou diante de um filme de terror.

No quarto de Toby reinava um silêncio profundo.

No quarto de Jill, o único som audível era o tique-taque do relógio na mesa de cabeceira. Jill dormia despida, num sono profundo, um braço enlaçando um travesseiro, seu corpo uma mancha escura sobre os lençóis brancos. Os ruídos da rua chegavam ali atenuados e distantes.

Jill se virou, inquieta, e estremeceu. Sonhava que estava no Alasca com David, em lua de mel. Os dois estavam numa vasta planície gelada onde, de repente, surgia uma tempestade; o vento lançava o ar gelado contra suas faces, dificultando a respiração. Ela se virou para David mas este desaparecera. Ela estava sozinha no frígido Ártico, tossindo, lutando para recobrar o fôlego. Foi o som de alguém sufocando que despertou Jill. Ouviu um horrível chiado roufenho, um arfar de agonizante e abriu os olhos: o som partia de sua própria garganta. Jill não podia respirar. Uma camada de ar gelado a envolvia como um cobertor obsceno, acariciando seu corpo nu, afagando-lhe os seios, beijando-lhe os lábios com um hálito frígido e de cheiro fétido, que lembrava o túmulo. O coração de Jill batia desesperadamente enquanto ela tentava respirar; seus pulmões pareciam estar queimados pelo frio. Tentou levantar-se mas parecia que um peso invisível a impedia. Sabia que aquilo tinha de ser um sonho mas ao mesmo tempo ouvia aquele horrendo arfar em sua garganta enquanto lutava para respirar. Estava morrendo. Mas seria possível alguém morrer durante um pesadelo? Jill sentia os tentáculos gelados tateando em seu corpo, movendo-se entre suas pernas, penetrando-a, finalmente dentro dela e de súbito, inesperadamente, compreendeu que era Toby. De algum modo, de alguma maneira, era Toby. E a súbita onda de horror deu a Jill forças para se arrastar até os pés da cama, ofegante, mente e corpo lutando para sobreviver. Caiu ao chão, levantou-se com dificuldade e correu para a porta, sentindo o frio a perseguindo-a, cercando-a, agarrando-a. Seus dedos encontraram a maçaneta e abriram a porta. Ela correu para fora, ofegante, enchendo de oxigênio os pulmões famintos.

O corredor estava quente, tranquilo, silencioso. Jill ficou ali trêmula, os dentes batendo incontrolavelmente. Virou-se para olhar seu quarto: tudo parecia normal e em paz. Ela tivera um pesadelo. Hesitou por um momento e depois caminhou lentamente de volta ao quarto. O aposento estava quente, nada havia a temer. *Claro* que Toby não podia fazer-lhe mal.

Na saleta, a enfermeira Gallagher acordou e foi olhar seu paciente.

Toby Temple estava em sua cama, exatamente como ela o deixara. Seus olhos, voltados para o teto, estavam fixos em algo invisível para a enfermeira Gallagher.

DEPOIS DISSO, o pesadelo passou a se repetir regularmente, tal como uma negra profecia de destruição, uma presciência de algum horror iminente. Lentamente, Jill foi tomada de terror. Onde quer que fosse na casa, sentia a presença de Toby. Quando a enfermeira o levava para fora, Jill o ouvia. A cadeira de rodas passara a ranger, emitindo um som agudo que atacava os nervos de Jill sempre que o ouvia. *Preciso mandar consertá-la,* pensou ela. Evitava aproximar-se do quarto de Toby, mas não fazia diferença: ele estava em toda parte, esperando por ela.

As dores de cabeça se tornaram constantes, um pulsar violento, rítmico, que não a deixava descansar. Jill queria que a dor passasse por uma hora, um minuto, um segundo. *Precisava* dormir. Foi para o quarto de empregada atrás da cozinha, o mais longe possível dos aposentos de Toby. O quarto estava quente e tranquilo. Jill deitou-se na cama e fechou os olhos: adormeceu quase instantaneamente.

Foi despertada pelo ar fétido e gelado enchendo o quarto, agarrando-a, tentando sepultá-la. Saltou da cama e correu para fora do quarto.

Os dias eram horríveis, mas as noites eram apavorantes. Obedeciam sempre à mesma rotina: Jill ia para seu quarto, encolhia-se na cama, lutava para permanecer acordada, temendo adormecer pois sabia que Toby viria. Mas seu corpo exausto acabava levando a melhor e ela adormecia.

O frio a despertava. Jill ficava deitada, tremendo, sentindo o ar gelado movendo-se em sua direção, uma presença malévola envolvendo-a como uma maldição terrível. Levantava-se e fugia num silencioso terror.

Eram 3 horas da madrugada.

Jill adormecera numa cadeira enquanto lia um livro. Acordou lentamente, aos poucos, e abriu os olhos para a total escuridão do quarto, sentindo que havia algo terrivelmente errado. Então compreendeu o que era. *Adormecera com todas as luzes acesas.* Sentiu o coração disparar e pensou: *Não há razão para medo. A enfermeira deve ter apagado as luzes.*

Foi então que ouviu o ruído. Vinha pelo corredor, crek... crek... A cadeira de rodas, aproximando-se da porta de seu quarto. Jill sentiu um arrepio na nuca. É apenas um galho de árvore batendo no telhado, ou os estalidos da casa, disse consigo mesma. Mas sabia que não era. Conhecia bem demais aquele ruído: crek... crek... como a música da morte a buscá-la. Não pode ser Toby, pensou. Ele está de cama, impotente. Estou ficando louca. Mas ouvia o som a se aproximar cada vez mais. Estava agora do outro lado da porta. Parara, como que esperando. E de repente deu-se o ruído de algo que caía com estrépito, seguido de silêncio.

Jill passou o resto da noite encolhida na cadeira, no escuro, apavorada demais para se mover.

Na manhã seguinte, do lado de fora da porta de seu quarto, encontrou no chão uma jarra quebrada, junto à mesa do corredor sobre a qual costumava ficar.

Jill conversava com o Dr. Kaplan.

— Você acredita que a mente possa... possa controlar o corpo? — perguntava ela.

O médico olhou-a intrigado.

— De que forma?

— Se Toby quisesse... quisesse muito levantar da cama, ele poderia fazê-lo?

— Você diz, sem ajuda? Em seu estado atual? — lançou-lhe um olhar incrédulo. — Ele está totalmente desprovido de mobilidade. Totalmente.

Mas Jill ainda não estava convencida.

— Se... se ele estivesse realmente decidido a levantar... se houvesse algo que achasse que tinha de fazer...

O Dr. Kaplan abanou a cabeça.

— Nossa mente envia ordens ao corpo mas se os impulsos motores se acham bloqueados, se não há músculos para cumprir essas ordens, então nada pode acontecer.

Jill tinha de descobrir.

— Você acredita que a mente possa deslocar objetos?

— Refere-se a telecinesia? Há muitas experiências sendo feitas, mas ainda não encontrei nenhuma prova que me convencesse.

Havia a jarra quebrada junto à porta do quarto.

Jill teve vontade de contar ao médico sobre aquilo, sobre o ar gelado que a seguia, sobre a cadeira de rodas de Toby do outro lado da porta, mas ele pensaria que era loucura. *Estaria louca? Haveria algo de errado com ela? Estaria perdendo a razão?*

Quando o Dr. Kaplan se retirou, Jill aproximou-se do espelho e ficou chocada com o que viu. Suas faces estavam encovadas e os olhos enormes, num rosto pálido e ossudo. *Se continuar assim,* pensou, *morrerei antes de Toby.* Examinou o cabelo oleoso e sem vida, as unhas rachadas e quebradas. *Não posso permitir jamais que David me veja assim. Tenho de começar a me cuidar. De agora em diante,* disse a si mesma, *você vai passar a ir ao salão de beleza uma vez por semana, vai comer três refeições por dia e dormir oito horas.*

Na manhã seguinte, Jill marcou uma hora no salão de beleza. Estava exausta e sob o morno e confortável zumbido do secador acabou cochilando, e o pesadelo começou. Estava dormindo em sua cama. Ouvia Toby entrar no quarto na cadeira de rodas... *crek... crek.* Lentamente, ele levantava da cadeira, ficava de pé e se aproximava dela, o rosto contorcido, as mãos esqueléticas estendidas para sua garganta. Jill despertou gritando, apavorada, criando uma enorme confusão no salão de beleza. Acabou por sair às pressas, sem mesmo pentear o cabelo.

Depois dessa experiência, ficou com medo de sair de casa.

E com medo de ficar em casa.

PARECIA QUE HAVIA algo errado com sua mente. Já não se tratava apenas das dores de cabeça, Jill começara a ter esquecimentos. Descia para apanhar alguma coisa, entrava na cozinha e ficava lá parada, sem saber o que viera buscar. Sua memória começou a lhe pregar estranhas peças. Certa vez, a enfermeira Gordon veio falar com ela e Jill pensou o que uma enfermeira estaria fazendo ali. De repente lembrou-se: o diretor a espera no *set*. Jill tentou recordar sua fala: *Não muito bem, receio, doutor.* Tinha de falar com o diretor para saber como queria que lesse a fala. A enfermeira Gordon segurava sua mão e dizia: "Sra. Temple!

Sra. Temple! Está se sentindo bem?" E Jill se viu de volta a seu ambiente, mais uma vez no presente, à mercê do terror daquilo que lhe estava acontecendo. Sabia que não podia continuar assim, tinha de descobrir se havia algo errado com sua mente ou se Toby, de algum modo, conseguia mover-se, se descobrira um meio de atacá-la, de tentar matá-la.

Precisava vê-lo. Obrigou-se a percorrer o longo corredor em direção ao quarto de Toby; ficou um momento do lado de fora, reunindo as forças e então entrou no quarto.

TOBY ESTAVA DEITADO na cama enquanto a enfermeira dava-lhe um banho de esponja. Ela levantou os olhos, viu Jill e disse:
— Ora, aqui está a Sra. Temple. Estamos tomando um bom banho, não é?

Jill se voltou para olhar a figura na cama.

Os braços e as pernas de Toby haviam definhado, transformando-se em apêndices retorcidos presos ao tórax atrofiado e deformado. Entre suas pernas, como uma comprida e indecente serpente, jazia o pênis inútil, flácido e repulsivo. O tom amarelado desaparecera de suas faces, mas a careta boquiaberta e a expressão de imbecilidade continuavam. O corpo estava morto, mas os olhos permaneciam desesperadamente vivos. Movimentavam-se bruscamente, procurando, avaliando, planejando, odiando; penetrantes olhos azuis cheios de tramas secretas, de mortal determinação. Era a mente de Toby que Jill via. *É importante lembrar que a mente dele está ilesa,* dissera-lhe o médico. A mente podia pensar, sentir, odiar. Aquela mente nada mais tinha a fazer senão planejar sua vingança, elaborar um meio de destruí-la. Toby desejava sua morte, assim como Jill desejava a dele.

Agora, enquanto o olhava, fixando aqueles olhos que luziam de ódio, ela podia ouvi-lo dizer: *Vou matar você* e sentia as ondas de repugnância que a atingiam como golpes.

Jill fixou aqueles olhos, lembrou-se da jarra quebrada e compreendeu que nenhum de seus pesadelos haviam sido ilusões. Ele descobrira um meio.

Ficou sabendo então que seria a vida de Toby contra a sua própria.

Capítulo 34

Quando o Dr. Kaplan terminou o exame de Toby, foi falar com Jill.

— Acho que você deve suspender a terapia na piscina — disse ele. — É perda de tempo. Eu esperava que conseguíssemos alguma ligeira melhora na musculatura dele, mas não está adiantando nada. Eu mesmo falarei com o terapeuta.

— Não!

Foi um grito agudo. O médico olhou-a surpreendido.

— Jill, sei o que você fez por Toby da outra vez, mas desta vez é inútil. Eu...

— Não podemos desistir, ainda não.

Havia desespero na voz dela. O Dr. Kaplan hesitou e finalmente deu de ombros.

— Bem, se é assim tão importante para você...

— É.

Naquele momento, era a coisa mais importante do mundo. Era o que salvaria a vida de Jill.

Agora ela sabia o que tinha de fazer.

O dia seguinte era uma sexta-feira. David telefonou para Jill para dizer-lhe que teria de viajar até Madri a negócios.

— Talvez eu não possa telefonar durante o fim de semana.

— Sentirei sua falta — disse Jill. — Sentirei muito.

— Também terei saudades de você. Você está bem? Parece estranha. Está cansada.

Jill lutava para manter os olhos abertos, para esquecer a terrível dor em sua cabeça. Não se lembrava da última vez que comera ou dormira. Estava tão fraca que mal podia ficar de pé. Procurou pôr energia na voz:

— Estou bem, David.

— Amo você, querida. Cuide-se.

— Vou me cuidar, David. Amo você. Por favor, lembre-se disso. *Aconteça o que acontecer.*

Ouviu o carro do fisioterapeuta que chegava e desceu, a cabeça latejando, as pernas trêmulas quase incapazes de sustentá-la. Abriu a porta da frente no momento em que o fisioterapeuta ia tocar a campainha.

— Bom-dia, Sra. Temple — disse ele, começando a entrar. Mas Jill barrou-lhe a passagem. Ele a olhou surpreso.

— O Dr. Kaplan decidiu suspender a terapia de Toby — disse ela.

O fisioterapeuta franziu o cenho. Significava que fora até ali inutilmente, alguém deveria tê-lo avisado antes. Em condições normais teria reclamado da maneira de conduzir aquilo, mas a Sra. Temple era uma pessoa tão admirável, com tantos problemas... Ele sorriu e falou:

— Está bem, Sra. Temple. Eu compreendo.

E voltou para seu carro.

Jill esperou até ouvir o carro afastar-se. Então começou a subir as escadas, mas, a meio caminho, foi atingida por mais uma tontura e teve de se agarrar ao corrimão até sentir-se melhor. Não podia parar agora. Se parasse, morreria.

Foi até a porta do quarto de Toby, girou a maçaneta e entrou. A enfermeira Gallagher estava sentada numa poltrona, fazendo um bordado. Levantou os olhos, surpreendida, ao ver Jill de pé à porta.

— Ora! — disse ela. — Temos uma visita. Que bom!

Voltou-se para a cama:

— Sei que o Sr. Temple ficou satisfeito. Não é mesmo, Sr. Temple?

Toby estava recostado, apoiado em travesseiros, os olhos transmitindo sua mensagem a Jill. *Vou matar você.*

Jill desviou o olhar e se aproximou da enfermeira.

— Cheguei à conclusão de que não estou passando tempo suficiente com meu marido.

— Bem, para falar a verdade é exatamente o que estive pensando — respondeu a enfermeira Gallagher asperamente. — Mas percebi que a senhora também anda doente e então disse a mim mesma...

— Estou me sentindo muito melhor agora — interrompeu Jill. — Gostaria de ficar a sós com o Sr. Temple.

A enfermeira reuniu seus apetrechos de bordado e levantou-se.

— É claro — disse. — Estou certa de que ele apreciará isso. — Virou-se para a figura na cama. — Não é mesmo, Sr. Temple? — E acrescentou, dirigindo-se a Jill: — Vou até a cozinha preparar uma boa xícara de chá para mim.

— Não. Seu turno termina dentro de meia hora. Pode sair agora. Ficarei com ele até a enfermeira Gordon chegar.

Jill lançou-lhe um sorriso rápido e reconfortante.

— Não se preocupe. Ficarei aqui com ele.

— Acho que poderia fazer algumas compras e...

— Ótimo — falou Jill. — Pode ir.

Ficou ali parada, imóvel, até ouvir bater a porta da frente e depois o som do carro da enfermeira que se afastava. Quando o ruído do motor desapareceu no ar do verão, Jill se voltou para Toby.

Seus olhos estavam fixos no rosto dela, sem oscilar, sem piscar. Obrigando-se a se aproximar da cama, Jill afastou as cobertas e olhou para o corpo consumido e paralisado, para as pernas flácidas e inúteis.

A cadeira de rodas estava num canto. Jill trouxe-a para perto da cama e colocou-a de maneira que lhe permitisse passar Toby da cama para a cadeira. Estendeu as mãos para ele e parou. O rosto contorcido e mumificado estava a centímetros de distância, a boca num sorriso idiota, os brilhantes olhos azuis lançando malevolência. Jill se inclinou e levantou Toby pelos braços. Ele pesava pouquíssimo, mas em suas condições de exaustão Jill mal conseguiu erguê-lo. Ao tocar em seu corpo, sentiu o ar frio começando a envolvê-la. A pressão em sua cabeça tornava-se insuportável. Brilhantes pontos coloridos luziam diante de seus olhos, numa dança cada vez mais rápida, fazendo-a entontecer. Sentiu que ia desmaiar, mas sabia que não podia deixar que isso acontecesse, não se quisesse viver. Num esforço sobre-humano, arrastou o corpo inerte de Toby para a cadeira de rodas e prendeu-o com as correias. Olhou para o relógio: restavam-lhe apenas vinte minutos.

Jill levou cinco minutos para ir até seu quarto, vestir um maiô e voltar ao quarto de Toby.

Soltou o freio da cadeira de rodas e começou a empurrar Toby pelo corredor, até o elevador. Ficou atrás dele enquanto o elevador descia, para não ver seus olhos. Mas podia senti-los.

E também a umidade do ar malévolo que começava a encher o elevador, envolvendo-a, acariciando-a, enchendo-lhe os pulmões com sua putrescência, até que começou a sufocar. Não conseguia respirar. Caiu de joelhos, lutando para respirar, para permanecer consciente, presa ali dentro com ele. Ao sentir a escuridão do desmaio fechar-se à sua volta, a porta do elevador se abriu e Jill se arrastou para o sol quente, deixando-se cair ao chão, respirando profundamente, recobrando aos poucos a energia. Voltou-se para o elevador: Toby estava na cadeira de rodas, observando, esperando. Jill puxou depressa a cadeira para fora do elevador e dirigiu-se para a piscina. O dia estava lindo, sem nuvens, quente e perfumado, com o sol cintilando na água azul e pura.

Jill empurrou a cadeira de rodas até a borda da extremidade mais funda da piscina e freou-a. Deu a volta até a frente da cadeira, os olhos de Toby estavam fixos nela, alerta, espantados. Jill pegou a correia que prendia Toby à cadeira e apertou-a ao máximo, puxando-a com todas as forças que lhe restavam, sentindo-se tonta de novo com o esforço. De repente, estava terminado. Jill observou a mudança no olhar de Toby quando este compreendeu o que estava acontecendo: um pânico violento e demoníaco começou a invadi-lo.

Jill soltou o freio, agarrou a cadeira e começou a empurrá-la em direção à água. Toby tentava mover seus lábios paralisados, num esforço para gritar, mas não se fez qualquer som e o resultado era apavorante. Jill não conseguia encará-lo nos olhos. Não queria saber.

Empurrou a cadeira de rodas até a extremidade da borda da piscina.

E a cadeira ficou presa. A pequena borda de cimento detinha sua passagem. Jill empurrou com mais força, mas a cadeira não virava. Era com se Toby estivesse segurando a cadeira por simples força de vontade. Jill podia vê-lo lutando para se soltar, lutando pela vida. Ia soltar-se, libertar-se, agarrar-lhe a garganta com os dedos esqueléticos... Ela ouvia seus gritos. *Não quero morrer... Não quero morrer...* e não sabendo se era real ou efeito de sua imaginação, num ímpeto de pânico, reuniu uma súbita força e empurrou o mais que pôde o encosto da cadeira de rodas. A cadeira se projetou para a frente, no ar, suspensa durante o que pareceu uma eternidade e então rolou para dentro da piscina, caindo na água com estrondo. Por muito tempo a cadeira de rodas pareceu flutuar e então, lentamente, começou a afundar. Os redemoinhos da água fizeram-na girar, de modo que a última coisa que Jill viu foram os olhos de Toby condenando-a ao inferno, enquanto a água se fechava sobre ele.

ELA FICOU ALI DE PÉ por muito tempo, tremendo sob o sol quente do meio-dia, deixando que as forças fluíssem de volta para sua mente e seu corpo. Quando finalmente conseguiu se mover, desceu os degraus da piscina para molhar o maiô.

Em seguida voltou à casa e telefonou para a polícia.

Capítulo 35

A MORTE DE TOBY foi manchete nos jornais do mundo inteiro. Se ele se havia transformado em herói popular, então Jill se transformara numa heroína. Centenas de milhares de palavras foram impressas a respeito deles, suas fotos apareciam em todos os jornais e revistas. Sua grande história de amor era contada e repetida, o final trágico conferindo-lhe ainda maior pungência. Cartas e telegramas de pêsames fluíram de chefes de estado, donas de casa, políticos, milionários, secretárias. O mundo sofrera uma perda; Toby partilhara o dom de seu riso com os fãs e estes ser-lhe-iam eternamente gratos. As ondas radiofônicas encheram-se de homenagens a ele e todas as redes de televisão prestaram-lhe tributo.

Jamais haveria outro Toby Temple.

O inquérito teve lugar no Edifício da Corte Criminal, na Grande Avenue, no centro de Los Angeles, numa sala pequena e repleta. Havia um examinador encarregado das audiências chefiando um júri composto por seis pessoas.

A sala estava repleta até o máximo de sua capacidade. Quando Jill chegou, viu-se cercada de fotógrafos, repórteres e fãs. Usava um conjunto simples, de lã preta; estava sem maquiagem e jamais parecera tão bonita. Nos poucos dias desde a morte de Toby, Jill milagrosamente florescera, recuperando sua antiga imagem. Pela primeira vez em meses, conseguira dormir profundamente e sem sonhos. Tinha um apetite voraz e as dores de cabeça haviam desaparecido. O demônio que lhe sugava a vida havia partido.

Jill falara com David todos os dias; ele quisera comparecer ao inquérito mas ela o dissuadira. Teriam tempo bastante mais tarde.

— O resto de nossas vidas — dissera-lhe David.

Havia seis testemunhas no inquérito. As enfermeiras Gallagher, Gordon e Johnson depuseram sobre a rotina geral do paciente e seu estado. Era a vez da enfermeira Gallagher.

— A que horas a senhora deveria deixar o serviço na manhã em questão? — perguntou o examinador.

— Às 10 horas.

— A que horas saiu?

Hesitação

— Nove e meia.

— Era costume seu, Sra. Gallagher, deixar o paciente antes do fim de seu turno?

— Não, senhor. Foi a primeira vez.

— Poderia explicar o que aconteceu para fazê-la sair cedo naquela manhã?

— Foi sugestão da Sra. Temple. Ela queria ficar a sós com o marido.

— Obrigado. É só.

A enfermeira Gallagher desceu da plataforma. *Claro que a morte de Toby Temple tinha sido acidental,* pensava ela. *Era lamentável que tivessem de sujeitar uma mulher maravilhosa como Jill Temple a semelhante provação.* A enfermeira deu uma olhada para Jill e sentiu uma rápida punhalada de culpa. Lembrou-se da noite em que entrara no quarto dela e encontrara-a adormecida numa cadeira. A enfermeira havia apagado as luzes sem fazer ruído e fechara a porta para que a Sra. Temple não fosse perturbada. No corredor escuro, batera num vaso que estava sobre um pedestal e ele caíra, quebrando-se. Tinha pretendido falar a respeito com a Sra. Temple, mas como o vaso parecera muito caro e Jill não mencionara o fato, a enfermeira Gallagher decidira não falar nada.

O fisioterapeuta estava no banco das testemunhas.

— Você costumava fazer uma sessão diária de tratamento com o Sr. Temple?

— Sim, senhor.

— Esse tratamento acontecia na piscina?

— Sim, senhor. A piscina era aquecida a uma temperatura de 38 °C e...

— Você fez o tratamento do Sr. Temple no dia em questão?

— Não, senhor.

— Poderia dizer-nos por quê?

— Ela me mandou embora.

— Por "ela" você quer dizer a Sra. Temple.

— Certo.

— Ela lhe deu alguma razão?

— Disse que o Dr. Kaplan não queria que ele continuasse o tratamento.

— E assim você saiu sem ter visto o Sr. Temple?

— Certo. Isso mesmo.

CHEGOU A VEZ do Dr. Kaplan.

— A Sra. Temple lhe telefonou após o acidente, Dr. Kaplan. O senhor examinou o falecido logo que chegou ao local?

— Sim. A polícia havia retirado o corpo da piscina. Ainda estava preso à cadeira de rodas. O cirurgião da polícia e eu examinamos o corpo e concluímos que era tarde demais para tentar revivê-lo. Ambos os pulmões estavam cheios de água. Não pudemos constatar nenhum sinal vital.

— Que fez o senhor então, Dr. Kaplan?

— Cuidei da Sra. Temple. Ela estava em estado de histeria aguda. Fiquei muito preocupado com ela.

— Dr. Kaplan, o senhor tivera uma conversa anterior com a Sra. Temple sobre a suspensão da fisioterapia?

— Tive. Disse a ela que achava o tratamento uma perda de tempo.

— Qual foi a reação da Sra. Temple?

O Dr. Kaplan olhou para Jill Temple e disse:

— A reação dela foi muito estranha. Insistiu para que continuássemos tentando. — Hesitou. — Já que estou sob juramento e como o júri deste inquérito está interessado em ouvir a verdade, sinto que há algo que tenho a obrigação de dizer.

Um silêncio completo caíra sobre a sala. Jill olhava-o fixamente. O Dr. Kaplan se voltou para os jurados.

— Gostaria de dizer, para os autos, que a Sra. Temple é provavelmente a melhor e mais corajosa mulher que jamais tive a honra de conhecer.

Todos os olhares se voltaram para Jill.

— Quando seu marido sofreu o primeiro derrame, ninguém achou que houvesse a menor chance de recuperação. Mas, ela cuidou dele e curou-o sozinha. Fez por ele o que nenhum médico que conheço poderia ter feito. Eu jamais poderia descrever-lhes sua dedicação e devoção ao marido.

Olhou para Jill e acrescentou:

— Ela é um modelo para todos nós.

Os espectadores romperam em aplausos.

— É só, doutor — disse o examinador. — Gostaria de chamar a Sra. Temple para depor.

Todos observaram quando Jill se levantou e lentamente caminhou até o banco das testemunhas, onde prestou juramento.

— Reconheço a provação que isto é para a senhora, Sra. Temple, e procurarei terminar tudo o mais rápido possível.

— Obrigada. — A voz dela soou baixa.

— Quando o Dr. Kaplan disse que pretendia suspender a fisioterapia, por que a senhora quis prossegui-la?

Ela levantou os olhos e o examinador reconheceu a profunda dor neles estampada.

— Porque eu queria que meu marido tivesse todas as chances possíveis de se recuperar. Toby amava a vida e eu queria trazê-lo de volta a ela. Eu... — sua voz hesitou, mas Jill prosseguiu: — Eu mesma tinha de ajudá-lo.

— No dia da morte de seu marido, o fisioterapeuta chegou e a senhora o dispensou.

— Sim.

— Contudo, antes, Sra. Temple, a senhora dissera que queria que o tratamento continuasse. Poderia explicar sua atitude?

— É muito simples. Compreendi que nosso amor era a única coisa suficientemente forte para curar Toby. Já o curara uma vez...

Ela parou, sem condições de prosseguir. Depois, obviamente controlando-se, continuou numa voz rouca:

— Eu tinha de fazê-lo ver o quanto o amava, o quanto queria vê-lo recuperado.

Todos os presentes estavam atentos, esforçando-se para não perder uma só palavra.

— Poderia contar-nos o que aconteceu na manhã do acidente?

Houve um minuto inteiro de silêncio, enquanto Jill reunia as forças para finalmente falar:

— Entrei no quarto de Toby. Ele parecia feliz por me ver. Disse-lhe que eu mesma o levaria à piscina, que iria curá-lo de novo. Vesti um maiô para poder fazer os exercícios com ele na água. Quando me pus a erguê-lo da cama para a cadeira de rodas, eu... senti-me tonta. Acho que deveria ter compreendido naquele momento que não estava com força física suficiente para o que pretendia fazer. Mas não podia parar. Não se pretendia ajudá-lo. Coloquei-o na cadeira e falei com ele durante todo o caminho até a piscina. Empurrei-o até a borda...

Ela parou e a sala se viu cheia de um tenso silêncio. O único ruído era o das canetas dos repórteres correndo desesperadamente sobre os blocos de taquigrafia.

— Abaixei-me para desatar as correias que seguravam Toby à cadeira e me senti tonta de novo e comecei a cair... Acho que soltei o freio acidentalmente. A cadeira começou a rolar para dentro da piscina com... com Toby preso a ela. — Jill tinha a voz embargada. — Pulei na piscina atrás dele e tentei soltá-lo, mas as correias estavam apertadas demais. Tentei tirar a cadeira da água mas estava... estava tão pesada. Estava... pesada... demais.

Ela fechou os olhos por um momento, para esconder sua profunda angústia, depois, quase num sussurro, falou:

— Tentei ajudar Toby e o matei.

O júri do inquérito levou menos de três minutos para obter um veredicto: Toby Temple morrera num acidente.

Clifton Lawrence, sentado no fundo da sala, ouviu o veredicto. Tinha certeza de que Jill assassinara Toby, mas não havia maneira de prová-lo. Ela escapara.

O caso estava encerrado.

Capítulo 36

Não havia lugar para sentar durante o funeral. Foi realizado em Forest Lawn, numa ensolarada manhã de agosto, no dia em que Toby Temple deveria iniciar sua nova série na televisão. Havia milhares de pessoas esmagando os belos gramados, tentando enxergar as celebridades que compareceram para prestar suas últimas homenagens. Câmaras de televisão cobriam os serviços fúnebres em tomadas longas e tiravam closes das estrelas, produtores e diretores junto ao túmulo. O presidente dos Estados Unidos enviara um representante. Havia governadores presentes, chefes de estúdios, presidentes de grandes empresas e representantes de todos os sindicatos a que Toby pertencera: SAG, Aftra, Ascap e Agva. O presidente da filial de Beverly Hills dos Veteranos de Guerra comparecera de uniforme completo. Havia contingentes da polícia e do corpo de bombeiros local.

E a *arraia miúda* estava presente. Os coadjuvantes, os extras e os dublês que haviam trabalhado com Toby Temple. As encarregadas de guarda-roupa, os mensageiros, os novatos e os veteranos, os assistentes de direção e outros, todos foram prestar homenagem a um grande americano. Lá estavam O'Hanlon e Rainger, recordando o rapazinho magricela que entrara em seu escritório na Twentieth Century-Fox. *Parece que vocês vão escrever umas piadas para mim... Ele usa as mãos como se estivesse cortando lenha. Talvez pudéssemos escrever uma cena de lenhador para ele... Ele força demais... Jesus, com aquele material, você não faria o mesmo? Um cômico abre portas engraçadas. Um comediante abre portas engraçado.* E Toby Temple trabalhara, aprendera e chegara ao topo. *Era um furão,* pensava Rainger. *Mas era o nosso furão.*

Clifton Lawrence estava lá. O pequeno agente fora ao barbeiro e mandara passar suas roupas a ferro, mas os olhos o traíam. Eram os olhos de quem fracassara entre seus iguais. Também Clifton estava perdido em recordações. Lembrava-se daquele primeiro e presunçoso telefonema. *Há um jovem cômico que Sam Goldwin quer que você veja...* e o desempenho de Toby na escola. *Não se precisa comer todo o vidro de caviar para saber que é bom, certo?... Decidi aceitá-lo como cliente, Toby... Se você for capaz de pôr os tomadores de cerveja no bolso, o pessoal do champanhe virá automaticamente... Posso fazer de você a maior estrela do ramo.* Todos haviam querido Toby Temple: os estúdios, as redes de televisão, os *nightclubs. Você tem tantos clientes que às vezes acho que não me dá atenção suficiente... É como sexo em grupo, Clifton. Sempre sobra um que fica de pau duro... Preciso de seus conselhos, Clifton... É sobre aquela garota...*

Clifton Lawrence tinha muito para lembrar.

Ao lado de Clifton estava Alice Tanner.

Ela se achava perdida na lembrança da primeira entrevista de Toby em seu escritório. *Em algum lugar, escondido sob todos aqueles astros do cinema, está um jovem cheio de talento... Depois de ver aqueles profissionais ontem à noite, eu... eu acho que não tenho talento. E a paixão por ele. Oh, Toby, amo-o tanto... Também amo você, Alice...* E então ele se fora. Mas Alice era grata pelo fato de tê-lo tido um dia.

Al Caruso viera prestar seu tributo. Estava encurvado, grisalho e seus olhos castanhos de Papai Noel estavam cheios de lágrimas. Recordava como Toby fora maravilhoso para Millie.

Sam Winters estava lá. Pensava nas alegrias que Toby Temple proporcionara a milhões de pessoas e imaginava como avaliar aquilo em relação à dor que Toby causara a uns poucos.

Alguém cutucou Sam, que se virou e deu com uma garota bonita, de cerca de 18 anos.

— O senhor não me conhece, Sr. Winters — sorriu ela —, mas ouvi falar que está procurando uma garota para o novo filme de William Forbes. Sou de Ohio e...

David Kenyon estava lá. Jill pedira-lhe que não viesse, mas David insistira. Queria estar perto dela. Jill achou que agora já não importava, terminara de representar seu papel.

A peça estava encerrada e seu papel completo. Jill sentia-se tão feliz e tão cansada... Era como se a terrível provação que enfrentara tivesse derretido o cerne de amargura que havia dentro dela, cauterizado todas as feridas, as decepções e os ódios. Jill Castle morrera no holocausto e Josephine Czinski renascera das cinzas. Estava novamente em paz, cheia de amor por todo mundo e uma sensação de contentamento que não experimentava desde menina. Jamais se sentira tão feliz. Queria partilhá-lo com o mundo.

Os ritos fúnebres aproximavam-se do fim. Alguém tomou o braço de Jill e ela se deixou levar até a limusine. Ao chegar ao carro, deu com David de pé, uma expressão de adoração no rosto. Jill sorriu para ele; David tomou-lhe as mãos e os dois trocaram algumas palavras. Um fotógrafo da imprensa bateu o instantâneo.

Jill e David decidiram esperar alguns meses para o casamento, de modo a satisfazer o senso de decoro do público. David passou grande parte desse tempo fora do país, mas os dois se falavam diariamente. Quatro meses após o funeral de Toby, David telefonou para Jill e disse:

— Tive uma ideia brilhante. Não esperemos mais. Tenho de ir à Europa na semana que vem para uma conferência. Vamos para a França no *Bretagne*. O capitão pode celebrar nosso casamento; podemos passar a lua de mel em Paris e depois viajar para onde você queira, pelo tempo que você queira. Que acha?

— Oh, sim, David, sim!

Ela lançou um último e longo olhar à casa, pensando em tudo que acontecera ali. Recordando o primeiro jantar e todas as maravilhosas festas mais tarde, a doença de Toby e sua luta para fazê-lo recobrar a saúde. E depois... havia lembranças demais.

Jill estava satisfeita por partir.

Capítulo 37

O JATO PARTICULAR de David levou Jill até Nova York, onde uma limusine a esperava para transportá-la ao Hotel Regency, na Park Avenue. O gerente, em pessoa, acompanhou Jill a uma enorme suíte de cobertura.

— O hotel está inteiramente à sua disposição, Sra. Temple — disse ele. — O Sr. Kenyon instruiu-nos no sentido de proporcionar-lhe tudo que precisar.

Dez minutos depois de Jill ter-se registrado no hotel, David telefonou do Texas.

— Confortável? — perguntou.

— Está um pouco apertado — riu ela. — São *cinco quartos*, David. Que é que eu vou fazer com todos eles?

— Se eu estivesse aí, mostraria a você — respondeu ele.

— Promessas, promessas — implicou Jill. — Quando é que vou ver você?

— O *Bretagne* parte ao meio-dia de amanhã. Tenho alguns negócios a completar por aqui. Encontro você a bordo; reservei a suíte nupcial. Está feliz, querida?

— Nunca estive tão feliz — respondeu Jill.

E era verdade. Tudo que acontecera, toda a dor e o sofrimento, valeram a pena. Agora aquilo parecia vago e remoto, como um sonho meio esquecido.

— Um automóvel a apanhará de manhã. Sua passagem estará com o motorista.

— Estarei pronta — disse Jill.

Amanhã.

PODERIA TER COMEÇADO com a foto de Jill e David Kenyon tirada no funeral de Toby e vendida a uma cadeia de jornais. Poderia ter decorrido de algum comentário casual feito por um empregado do hotel onde Jill estava hospedada, ou por um membro da tripulação do *Bretagne*. De qualquer maneira, seria impossível manter em segredo os planos de casamento de alguém tão famoso quanto Jill Temple. A primeira notícia a respeito apareceu num boletim da Associated Press. Depois disso, transformou-se em assunto de primeira página nos jornais do país inteiro e da Europa.

A história apareceu também no *Hollywood Reporter* e no *Daily Variety*.

A LIMUSINE CHEGOU ao hotel precisamente às 10 horas. Um porteiro e três camareiros levaram a bagagem de Jill para o carro. O trânsito da manhã estava desafogado e o percurso até o Cais 90 levou menos de meia hora.

Um alto oficial do navio esperava por Jill na prancha de embarque.

— Estamos honrados por tê-la a bordo, Sra. Temple — disse ele. — Está tudo pronto à sua espera. Venha por aqui, por favor.

Ele acompanhou Jill ao Convés Promenade e conduziu-a a uma suíte ampla e arejada, com terraço privativo. Os aposentos estavam cheios de flores recém-colhidas.

— O capitão me pediu para lhe transmitir seus cumprimentos. Ele a espera para o jantar desta noite; pediu-me que lhe dissesse o quanto está ansioso para celebrar a cerimônia do casamento.

— Obrigada — disse Jill. — Sabe se o Sr. Kenyon já está a bordo?

— Acabamos de receber um recado telefônico. Ele está a caminho, vindo do aeroporto. Sua bagagem já está aqui. Se precisar de alguma coisa, por favor avise-me.

— Obrigada — respondeu ela. — Não preciso de nada.

E era verdade. Não havia coisa alguma que necessitasse e não tivesse, era a pessoa mais feliz do mundo.

Bateram na porta do camarote e um camareiro entrou, trazendo mais flores. Jill olhou para o cartão: eram do presidente dos Estados Unidos. Lembranças. Ela as expulsou da mente e começou a desfazer as malas.

Ele estava no tombadilho do convés principal, examinando os passageiros que embarcavam. Todos estavam alegres, preparando-se para um período de férias ou encontrando-se com entes queridos a bordo. Uns poucos sorriram para ele, mas o homem não lhes deu atenção. Estava observando a prancha de embarque.

Às 11H40, vinte minutos antes da partida, um Silver Shadow com motorista aproximou-se em alta velocidade do Cais 90 e estacionou. David Kenyon saltou do carro, deu uma olhada para o relógio e disse ao motorista:

— Cronometragem perfeita. Otto.

— Obrigado, senhor. Eu gostaria de desejar ao senhor e à senhora Kenyon uma feliz lua de mel.

— Obrigado.

David Kenyon apressou-se em direção à prancha de embarque, onde apresentou sua passagem. Foi acompanhado a bordo pelo mesmo oficial do navio que recebera Jill.

— A Sra. Temple está em seu camarote, Sr. Kenyon.

— Obrigado.

David podia visualizá-la na suíte nupcial, à sua espera, e sentiu o coração bater mais depressa. Ao começar a se afastar, uma voz chamou:

— Sr. Kenyon...

Ele se voltou. O homem que esperava no convés se aproximou com um sorriso no rosto. David jamais o vira antes, mas seu instinto de milionário fazia-o desconfiar de estranhos amistosos. Quase sempre queriam alguma coisa.

O homem estendeu a mão e David apertou-a cautelosamente.

— Nós nos conhecemos? — perguntou.

— Sou um velho amigo de Jill — disse o homem e David relaxou. — Meu nome é Lawrence. Clifton Lawrence.

— Como vai, Sr. Lawrence? — ele estava ansioso por terminar a conversa.

— Jill me pediu que viesse recebê-lo — disse Clifton. — Ela preparou uma pequena surpresa para o senhor.

— Que tipo de surpresa? — perguntou David, encarando-o.

— Venha comigo e lhe mostrarei.

David hesitou por um momento.

— Vai demorar muito?

Clifton Lawrence olhou para ele e sorriu:

— Creio que não.

Os dois pegaram um elevador até o *deck* C, atravessando os grupos de visitantes e passageiros que embarcavam. Percorreram um corredor até um conjunto de portas duplas, que Clifton abriu para David passar. Ele se viu numa ampla e vazia sala de projeção. Olhou em volta, espantado.

— É aqui?

— É aqui — sorriu Clifton.

Voltou-se e olhou para o operador na cabine, assentindo com a cabeça. O operador era ganancioso: Clifton tivera de lhe dar 200 dólares para que concordasse em ajudá-lo.

— Se algum dia eles descobrirem, perderei o emprego — resmungara ele.

— Ninguém jamais saberá — assegurou-lhe Clifton. — É só uma brincadeira. Tudo que você tem de fazer é trancar as portas logo que eu entrar com meu amigo e começar a passar o filme. Sairemos dentro de dez minutos.

O operador acabara concordando.

Agora David olhava para Clifton, perplexo.

— Filmes? — perguntou.

— Sente-se, Sr. Kenyon.

David obedeceu e sentou-se na passagem, suas longas pernas estendidas. Clifton escolheu um assento do outro lado. Observava o rosto de David quando as luzes se apagaram e as imagens coloridas começaram a brilhar sobre a grande tela.

PARECIA QUE ALGUÉM lhe golpeava no plexo solar com martelos de ferro. David olhava as imagens obscenas à sua frente e o cérebro se recusava a aceitar o que os olhos estavam vendo. Jill, uma Jill jovem, tal como fora quando pela primeira vez se apaixonara por ela, estava nua numa cama. David podia ver com clareza todos os detalhes. Assistiu, mudo de incredulidade, à cena em que um homem montava na garota da tela e enfiava o pênis em sua boca; ela começou a sugá-lo com ternura, carinhosamente, enquanto outra garota entrava em cena, abria as pernas de Jill e metia a língua bem dentro dela. David pensou que fosse vomitar. Por um desesperado e esperançoso instante, pensou que poderia tratar-se de truque fotográfico, uma farsa, mas a câmara cobria todos os movimentos de Jill. Então apareceu o mexicano, deitando-se sobre Jill, e um nebuloso véu vermelho desceu sobre os olhos de David. Tinha novamente 15 anos e era sua irmã Beth que via ali, sua irmã sentada em cima do jardineiro mexicano, despido em sua cama, dizendo: *Oh, Deus, eu te amo, Juan. Trepe em mim, não pare!*, e David de pé à porta, incrédulo, observando a irmã que adorava. Fora tomado de uma raiva cega, violenta; agarrara um cortador de papel de aço que estava na escrivaninha, correra até a cama e empurrara a irmã. Então mergulhara a lâmina muitas e muitas vezes no peito do jardineiro, até as paredes cobrirem-se de sangue, enquanto Beth gritava: *Oh, Deus, não! Pare, David! Eu o amo, nós vamos casar!* Havia sangue por toda parte. A mãe de David chegara correndo e afastara David. Mas depois ele soube que sua mãe havia telefonado para o procurador de justiça, amigo íntimo da família Kenyon. Haviam conversado durante muito tempo. Depois o corpo do mexicano fora levado para a prisão e na manhã seguinte divulgou-se a notícia de seu suicídio na cela. Três semanas depois Beth fora internada numa instituição para doentes mentais.

Tudo ressurgia agora em David, a insuportável culpa pelo que fizera, e isso o descontrolou. Agarrou o homem sentado à sua frente e deu-lhe um soco no rosto, golpeando-o, gritando palavras sem sentido, por Beth e por Jill e pela sua própria vergonha. Clifton Lawrence tentou defender-se, mas não era possível deter os golpes. Um soco explodiu em seu nariz e ele ouviu o som de algo que se quebrava. Outro acertou-lhe a boca e o sangue começou a jorrar como um rio. Ele ficou inerte, à espera do próximo golpe. Mas de repente tudo cessou. Não havia qualquer ruído na sala senão sua própria respiração difícil e estertorosa, além dos sons sensuais que vinham da tela.

Clifton puxou um lenço para tentar estancar o sangue. Saiu tropeçando da sala, cobrindo o nariz e a boca com o lenço, e encaminhou-se para o camarote de Jill. Ao passar pelo salão de refeições, a porta de vaivém da cozinha se abriu por um instante e Clifton entrou, passando pelos atarefados cozinheiros, garçons e auxiliares. Encontrou uma máquina de gelo, juntou vários pedacinhos num pedaço de pano e aplicou-o no nariz e na boca. Quando ia saindo, deu com um enorme bolo de casamento à sua frente, encimado por pequenas figuras de açúcar representando o casal. Clifton estendeu a mão, arrancou a cabeça da noiva e esmagou-a entre os dedos.

Então saiu à procura de Jill.

O NAVIO ZARPARA. Jill sentia o movimento do vapor de 55 mil toneladas deslizando para longe do cais. Imaginava a razão da demora de David.

Terminava de desfazer as malas quando ouviu uma batida na porta do camarote. Correu até lá, chamando: David! Abriu a porta, os braços estendidos.

Lá estava Clifton Lawrence, o rosto ferido e sangrando. Jill abaixou os braços e ficou olhando para ele.

— Que está fazendo aqui? Que... que aconteceu com você?

— Só passei para dizer alô, Jill.

Ela mal conseguia compreendê-lo.

— E lhe dar um recado de David.

Jill olhava-o, sem compreender.

— De *David*?

Clifton entrou no camarote. Estava deixando Jill nervosa.

— Onde está David?

Clifton se virou para ela e disse:

— Lembra-se de como costumavam ser os filmes de antigamente? Havia os bons sujeitos de chapéu branco e os maus sujeitos de chapéu preto e no final a gente sempre sabia que os maus iriam ter o que mereciam. Eu cresci com esses filmes, Jill. Cresci acreditando que a vida era assim mesmo, que os caras de chapéu branco sempre saíam ganhando.

— Não sei do que você está falando.

— É bom saber que de vez em quando a vida funciona tal como aqueles filmes.

Sorriu para ela com lábios machucados e sangrentos:

— David se foi. Para sempre.

Jill olhava-o incrédula.

E nesse momento ambos sentiram que o navio parava. Clifton saiu para a varanda e olhou para fora da amurada.

— Venha cá.

Jill hesitou um instante e então acompanhou-o, cheia de um medo sem nome que aumentava cada vez mais. Debruçou-se na amurada. Lá embaixo, avistou David passando para o rebocador, deixando o *Bretagne*. Agarrou-se à amurada para não cair.

— Por quê? — perguntou sem poder acreditar. — Que aconteceu?

Clifton Lawrence virou-se e disse:

— Passei o seu filme para ele.

E imediatamente ela compreendeu e soluçou:

— Oh, meu Deus. Não! Por favor, não! Você me matou!

— Então estamos quites.

— Fora! — gritou ela. — Fora daqui!

Atirou-se contra ele e suas unhas atingiram-lhe as faces, arranhando-o profundamente. Clifton se esquivou e bateu-lhe com força no rosto. Ela caiu de joelhos, com as mãos na cabeça que estalava de dor.

Clifton ficou olhando para ela durante um longo momento. Era essa a imagem que queria guardar na lembrança

— Adeus, Josephine Czinski — disse.

Clifton saiu do camarote e caminhou até o convés, cobrindo a parte inferior do rosto com o lenço. Andava lentamente, estudando os rostos dos passageiros, em busca de uma cara nova, de um tipo fora do comum. Nunca se sabe quando se vai dar com um novo talento. Ele se sentia pronto para voltar ao trabalho.

Quem poderia saber? Talvez tivesse sorte e viesse a descobrir um novo Toby Temple.

Pouco depois da saída de Clifton, Claude Dessard foi até o camarote de Jill e bateu. Não houve resposta, mas o comissário podia ouvir ruídos do lado de dentro. Esperou um momento, elevou a voz e falou:

— Sra. Temple, aqui é Claude Dessard, comissário-chefe. Posso ser-lhe útil em alguma coisa?

Não houve resposta. A essa altura, o sistema interno de alerta de Dessard enviava-lhe fortes sinais. Seus instintos lhe diziam que havia algo tremendamente errado e um pressentimento lhe indicava que, de algum modo, tudo girava em torno dessa mulher. Uma série de pensamentos loucos, desenfreados, girava-lhe no cérebro. Ela fora assassinada ou raptada ou... Experimentou a maçaneta, a porta estava destrancada. Lentamente, Dessard a abriu. Jill Temple estava de pé na outra extremidade do camarote, olhando pela escotilha, de costas para ele. Dessard abriu a boca para falar, mas algo na rigidez da figura o deteve. Ficou ali por um momento, sem saber o que fazer, decidindo se deveria sair discretamente, quando de súbito o camarote se encheu de um som estranho, penetrante, como de um animal ferido. Inútil perante tamanho sofrimento, Dessard recuou, fechando cuidadosamente a porta atrás de si.

Ficou um instante do lado de fora, ouvindo o lamento sem palavras que vinha lá de dentro; então, profundamente perturbado, virou-se e se encaminhou para a sala de projeção no convés principal.

No jantar daquela noite havia dois lugares vazios na mesa do comandante. No meio da refeição, este fez um sinal para

Dessard, anfitrião de um grupo de pessoas menos importantes. numa outra mesa. Dessard pediu licença e foi depressa até a mesa do comandante.

— Ah, Dessard — disse este cordialmente, para então abaixar a voz, mudando de tom. — Que aconteceu com a Sra. Temple e o Sr. Kenyon?

Dessard deu uma olhada para os demais convidados e sussurrou:

— Como o senhor sabe, o Sr. Kenyon deixou o navio em companhia do prático no Farol Ambrose. A Sra. Temple está em seu camarote.

O comandante soltou uma praga em voz baixa. Era homem metódico, que não gostava de alterações em sua rotina.

— *Merde!* Todas as providências para o casamento foram tomadas.

— Eu sei, comandante.

Dessard deu de ombros e levantou os olhos:

— Americanos...

JILL ESTAVA SOZINHA, sentada no camarote às escuras, encolhida numa cadeira, os joelhos encostados ao peito, os olhos perdidos no vazio. Sofria, mas não por David Kenyon ou Toby Temple, nem mesmo por ela própria. Sofria por uma garotinha chamada Josephine Czinski. Fizera tantos planos para ela e agora todos os maravilhosos sonhos encantados haviam chegado ao fim.

Jill ficou ali, sem nada ver, entorpecida por uma derrota além de qualquer compreensão. Poucas horas atrás o mundo lhe pertencera, tinha tudo que sempre quisera, e agora não tinha nada. Gradualmente, percebeu que sua dor de cabeça voltara; não notara antes por causa da outra dor, da dor terrível que lhe rompia as entranhas. Mas agora sentia a pressão em torno da cabeça. Encolheu-se mais ainda, em posição fetal, tentando isolar-se de tudo. Estava tão cansada, tão terrivelmente cansada. A única coisa que queria era sentar-se ali para sempre e não ter que pensar. Talvez então a dor passasse, pelo menos por um certo tempo.

Jill se arrastou até a cama, deitou-se e fechou os olhos.

Então sentiu. Uma onda de ar frio e fétido movendo-se em sua direção, cercando-a, acariciando-a. E ouviu a voz dele chamando seu nome. *Sim,* pensou, *sim.* Lentamente, quase num transe, levantou-se e saiu do camarote, seguindo a voz que a chamava, soando dentro de sua cabeça.

ERAM DUAS HORAS da manhã e os *decks* estavam desertos quando Jill saiu do camarote. Ficou olhando o mar, observando as ondas que se quebravam suavemente contra o casco do navio que atravessava as águas, ouvindo a voz. Sua dor de cabeça piorara, pressionando-lhe a cabeça. Mas a voz lhe dizia para não se preocupar, que tudo sairia bem. *Olhe para baixo,* falou a voz.

Jill olhou para a superfície da água e viu algo flutuando. Era um rosto. O rosto de Toby, sorrindo para ela, os olhos azuis fixando-a sob a água. Uma brisa gelada começou a soprar, impelindo-a gentilmente para junto da amurada.

— Eu tinha de fazer aquilo, Toby — murmurou ela. — Você compreende, não é?

A cabeça na água assentia, flutuava, convidando-a. O vento se tornou mais frio e o corpo de Jill começou a tremer. *Não tenha medo,* disse-lhe a voz. *A água é profunda e cálida... Você estará comigo... Para sempre, venha, Jill...*

Ela fechou os olhos, por um momento, mas ao abri-los o rosto sorridente ainda estava lá, acompanhando a marcha do navio, os membros mutilados balançando dentro d'água. *Venha para mim,* disse a voz.

Ela se debruçou para explicar a Toby, para que ele a deixasse em paz, e o vento gelado a empurrou e de súbito Jill estava flutuando no suave ar aveludado da noite, girando no espaço. O rosto de Toby se aproximava, vinha ao encontro dela e Jill sentiu os braços paralisados a enlaçá-la, prendendo-a. E os dois se reuniram para todo o sempre.

Restaram apenas o suave vento da noite e o mar eterno. E lá em cima as estrelas, onde tudo fora escrito.

Agradecimentos

Gostaria de manifestar meu apreço pela generosa assistência que me foi prestada pelos seguintes produtores de cinema e televisão:

Seymour Berns
Larry Gelbart
Bert Granet
Harvey Orkin
Marty Rackin
David Swift
Robert Weitman

E a minha profunda gratidão por terem partilhado comigo suas memórias e experiências a:

Marty Allen
Milton Berle
Red Buttons
George Burns
Jack Carter
Buddy Hackett
Groucho Marx
Jan Murray

O AUTOR

Este livro foi composto na tipografia
Minion Pro Regular, em corpo 11/15, e impresso em
papel off-white no Sistema Digital Instant Duplex
da Divisão Gráfica da Distribuidora Record.